« PAVILLONS »
Collection dirigée
par Maggie Doyle et Jean-Claude Zylberstein

DU MÊME AUTEUR

Chez le même éditeur

Éclipse, 2002
Impostures, 2003
Athena, 2005

Et aux Éditions Flammarion

Le Livre des aveux, 1990 (Babel-Actes Sud, 1996)
Kepler, 1992
La Lettre de Newton, 1996
L'Intouchable, 1998 (10-18, 2001)

JOHN BANVILLE

LA MER

traduit de l'anglais (Irlande) par Michèle Albaret-Maatsch

ROBERT LAFFONT

Traduit avec le concours
de Ireland Literature Exchange, Dublin, Irlande.
www.irelandliterature.com
info@irelandliterature.com

Titre original : THE SEA

ISBN 978-2-221-10552-8
(édition originale : ISBN 0-330-48328-5 Picador, Londres)

À Colm, Douglas, Ellen, Alice

Ils partirent, les dieux, le jour de la drôle de marée. Toute la matinée, sous un ciel laiteux, les eaux avaient monté, monté, jusqu'à atteindre un niveau sans précédent, et les petites vagues s'étaient aventurées sur un sable assoiffé que rien n'avait mouillé depuis des années, sinon la pluie, pour venir lécher le pied même des dunes. La coque rouillée du cargo échoué à l'autre bout de la baie depuis bien avant nos premiers souvenirs à tous avait dû croire à un renflouement. Moi, je n'allais plus nager après ce jour-là. Apparemment déconcertées par le spectacle de cette gigantesque cuvette d'eau gonflée comme une ampoule, bleu de plomb et d'un éclat malin, les mouettes criaillaient et faisaient des piqués. Ils étaient d'un blanc pas naturel, ces oiseaux, ce jour-là. Les vagues déposaient une frange d'écume jaune sale sur la laisse de haute mer. Pas une voile n'altérait la bande étroite de l'horizon. Je n'allais plus jamais nager, non, plus jamais.

Quelqu'un vient de me faire tourner les sangs. Quelqu'un.

La maison s'appelle Les Cèdres, comme autrefois. Il y a toujours, sur la gauche, un boqueteau de conifères – les mêmes, effilés, marron foncé comme une robe de singe, ils répandent une désagréable odeur de goudron et leurs troncs se déploient en un fouillis cauchemardesque –, qu'une pelouse mal entretenue sépare de la grande fenêtre en saillie de l'ancienne salle de séjour, que Mlle Vavasour préfère appeler aujourd'hui, dans son sabir de propriétaire, le salon. La porte d'entrée, située du côté opposé, ouvre sur un rectangle de gravillons tachés d'huile de moteur avec, derrière, le portail en fer, toujours peint en vert, même si la rouille a réduit ses piquets à de tremblants filigranes. Je suis sidéré du peu de changements qu'il a pu y avoir au cours des cinquante années qui se sont écoulées depuis mon dernier séjour ici. Sidéré et déçu, j'irais même jusqu'à dire consterné, pour des raisons qui m'échappent, car pourquoi désirerais-je des changements, moi qui suis revenu vivre sur les décombres du passé ? Je me demande pourquoi la maison a été conçue ainsi, et offre à la rue un mur de galets, blanc et sans fenêtre ; peut-être qu'à une époque lointaine, avant le chemin de fer, la route avait un tracé complètement différent, qu'elle passait devant la porte principale, tout est possible. Mlle V. n'est pas précise pour les dates, mais pense qu'on a commencé par construire un cottage au début du siècle dernier, je veux dire l'avant-dernier, je m'embrouille dans les millénaires, puis qu'on a apporté des ajouts à la va-comme-je-te-pousse au fil du temps. Ça expliquerait l'enchevêtrement apparent des lieux, ces pièces exiguës donnant sur de plus grandes, ces fenêtres ouvrant sur des murs aveugles et ces plafonds uniformément bas. Les parquets en pitchpin, et mon fauteuil pivotant au dossier à colonnettes, apportent une note nautique. J'imagine un vieux marin, ayant fini par renouer avec le plancher des vaches et somnolant près de la cheminée, pendant que les bourrasques hivernales malmènent avec fracas les cadres des fenêtres. Oh, être à sa place. Avoir été à sa place.

Quand j'étais ici, il y a donc cinquante ans, au temps des dieux, Les Cèdres était une maison de vacances qui se louait à la quinzaine ou au mois. Tous les ans, du début à la fin juin, un riche médecin et sa grande et bruyante famille envahissaient les lieux – on détestait les petits braillards du toubib, ils se moquaient de nous et nous canardaient avec des pierres, bien planqués derrière la barrière inviolable du portail –, puis venait un mystérieux couple d'âge moyen, qui ne parlait à personne, et promenait, l'air lugubre, une saucisse à pattes tous les matins à la même heure de Station Road à la plage. Pour nous, c'était août le mois le plus intéressant aux Cèdres. Les locataires changeaient d'une année sur l'autre, il y eut des Anglais ou des gens du continent, le couple de jeunes mariés en voyage de noces qu'on essayait d'espionner et, une fois même, une troupe de comédiens itinérants qui donnaient un spectacle en matinée dans le cinéma en tôle galvanisée. Et enfin, cette fameuse année, survint la famille Grace.

La première chose que je vis d'eux, ce fut leur voiture, garée sur les gravillons de l'autre côté du portail. C'était un modèle aérodynamique noir, cabossé et rayé, aux sièges en cuir beige et doté d'un large volant à branches en bois verni. Des livres à la couverture décolorée et cornée, ainsi qu'une carte routière de France fatiguée, jonchaient la plage arrière sous la lunette à l'inclinaison très sport. La porte d'entrée était grande ouverte et j'entendis des voix à l'intérieur, au rez-de-chaussée, et, à l'étage, un bruit de pieds nus courant sur le plancher accompagné par un rire de fille. Je m'étais arrêté à proximité des grilles pour écouter carrément quand un homme sortit de la maison, un verre à la main. Petit, râblé, tout en épaules et en torse, il avait une grosse tête ronde, ridée, des cheveux très courts, noir de jais et par endroits prématurément gris, et une barbe en pointe, noire et piquée de gris elle aussi. Il portait une ample chemise verte, déboutonnée, un short kaki et marchait pieds nus. Il était tellement bronzé que sa peau avait des reflets violacés. Même le dessus de ses pieds, je le remarquai, étaient cuivrés ; les pères de famille que je connaissais étaient en majorité blancs comme des cachets d'aspirine du col jusqu'au bout des orteils. Il posa son verre – gin bleu glacier, glaçons et rondelle de citron – en équilibre précaire sur le toit de la voiture, ouvrit la portière côté passager et se pencha pour farfouiller sous le tableau de bord. Dans les profondeurs invisibles, en haut, la fille se remit à rire, poussa un cri de panique feinte, sauvage, chevrotant, suivi d'un nouveau bruit de cavalcade. Ils jouaient à chat, elle et l'autre sans voix. L'homme se redressa, récupéra son verre et claqua la portière. Il n'avait pas trouvé ce qu'il cherchait. Tandis qu'il se tournait vers la maison, il surprit mon regard et m'adressa un clin d'œil. Il ne le fit pas à la manière généralement condescendante et doucereuse des adultes. Non, ce fut plutôt un clin d'œil amical, complice, maçonnique presque, comme si, bien qu'apparemment dénué de sens, de matière même, le moment que venaient de partager les deux inconnus que nous étions, l'un adulte et l'autre enfant, avait néanmoins une signification. Ses yeux étaient d'un bleu pâle transparent extraordinaire. Ensuite, il rentra et dit, avant même d'avoir passé la porte :

« Saleté de truc, on jurerait que... »

Et il disparut.

Je m'attardai un moment pour scruter les fenêtres à l'étage. Aucun visage ne s'y montra.

Ce fut donc ma première rencontre avec les Grace : la voix de la fille en haut, les bruits de galopade et l'homme, ici en bas, avec ses yeux bleus qui m'adressaient ce clin d'œil désinvolte, amical et un rien satanique.

Voilà que je me surprends en train de refaire ce petit sifflement, glaçant, entre les dents de devant qui est ma nouvelle manie. *Deedle deedle deedle*, ça fait, on croirait la roulette du dentiste. Mon père sifflotait de cette façon, est-ce que je deviendrais comme lui ? Dans la pièce de l'autre côté du couloir, le Colonel Blunden écoute la TSF. Il a un faible pour les débats de l'après-midi, ceux où des auditeurs courroucés appellent pour protester contre tels politiciens odieux, le prix de l'alcool et autres contrariétés récurrentes.

« Ça fait de la compagnie », grommelle-t-il en s'éclaircissant la gorge.

Il a l'air un peu décontenancé, ses yeux bouillis,

protubérants, évitent les miens, alors que je ne lui ai pas lancé le moindre défi. Est-ce qu'il s'allonge sur son lit quand il écoute sa radio ? Difficile de l'imaginer avec ses grosses chaussettes de laine grise, en train de se tourner les doigts de pied, débarrassé de sa cravate, le col de chemise béant, les mains derrière la nuque – sa nuque toute desséchée. Sorti de sa chambre, c'est la verticalité faite homme, depuis la semelle de ses richelieus marron brillant, maintes fois réparés, jusqu'au sommet de son crâne conique. Il se fait couper les cheveux tous les samedis matin par le coiffeur du village, court-sur-la-nuque-et-les-côtés, pas de quartier, juste une crête grise, raide et belliqueuse sur le dessus. Ses oreilles au lobe allongé, tannées, décollées, donnent l'impression d'avoir été séchées et fumées ; le blanc de ses yeux a lui aussi une teinte jaune fumée. J'entends des gens parler sur sa TSF, mais ne parviens pas à saisir ce qu'ils racontent. Je vais peut-être devenir dingue ici. *Deedle deedle*.

Plus tard ce jour-là, le jour de l'arrivée des Grace, ou le lendemain, ou le surlendemain, je revis la voiture noire, je la reconnus immédiatement alors qu'elle franchissait en cahotant le petit pont en dos d'âne qui enjambe la ligne de chemin de fer. Il est encore là, ce pont, juste après la gare. Oui, les choses durent, tandis que les êtres vivants passent. La voiture quittait le village pour prendre la direction de la ville, je vais la baptiser Ballyplus, vingt bons kilomètres plus loin. La ville s'appelle Ballyplus, le village Ballymoins, ridiculement peut-être, mais je m'en fiche. L'homme à la barbe, qui m'avait adressé un clin d'œil, tenait le volant, il parlait et riait, la tête renversée en arrière. À côté de lui, le bras à la portière, une femme avait la tête rejetée en arrière elle aussi, cheveux blonds voltigeant sous le vent qui entrait par la vitre baissée, mais elle ne riait pas, souriait simplement, de ce sourire qu'elle lui réservait, sceptique, tolérant, mollement amusé. Elle portait un chemisier blanc, des lunettes à monture plastique blanche et fumait une cigarette. Où suis-je donc caché, à quelle place de choix ? Je ne me vois pas. Ils disparurent illico, l'arrière de la voiture glissant dans une giclée de gaz d'échappement au détour du virage. Dans le fossé, des herbes hautes et dorées, comme les cheveux de la femme, frémirent un bref instant, puis reprirent leur immobilité rêveuse.

Je descendis Station Road dans le désœuvrement ensoleillé de l'après-midi. Au pied de la colline, la plage formait un miroitement fauve sous un à-plat indigo. Au bord de la mer, tout se distribue en fines horizontales, l'univers se réduisant à quelques longues lignes droites serrées entre terre et ciel. Je m'approchai précautionneusement des Cèdres. Comment se fait-il que toutes les nouveautés qui éveillaient mon intérêt d'enfant se paraient d'une aura d'apparition, puisque, si l'on en croit les autorités compétentes, une apparition n'est pas quelque chose de nouveau, mais un phénomène connu se manifestant sous une forme différente, celle d'un revenant ? Il y a tant de questions auxquelles il est impossible de répondre, celle-ci est bien la plus insignifiante. Alors que j'étais tout proche, j'entendis un grincement métallique, aigu et régulier. Plié en deux sur le portail, les bras pendant mollement par-dessus la barre supérieure, un garçon de mon âge se poussait du pied sur un quart de cercle de gravillons, d'avant en arrière. Il avait les cheveux paille de la femme de la voiture et les yeux azur de l'homme, impossible de s'y tromper. Comme je passais lentement devant son nez, il se peut d'ailleurs que je me sois arrêté, ou plutôt que j'aie hésité, il planta le bout de sa Plimsoll dans les gravillons afin de stopper le vantail et m'enveloppa d'un regard interrogateur et hostile. C'était la manière dont on se regardait, nous les enfants, lors d'une première rencontre. Derrière lui, j'avais une vue dégagée jusqu'au jardin étroit à l'arrière des Cèdres, la diagonale d'arbres en bordure de la ligne de chemin de fer – ils ont disparu, ces arbres, on les a abattus pour faire place à une rangée de petits pavillons pastel genre maisons de poupée – et, plus loin, même, jusqu'à l'intérieur des terres, là où les prés formaient un dénivelé, et il y avait des vaches, de minuscules pointes de jaune vif qui étaient des massifs d'ajoncs, une flèche solitaire dans le lointain et puis le ciel avec ses volutes de nuages blancs. Brusquement, étonnamment, le jeune garçon loucha et me tira la langue, en une grimace grotesque. Je poursuivis mon chemin, conscient de son œil moqueur rivé sur moi.

Plimsoll. Voilà un mot qu'on n'entend plus jamais, ou rarement, très rarement. À l'origine, c'étaient des chaussures de marin, du nom de quelqu'un, si je me souviens bien, et ayant un rapport avec des bateaux. Tiens, le Colonel repart aux toilettes. Problèmes de prostate, je parie. En passant devant ma porte, il avance plus doucement, sur la pointe des pieds, par respect pour les défunts – mais le plancher craque tout de même. Il ne rigole pas avec les observances, notre brave Colonel.

Je descends Station Road.

Une si grande part de la vie était figée à l'époque, quand on était gamins, ou à ce qu'il semble aujourd'hui ; c'était un temps figé dans l'attente ; un état de veille. Dans notre monde pas encore façonné, on attendait en jaugeant l'avenir, comme le garçon et moi-même nous étions jaugés, pareils à des soldats sur le terrain, à l'affût de ce qui va se produire. Au pied de la colline, je m'arrêtai pour sonder trois rues du regard, Strand Road, Station Road derrière moi, puis la direction opposée, vers le cinéma en tôle galvanisée et les courts de tennis municipaux. Personne. La route au-delà des courts s'appelait le Cliff Walk – la promenade de la falaise –, bien que les éventuelles falaises d'antan eussent été érodées depuis belle lurette. La rumeur affirmait qu'il y avait, enfouie sous le sable au fond de la mer, une église, intacte, avec son clocher et sa cloche, qu'elle se dressait jadis sur un cap, disparu lui aussi, après avoir cédé sous les déferlantes par une immémoriale nuit de tempête et d'inondations épouvantables. C'étaient les histoires que racontaient les gens du cru, Duigan le laitier, par exemple, et Colfer le sourdingue qui gagnait sa vie en vendant des balles de golf récupérées à droite à gauche, afin que nous autres, oiseaux de passage, prenions leur insignifiant petit village de bord de mer pour un lieu jadis effrayant. Au-dessus du Strand Café, les charnières rongées par le sel du panneau vantant les cigarettes, Navy Cut, avec un marin barbu entouré d'une bouée de sauvetage ou d'un cercle de cordages – c'était bien ça ? – craquaient sous la brise marine, écho du portail des Cèdres sur lequel, à ma connaissance, le jeune garçon continuait à se balancer. Dans mes rêves, ils craquent, ce portail du présent et ce panneau d'antan, jusqu'à ce jour, jusqu'à cette nuit. Je m'engageai dans Strand Road. Maisons, boutiques, deux hôtels – le Golf, le Beach –, une église en granite, l'épicerie-buvette-débit-de-timbres de Myler, puis le terrain – le Terrain – avec les bungalows en bois, dont l'un était notre résidence de vacances, à mon père, ma mère et moi.

Si les gens dans la voiture étaient les parents de ce garçon, pourquoi l'avaient-ils laissé tout seul aux Cèdres ? Et où était la fille, la fille que j'avais entendu rigoler ?

Le passé cogne en moi, comme un second cœur.

Le médecin s'appelait M. Todd. C'est juste un destin polyglotte qui a orchestré cette blague d'un goût contestable. Ça aurait pu être pire. Il existe un patronyme, M'Ort avec la capitale fantaisiste tout de suite après l'apostrophe apotropaïque qui ne dupe personne. Ce Todd donnait du Madame Morden à Anna, mais m'appelait Max. Je n'étais pas absolument certain d'apprécier cette différence de traitement ni même la familiarité bourrue du ton. Au premier coup d'œil, son bureau, non, son cabinet, on dit cabinet, de même qu'on lui dit « Monsieur » et non « Docteur », ressemblait à une aire d'aigle, alors qu'il se situait au troisième étage seulement. L'immeuble était neuf, tout en verre et en acier – il y avait même une cage d'ascenseur tubulaire en verre-et-acier, qui rappelait littéralement un tube de seringue, dans laquelle la cabine montait et descendait en vrombissant tel un piston géant en action – et deux des murs de la pièce principale étaient vitrés du sol au plafond. Quand on nous fit entrer, Anna et moi, mes yeux furent éblouis par le flamboiement de la lumière de début d'automne que réfléchissaient ces larges panneaux de verre. La réceptionniste, tache blonde en blouse d'infirmière et chaussures confortables et couinantes – en pareille occasion, qui remarquerait vraiment la réceptionniste ? – posa le dossier d'Anna sur le bureau de M. Todd et se retira dans un couinement de semelles. M. Todd nous invita à nous asseoir. L'idée de m'installer sur une chaise m'étant insupportable, j'allai me planter devant la paroi de verre. Juste en contrebas, il y avait un chêne, ou un hêtre peut-être, je ne sais jamais trop reconnaître ces grands arbres à feuilles caduques, cela dit pas un orme, puisqu'ils sont tous morts, une noble affaire quoi qu'il en soit, avec une large frondaison vert estival que le gel automnal avait à peine teintée d'argent. Les toits des voitures brillaient d'un éclat aveuglant. Une jeune femme en tailleur noir traversait le parking d'un pas vif ; même à cette distance, je crus entendre ses hauts talons claquer discrètement sur le macadam. Dans la vitre devant moi, Anna se reflétait faiblement, assise de trois quarts, très droite sur la chaise métallique, patiente exemplaire, une jambe croisée par-dessus l'autre, les mains jointes sur la cuisse. Installé de biais devant son bureau, M. Todd parcourait les différents éléments de son dossier ; le rose pâle du carton de la chemise me rappela les premiers matins frissonnants lorsqu'on retournait à l'école après les vacances, la douceur de la couverture des livres de classe flambant neufs et les odeurs d'encre et de crayons taillés qui n'auguraient rien de bon. C'est incroyable ce que l'esprit s'égare, même en des occasions extrêmement prenantes.

Incapable de supporter plus longtemps le spectacle au-dehors, je me détournai de la vitre.

M. Todd était un homme solidement charpenté, ni grand ni gros, mais très trapu : on avait l'impression qu'il était aussi large que haut. Il cultivait des manières d'un vieux jeu rassurant. Il portait un costume en tweed avec gilet, chaîne de montre et des richelieus marron qui auraient plu au Colonel Blunden. Il avait, style passé de mode, les cheveux brillantinés, sévèrement coiffés en arrière, et une moustache aux poils durs et courts qui lui prêtait un air résolu. Je me rendis compte, avec une légère surprise, que malgré ces effets destinés à générer le respect, il ne pouvait pas avoir beaucoup plus de cinquante ans. Depuis quand les médecins s'étaient-ils mis à être plus jeunes que moi ? Il écrivait sans désemparer, cherchait à gagner du temps ; je ne le blâmais pas : à sa place, j'aurais fait pareil. Il finit par reposer son stylo, mais il n'avait toujours pas envie de parler et donnait vraiment l'impression de ne pas savoir par où ni comment commencer. Ces atermoiements avaient quelque chose de calculé, de théâtral. Encore une fois, je comprends. Un médecin doit être aussi bon acteur que praticien. Anna s'agita avec impatience sur sa chaise.

« Alors, docteur, dit-elle un peu trop fort en affectant le ton sonore et assuré d'une actrice des années quarante, je suis condamnée à mort ou j'ai la perpétuité ? »

La pièce se figea dans le silence. Son trait d'esprit, sûrement préparé, était tombé à plat. J'eus envie de me précipiter et de l'attraper à bras-le-corps, genre sapeur-pompier, pour la tirer de là. Je ne bronchai pas. Les sourcils épinglés à mi-front, M. Todd la regarda avec une expression de lièvre légèrement paniqué.

« Oh, on ne va pas vous laisser partir tout de suite, madame Morden, répondit-il avec un sourire épouvantable qui découvrit ses grandes dents grises. Non, bien sûr que non. »

Un nouveau silence s'ensuivit. Les mains d'Anna étaient posées sur ses genoux, et elle les considérait d'un air renfrogné, à croire qu'elle les voyait pour la première fois. Mon genou droit s'affola et me fit une danse de Saint-Guy.

M. Todd se lança dans un discours énergique, poli par force répétitions, sur des traitements prometteurs, de nouveaux médicaments, le puissant arsenal d'armes chimiques dont il disposait ; on aurait juré qu'il parlait de potions magiques, de recettes d'alchimiste. Anna continuait à fixer ses mains en fronçant les sourcils ; elle n'écoutait pas. Il finit par se taire et la regarda du même air affolé de léporidé, la respiration bruyante, les lèvres tirées en une sorte de sourire lubrique qui découvrit de nouveau les fameuses dents grises.

« Merci », dit-elle poliment d'une voix qui semblait maintenant venir de très loin.

Elle hocha la tête, comme si elle acquiesçait par-devers elle.

« Oui, ajouta-t-elle, encore plus distante, merci. »

Là-dessus, M. Todd, comme libéré, se colla une tape sur les genoux, paumes bien à plat, sauta sur ses pieds et nous poussa littéralement vers la porte. Quand Anna fut sortie, il se tourna vers moi et me gratifia d'un sourire graveleux, d'homme à homme, et d'une poignée de mains, sèche, vigoureuse, stoïque, celle qu'il réserve aux conjoints, j'en suis sûr, en pareils moments.

Le couloir moquetté absorba nos pas.

L'ascenseur, une fois qu'on eut appuyé sur le bouton, descendit en flèche.

On déboula en pleine lumière, comme si on posait le pied sur une nouvelle planète où il n'y avait pas âme qui vive, à part nous.

*

Arrivés devant la maison et répugnant à nous risquer dans le connu, on s'attarda un long moment dans la voiture, sans rien dire, brusquement coupés de nous-mêmes et de l'autre. Anna porta son regard de l'autre côté de la baie où les mâts des bateaux aux voiles ferlées miroitaient sous la lumière. Elle avait le ventre enflé, une masse ronde et dure distendait la ceinture de sa jupe. Elle dit que les gens allaient la croire enceinte – « À mon âge ! » – et on éclata de rire sans se regarder. Les mouettes nichant dans nos cheminées étaient toutes reparties vers la mer, ou bien elles avaient migré, ou allez savoir. Durant tout cet été sinistre, elles avaient passé leurs journées à tournoyer au-dessus des toits, en raillant les efforts qu'on déployait pour faire comme si tout allait bien, pas de problème, la terre continue de tourner. N'empêche qu'elle était là, solidement incrustée dans ses entrailles, cette grosseur qui n'était autre que le gros bébé M'Ort qui grandissait en elle en attendant son heure.

Faute d'avoir un autre endroit où aller, on finit par rentrer. La lumière vive de midi coulait à flots par la fenêtre et la cuisine avait un éclat froid, des lignes dures, comme si je la voyais à travers un objectif. Une impression de malaise pincé, généralisé, se dégageait des objets du quotidien – les bocaux sur les étagères, les casseroles sur la cuisinière, la planche à pain avec son couteau à dents – ; ils détournaient leurs regards de notre présence affligée que, subitement, ils ne reconnaissaient plus. Voilà, me dis-je avec tristesse, ce sera comme ça désormais, où qu'elle aille le tintement muet de la cloche du lépreux la précédera. *Quelle mine superbe tu as !* s'exclameraient-ils, *dis donc, on ne t'a jamais vue plus en forme !* Et elle ferait bonne figure, avec son sourire radieux, pauvre Mme Bones.

Debout, les mains sur les hanches, en manteau et foulard au milieu de la pièce, elle examinait les lieux d'un air contrarié. Elle était encore belle ce jour-là, les pommettes saillantes, la peau translucide, fine comme du papier. J'ai toujours particulièrement admiré son profil grec avec son nez tombant abruptement du front en une ligne d'ivoire taillé.

« Tu sais ce qu'il y a, déclara-t-elle avec une véhémence amère. C'est inconvenant, voilà ce que c'est. »

Je m'empressai de tourner la tête de peur de me trahir ; nos yeux sont toujours les yeux d'un autre, du nain fou et prêt à tout, tapi en nous. Je savais ce qu'elle voulait dire. Ce truc n'était pas censé lui tomber dessus. Ce n'était pas censé nous tomber dessus, on ne faisait pas partie de ce genre de personnes. Le malheur, la maladie, la mort prématurée touchaient les braves gens, les humbles, le sel de la terre, pas Anna, pas moi. Au beau milieu de la tournée impériale que représentait notre vie commune, un bon à rien souriant avait surgi de la foule en liesse et tendu l'acte d'accusation à ma reine tragique dans un simulacre de révérence.

Elle brancha la bouilloire, plongea la main dans une poche de son manteau et en sortit ses lunettes qu'elle chaussa en glissant la cordelette derrière son cou. Elle se mit à pleurer, distraitement, me semble-t-il, sans bruit. Je m'avançai maladroitement pour la prendre dans mes bras, mais elle se recula avec brusquerie.

« Pour l'amour de Dieu, pas de chichis ! me lança-t-elle sèchement. Après tout, je suis juste en train de mourir. »

La bouilloire s'arrêta automatiquement et l'eau, dedans, se calma en ronchonnant. Je m'émerveillai, pas pour la première fois, devant la suffisance cruelle des objets ordinaires. Mais non, ils n'étaient ni cruels ni suffisants, seulement indifférents, comment pourraient-ils être autrement ? À partir de maintenant, j'allais devoir prendre les objets tels qu'ils sont, et non tels que je pouvais les imaginer, car j'avais affaire à une nouvelle version de la réalité. Je sortis la théière et le thé qui s'entrechoquèrent – mes mains tremblaient –, mais elle dit que non, elle avait changé d'avis, c'était un cognac qu'elle voulait, un cognac et une cigarette, elle qui ne fumait pas et buvait rarement. Plantée près de la table et toujours en manteau, elle me décocha un regard noir et maussade de gamin provocateur. Elle ne pleurait plus. Elle ôta ses lunettes qu'elle laissa pendre au bout de leur cordelette et se frotta les yeux avec le gras du pouce. Je trouvai le cognac et m'en versai une mesure en tremblotant, heurtant le col de la bouteille contre le bord du verre dans un claquement de dents. Il n'y avait pas de cigarettes dans la maison, où allais-je en dénicher ? Elle ajouta que ce n'était pas grave, qu'elle n'avait pas vraiment envie de fumer. La bouilloire en inox étincelait et la volute de vapeur émanant du bec verseur rappelait vaguement le génie et la lampe. Oh, accorde-moi un vœu, rien qu'un.

« Retire ton manteau, au moins », m'écriai-je.

Mais pourquoi au moins ? Quel drôle de truc, le langage humain.

Je lui tendis le verre de cognac qu'elle garda à la main, sans le boire. La lumière de la fenêtre derrière moi se reflétait sur ses lunettes qui, ballottant sur sa clavicule, renvoyaient l'illusion sinistre d'une autre Anna, miniature, postée tout près d'elle, sous son menton, les yeux baissés. Brusquement, elle perdit de sa superbe et s'assit lourdement, en étendant les bras devant elle sur la table, en un geste curieux, apparemment désespéré, comme si elle suppliait une tierce personne, un juge invisible en face d'elle. Son verre heurta le bois et la moitié de son contenu se répandit. Incapable de rien faire, je la regardai avec attention. L'espace d'une seconde étourdissante, je me fis la réflexion que je ne serais plus jamais capable de lui dire quoi que ce soit, qu'on allait continuer ainsi jusqu'à la fin, dans une épouvantable impossibilité de parler. Je me penchai et embrassai le rond pâle et gros comme une pièce de six pence sur son crâne, au point du tourbillon de ses cheveux noirs.

« Tu sens l'hôpital, me dit-elle. Ça devrait être moi. »

Je lui confisquai son verre, le portai à mes lèvres et bus d'une traite le reste de cognac qui me brûla l'œsophage. Je compris alors le sentiment qui me rongeait depuis que j'avais affronté l'éclat vitreux du cabinet de M. Todd dans la matinée. C'était de la gêne. Anne éprouvait la même chose, j'en étais sûr. De la gêne, oui, l'impression paniquée de ne savoir que dire, ni où porter les yeux, ni comment me comporter, et aussi quelque chose qui n'était pas vraiment de la colère, mais une sorte de sourde contrariété, de sourd ressentiment face au sinistre pétrin dans lequel on se retrouvait. C'était comme si on nous avait confié un secret si grossier, si obscène qu'on ne supportait pratiquement plus de rester ensemble alors qu'on était incapable de se séparer, parce que chacun connaissait le truc ignoble que l'autre connaissait, et que ce savoir nous liait. De ce jour, tout allait être dissimulation. Il n'y aurait pas d'autre moyen de vivre avec la mort.

Toujours assise bien droite à la table, les bras tendus et les mains inertes, paumes offertes, Anna semblait attendre qu'on lui remette quelque chose et ne me regardait pas.

« Alors ? demanda-t-elle sans se retourner. Et maintenant ? »

Voilà que le Colonel regagne sa chambre à pas de loup. Il s'est tapé une longue séance aux chiottes. Strangurie, joli mot. Ma chambre est la seule de la maison à être équipée d'une salle de bains, comme le formule Mlle Vavasour avec une petite moue affectée. Et puis j'ai une vue, ou plutôt j'en aurais une s'il n'y avait pas ces cochonneries de bungalows au fond du jardin. Mon lit, un machin à l'italienne, haut sur pattes et imposant, qui conviendrait bien à un doge, la tête ornée de volutes et patinée comme un Stradivarius, est déprimant. Il faut que je demande à Mlle V. d'où il vient. Cette pièce devait être la chambre des parents du temps des Grace. À l'époque, je ne m'aventurais jamais au-delà du rez-de-chaussée, sauf dans mes rêves.

Je viens de remarquer la date d'aujourd'hui. Ça fait exactement un an qu'Anna et moi avons été forcés d'aller voir M. Todd pour la première fois à son cabinet. Quelle coïncidence. Ou peut-être que non ; les coïncidences existent-elles au royaume de Pluton, dans les vastes étendues sauvages où j'erre, perdu, en Orphée privé de lyre ? Douze mois, pourtant !

J'aurais dû tenir un journal. Mon journal de l'année de la peste.

Un rêve, voilà ce qui m'a attiré ici. Dedans, je marchais sur une route de campagne, et c'est tout. On était en hiver, au crépuscule, ou bien c'était une drôle de nuit à l'éclat feutré, le genre de nuits qu'on ne voit qu'en rêve, et il tombait de la neige mouillée. J'allais quelque part d'un pas résolu, je rentrais chez moi, semblait-il, même si je ne savais pas précisément à quoi correspondait ce chez-moi ni où il pouvait être. À ma droite, il y avait un espace dégagé, plat et quelconque, sans maison ni masure en vue et, à ma gauche, une large et sombre bande d'arbres en bordure de route. Malgré la saison, ils n'avaient pas perdu leurs feuilles épaisses, presque noires, et leurs branches ployaient en masse sous la neige qui s'était transformée en une glace molle, translucide. Un truc, une voiture, non, une bicyclette, une bicyclette de jeune garçon, était en panne car, outre que j'avais mon âge actuel, j'étais aussi un gamin, un grand gamin empoté, oui, et je repartais chez moi, ce devait être ça, ou bien je repartais vers un endroit qui avait été mon chez-moi avant et que j'allais reconnaître, une fois arrivé. J'avais des heures de marche devant moi, pourtant ça m'était égal, puisque c'était un trajet d'une importance sans pareille mais inexplicable, que je devais accomplir jusqu'au bout. J'étais calme intérieurement, tout à fait calme et confiant aussi, même si je ne savais pas trop où j'allais, sinon que je rentrais chez moi. J'étais seul sur la route. La neige, qui était tombée lentement toute la journée, ne présentait pas la moindre trace, ni de roues, ni de bottes, ni de sabots – personne n'était passé ni ne passerait par là. J'avais un problème au pied, le gauche, j'avais dû me blesser, mais longtemps auparavant, car il ne me faisait pas souffrir, même si, à chaque pas, il me fallait le lancer en une sorte de demi-cercle maladroit, ce qui me gênait, pas sérieusement, mais quand même assez. Je m'apitoyais sur mon sort, c'est-à-dire que le rêveur que j'étais s'apitoyait sur le sort du personnage du rêve, ce pauvre lourdaud qui avançait crânement dans la neige à la nuit tombante avec juste la route devant lui et aucune certitude de retrouver son domicile.

C'était tout ce qu'il y avait dans le rêve. Ce trajet n'avait pas de fin, je n'arrivais nulle part et il ne se passait rien. Je marchais, un point c'est tout, résolu et démuni, en peinant dans la neige et le crépuscule hivernal sans que cette épreuve semble devoir se terminer. Et, contrairement à ce qui m'arrive fréquemment ces temps-ci, je m'étais réveillé dans la pénombre de l'aube sans ce sentiment qu'on m'avait arraché encore une fois une couche de peau protectrice, mais avec la conviction que quelque chose avait été accompli ou, du moins, amorcé. Juste après, et pour la première fois depuis je ne sais combien de temps, j'avais repensé à Ballymoins, à la maison de Station Road, aux Grace et à Chloé Grace, pourquoi ? Je n'en ai pas idée, ce fut comme si j'avais brusquement émergé des ténèbres et débouché dans une flaque de lumière pâle, blanchie par le sel. Elle ne dura qu'une minute, moins d'une minute, cette légèreté bienheureuse, pourtant elle me souffla ce que je devais faire et où je devais aller.

C'est sur la plage que je la vis, Chloé Grace, pour la première fois. Il faisait un temps radieux avec un vent tumultueux, et les Grace étaient installés dans un modeste renfoncement que le vent et les vagues avaient creusé dans les dunes et auquel leur allure quelque peu libertine donnait un faux air d'avant-scène. Ils étaient remarquablement équipés d'une longueur de toile rayée délavée tendue entre des piquets pour les protéger des vents froids, d'une table et de chaises pliantes ainsi que d'un panier en osier de la taille d'une petite valise renfermant des Thermos et des boîtes en métal remplies de sandwichs et de biscuits secs ; ils avaient même de vraies tasses à thé, avec des soucoupes. C'était un secteur de la plage tacitement réservé aux clients du Golf Hotel, dont la pelouse s'arrêtait juste derrière les dunes, et des regards indignés foudroyaient ces habitants d'une villa qui s'imposaient sans vergogne avec leur beau matériel de plage et leurs bouteilles de vin, regards que les Grace ignoraient, si tant est qu'ils les aient remarqués. Cette fois encore, M. Grace, Carlo Grace, papa, portait un short, ainsi qu'un blazer à rayures multicolores sur son torse nu à part deux grosses touffes de poils frisés pareilles à une minipaire d'ailes déployées. Je n'avais encore jamais rencontré, et je crois que ça ne m'est jamais arrivé depuis, quelqu'un doté d'une pilosité aussi fascinante. Il avait, planté sur la tête, un chapeau en toile qui ressemblait à un seau de plage renversé. Assis sur l'une des chaises pliantes, il tenait un journal ouvert devant lui et réussissait à fumer une cigarette, malgré les puissantes rafales venant de la mer. Le garçon blond, le zozo qui se balançait sur le portail – c'était Myles, je ferais mieux de l'appeler par son nom – était accroupi aux pieds de son père, affichant une moue boudeuse et creusant le sable avec un bout de bois flotté, à l'extrémité biscornue. Un peu plus loin derrière eux, protégée par le mur de la dune, une jeune fille, ou une jeune femme, à genoux et la mine irritée, se tortillait derrière une grande serviette rouge pour essayer tant bien que mal de se débarrasser de ce qui se révélerait être un maillot mouillé. L'air étonnamment pâle, elle avait un long visage fin où transparaissait sa beauté intérieure et une épaisse chevelure aile de corbeau. Je remarquai qu'elle ne cessait de jeter des coups d'œil, empreints de ressentiment, me sembla-t-il, vers la nuque de Carlo Grace. Je remarquai aussi que le petit Myles la surveillait en douce, dans l'espoir manifeste – sentiment que je partageais – que la serviette glisse. Elle ne pouvait donc guère être sa sœur.

Mme Grace remonta de la plage. Elle était allée se baigner et portait un maillot noir, moulant et luisant comme une peau de phoque et, par-dessus, une sorte de jupe portefeuille qui, confectionnée dans une matière diaphane et retenue à la taille par un bouton, s'ouvrait généreusement à chacun de ses pas sur ses cuisses nues et fermes, bronzées, plutôt rondes, mais bien faites. S'arrêtant devant son mari, elle releva ses lunettes de soleil à monture blanche en serre-tête et attendit qu'il prenne le temps d'abaisser son journal, qu'il lève sa main fermée sur une cigarette, la mette en visière devant ses yeux pour se protéger de la réverbération accentuée par le sel et qu'il la regarde. Quand elle lui eut dit quelque chose, il pencha la tête, haussa les épaules et sourit en découvrant une longue rangée de petites dents blanches et régulières. Derrière lui, la jeune fille, toujours cachée derrière sa serviette, envoya promener le fameux maillot dont elle avait enfin réussi à s'extraire, s'assit sur le sable, jambes repliées et de dos, la serviette drapée comme une tente autour d'elle, et appuya le front contre ses genoux tandis que Myles plantait son bâton dans le sable de toute la force de sa déception.

C'était donc la famille Grace : Carlo Grace et sa femme Constance, leur fils Myles, la jeune fille ou femme qui, j'en avais la certitude, n'était pas la personne que j'avais entendue rire dans la maison le premier jour, et toutes leurs affaires, leurs chaises pliantes, leurs tasses à thé, leurs verres de vin blanc, la jupe généreusement ouverte de Connie, le drôle de chapeau, le journal et les cigarettes de son mari, le bâton de Myles et le maillot de la jeune fille, ourlé d'un galon de sable et abandonné en tas là où elle l'avait jeté, comme si c'était la mer qui l'avait rapporté.

Combien de temps Chloé avait-elle passé sur la dune avant de sauter ? Je l'ignore. Peut-être avait-elle été là tout du long, à me regarder regardant les autres ? Au début, je ne vis qu'une silhouette, le soleil derrière elle coiffant ses cheveux courts d'un casque brillant. Puis elle leva les bras et se lança de la dune, genoux serrés. L'air fit bouffer un instant les jambes de son short. Elle était pieds nus et atterrit sur les talons en projetant une pluie de sable. La fille sous la serviette – Rose, donne-lui un nom à elle aussi, pauvre Rosie – poussa un petit cri effrayé. Les bras toujours levés et les talons dans le sable, Chloé vacilla et parut toute proche de basculer ou, du moins, de tomber rudement sur les fesses, mais elle garda l'équilibre et décocha mine de rien un sourire mauvais à l'adresse de Rose qui, les yeux pleins de sable, grimaçait, secouait la tête et battait des paupières.

« Chlo-é ! » fit Mme Grace avec un gémissement réprobateur.

Chloé l'ignora, avança, s'agenouilla dans le sable à côté de son frère et tenta de lui arracher son bâton. À plat ventre sur une serviette, les joues sur les mains, je faisais semblant de lire un livre. Chloé savait que je la regardais, mais apparemment ça ne la dérangeait pas. Quel âge avions-nous, dix ans, onze ? Disons onze ans, ça ira. Elle était aussi plate que Myles et ses hanches n'étaient pas plus larges que les miennes. Elle portait un maillot de corps blanc par-dessus son short. Ses cheveux décolorés par le soleil étaient presque blancs. Myles, qui avait bataillé pour défendre son bâton, finit par le lui reprendre et lui en colla un coup sur les doigts, ce qui lui fit pousser un : « Aïe ! » et l'incita à le frapper au sternum, de son petit poing serré.

« Écoutez cette annonce, lança le père qui, hilare, lut à haute voix sans s'adresser à personne en particulier : *Authentiques renards pour démarchage de stores vénitiens. Permis de conduire exigé. Soumettre candidature B.P. 23.*

Il rit de plus belle, toussa et, ce faisant, continua à rigoler.

« Authentiques renards ! brailla-t-il. Oh là là. »

C'est fou ce que les sons peuvent être étouffés au bord de la mer, étouffés et pourtant amplifiés, tels des coups de feu dans le lointain. C'est sans doute dû à cette masse de sable. Encore que je sois bien incapable de dire quand j'ai eu l'occasion d'entendre un ou des coups de feu.

Mme Grace se servit un verre de vin, goûta, grimaça et s'installa sur une chaise pliante, une jambe par-dessus l'autre, la chaussure de plage en équilibre précaire au bout du pied. Rose s'habillait maladroitement sous sa serviette. Puis ce fut au tour de Chloé de ramener les genoux contre le torse – est-ce que c'est un geste que font, ou du moins que faisaient, toutes les filles, de s'asseoir comme un Z qui aurait basculé en avant ? – et de s'attraper les pieds. Myles lui décocha un coup de bâton dans les côtes.

« Papa, s'écria-t-elle d'un ton nonchalamment irrité, dis-lui d'arrêter. »

Son père poursuivit sa lecture. La chaussure de Connie Grace ballait au rythme de la mélodie qui devait lui trotter dans la tête. Sous le soleil brûlant, le sable autour de moi relâchait sa mystérieuse odeur de chat. Dans la baie, une voile blanche faseya et partit sous le vent et, l'espace d'une seconde, le monde gîta. Quelqu'un, plus loin sur la plage, appela quelqu'un d'autre. Enfants. Baigneurs. Un chien roux à poil dur. Le bateau rentra dans le vent ; porté par l'eau, j'entendis distinctement le bruissement et le claquement de la toile. Puis la brise tomba et le silence s'installa.

Ils entamèrent un jeu, Chloé, Myles et Mme Grace : les enfants se lançaient le ballon par-dessus la tête de leur mère qui courait et sautait pour l'attraper, sans succès la plupart du temps. Quand elle court, sa jupe se gonfle derrière elle et je ne peux détacher mes yeux du renflement noir sur l'apex inversé de son pubis. Lorsqu'elle bondit, elle empoigne l'air, pousse des cris haletants et rit. Ses seins ballottent. À la voir, on est presque saisi d'inquiétude. Une créature pourvue d'autant de courbes et de creux ne devrait pas s'agiter ainsi, elle va s'abîmer quelque chose à l'intérieur, un tendre agencement de tissu adipeux et de cartilage nacré. Son mari a abaissé son journal et la regarde lui aussi, il se peigne la barbe avec les doigts et esquisse un sourire froid qui découvre un peu ses jolies petites dents tandis que ses narines palpitent furieusement, comme s'il cherchait à capter son odeur. Il a l'air excité, amusé et un rien méprisant ; on croirait qu'il a envie de la voir tomber et se faire mal ; je m'imagine le frapper, lui donner un coup de poing dans le torse – son torse velu –, comme Chloé a cogné son frère. Déjà, je connais ces gens, déjà, je suis des leurs. Et je suis tombé amoureux de Mme Grace.

Rose émerge de la serviette, vêtue d'une chemise rouge et d'un pantalon noir – tel l'assistant d'un magicien surgissant de dessous une cape doublée d'écarlate –, et s'évertue à ne regarder personne, surtout pas la femme et ses enfants qui s'amusent.

Subitement, Chloé se désintéresse du jeu, se détourne et s'affale sur le sable. Je finirais par drôlement bien les connaître ces sautes d'humeur, ces bouderies soudaines ! Sa mère lui crie de revenir jouer, mais elle reste de marbre. Allongée sur le côté, chevilles croisées et en appui sur un coude, elle contemple la mer derrière moi, les yeux plissés. Myles exécute une danse de chimpanzé sous son nez en se frappant les flancs juste en dessous des aisselles et en poussant des cris qui ne veulent rien dire. Elle donne l'impression de le traverser du regard.

« Sale môme », dit la mère, sur un ton presque résigné, de ce rabat-joie qu'est sa fille, avant de se rasseoir.

Elle est haletante, et la douce déclivité de sa poitrine couleur de sable s'abaisse et se soulève avec régularité. Elle repousse de la main une mèche de cheveux collée sur son front moite et je fixe l'ombre intime sous son bras, prune, couleur des fantasmes humides qui animeront mes nuits futures. Chloé boude. Myles recommence à creuser violemment le sable avec son bâton. Leur père replie son journal et étudie le ciel du coin de l'œil. Rose surveille un bouton de sa chemise qui menace de tomber. Les petites vagues roulent et clapotent, le chien roux aboie. Et ma vie est à jamais changée.

Mais, d'ici l'ultime changement, le plus crucial, notre vie ne change-t-elle pas radicalement à chacun des moments qui nous sont donnés de vivre ?

On passait tous nos étés là, mon père, ma mère et moi. À l'époque, on n'aurait pas formulé les choses de cette manière. *On venait là en congé*, voilà ce qu'on aurait dit. Incroyable le mal que je peux avoir à parler aujourd'hui comme je parlais alors. On est venus là en congé tous les étés, des années durant, jusqu'à ce que mon père fiche le camp en Angleterre, ainsi que les pères le faisaient parfois jadis, et ainsi qu'ils le font encore. Notre bungalow en location était un peu plus petit qu'une maison témoin en bois, grandeur nature. Il y avait trois pièces, une salle de séjour, devant, qui faisait également cuisine et deux chambres minuscules à l'arrière. Il n'y avait pas de plafonds, juste des sous-toitures en papier goudronné. Les murs, lambrissés d'étroites planches biseautées d'une élégance exempte de tout calcul, exhalaient par beau temps une odeur de peinture et de sève de pin. Ma mère cuisinait sur un réchaud, dont le minuscule orifice d'alimentation en pétrole me procurait un plaisir obscurément furtif quand il fallait que je le nettoie et que j'utilisais, pour cette tâche, un instrument fragile formé d'une bande de métal souple au bout de laquelle pointait, à angle droit, un filament rigide. Je me demande où il est passé, ce petit Primus, si robuste et si fidèle. Il n'y avait pas d'électricité et, la nuit, on s'éclairait avec une lampe à pétrole. Mon père travaillait à Ballyplus et rentrait par le train le soir, rongé par de muettes fureurs et charriant comme autant de bagages les frustrations de sa journée entre ses poings serrés. Comment ma mère employait-elle son temps quand il était parti et que je n'étais pas là ? Je l'imagine, dans ce bungalow en bois, assise à la table recouverte d'une toile cirée, une main sous la tête, berçant ses désaffections alors que sa longue journée touche à sa fin. Elle était encore jeune – tous les deux, mon père et ma mère, étaient plus jeunes que moi aujourd'hui, c'est certain. Que ça fait drôle de penser à un truc pareil. Tout le monde a l'air plus jeune que moi, même les morts. Je les revois là, mes pauvres parents, jouant avec rancœur à se construire une cabane dans l'enfance du monde. Leur malheur a été une des constantes de mes jeunes années, un bourdonnement aigu et incessant juste au-delà des fréquences audibles. Je ne les détestais pas. Je les aimais, probablement. Seulement, ils me gênaient, ils brouillaient ma vision de l'avenir. Avec le temps, je finirais par les comprendre, mes parents transparents.

Ma mère n'acceptait de se baigner qu'à l'autre bout de la plage, loin des regards des clients de l'hôtel et des groupes d'excursionnistes bruyants. Là-bas, après l'endroit où commençait le terrain de golf, il y avait, à quelques mètres du rivage, un banc de sable qui, lorsque la marée s'y prêtait, fermait un lagon peu profond. Ma mère se vautrait dans ces eaux troubles avec un plaisir limité, méfiant, sans nager, car elle ne savait pas nager, et, allongée de tout son long, les mains en appui sur le fond, elle se propulsait à la surface tout en bataillant pour garder la bouche au-dessus des vaguelettes clapotantes. Elle portait un maillot en Crimplene, rose layette, avec une modeste jupette bien tendue juste au-dessous de l'entrejambe. Son visage, coiffé d'un bonnet en caoutchouc très emboîtant, paraissait nu et sans défense. Mon père, un honnête nageur, avançait rapidement malgré des jambes comme entravées, avec des mouvements mécaniques et heurtés, la bouche tordue en une grimace de suffocation et un œil exorbité. Lorsqu'il avait terminé une longueur, il se redressait, haletant et crachant, les cheveux plaqués sur le crâne, les oreilles au vent, le maillot noir notablement renflé et, les mains sur les hanches et la mâchoire contractée par un tic, observait les efforts de ma mère avec un petit sourire sardonique. Il lui lançait de l'eau à la figure, l'attrapait par les poignets et reculait en la tirant sans ménagement. Elle fermait les yeux tant qu'elle pouvait et le suppliait d'arrêter avec des cris furieux. Je suivais ces provocations grotesques avec un écœurement incroyable. Quand, ce jour-là, il finit par la lâcher, il se tourna vers moi, me renversa, puis me saisit par les chevilles et me poussa droit devant, comme une brouette, loin du banc de sable, en riant. Quelle force avaient ses mains, on aurait cru des menottes en métal malléable, froid, aujourd'hui encore je sens leur violence quand elles se refermaient sur moi. C'était un homme violent, un homme aux gestes violents, aux plaisanteries violentes, mais timide aussi, pas étonnant qu'il nous ait quittés, il ne pouvait pas faire autrement. Je bus la tasse puis, paniqué, me contorsionnai pour me libérer de sa poigne de fer et, enfin remis sur pieds, demeurai planté au milieu des vagues, secoué de haut-le-cœur.

Debout sur le sable dur à la lisière de l'eau, Chloé Grace et son frère avaient suivi la scène.

Ils étaient en short, comme d'habitude, et pieds nus. Je remarquai leur ressemblance frappante. Ils étaient allés ramasser des coquillages, que Chloé rapportait dans un mouchoir dont elle avait noué les pointes pour en faire une pochette. Ils nous regardaient, le visage vide d'expression, comme s'ils assistaient à un spectacle, à un numéro comique monté tout spécialement pour eux mais qui ne leur paraissait ni très intéressant ni très amusant, juste curieux. Je rougis, j'en suis sûr, même si j'étais gris et si j'avais la chair de poule, et me sentis extrêmement conscient du mince filet d'eau que mon maillot trop lâche laissait couler en un arc irrépressible. Si j'en avais eu le pouvoir, j'aurais immédiatement éliminé ces parents qui me valaient une telle humiliation, je les aurais pulvérisés comme des bulles d'embrun, ma petite mère grassouillette avec son visage nu et mon père dont le corps aurait pu être un bloc de lard pur. Une rafale de vent s'abattit sur la plage, qu'elle parcourut furieusement après avoir attaqué de biais une épaisseur de sable sec, puis frisa la surface de l'eau en y ciselant de fines petites pointes métalliques. Je frissonnai, pas de froid cette fois, mais comme si quelque chose m'avait traversé, silencieusement, rapidement, irrésistiblement. Le tandem sur le rivage tourna les talons et s'éloigna à pas lents vers l'épave du cargo.

Était-ce jour-là que je remarquai que Myles avait les pieds palmés ?

Au rez-de-chaussée, Mlle Vavasour joue au piano. Elle appuie doucement sur les touches, en veillant à ne pas se faire entendre. Elle a peur de me déranger là-haut, occupé comme je le suis par mes formidables travaux incroyablement importants. Elle interprète Chopin très joliment. J'espère qu'elle ne va pas se lancer dans du John Field, ça, je ne le supporterais pas. Au début, j'ai tenté de l'intéresser à Fauré, à ses derniers nocturnes en particulier, que j'admire énormément. Je lui ai même acheté les partitions, les ai fait venir de Londres, à grands frais. Je me suis montré trop ambitieux. Elle prétend que ses doigts ne savent pas s'y prendre avec les notes. C'est plutôt *votre tête*, ai-je envie de lui répondre. Pensées déloyales. Je suis étonné qu'elle ne se soit jamais mariée. Elle était belle autrefois, d'une beauté intérieure. À présent, elle ramasse ses longs cheveux gris, jadis si noirs, en un chignon serré sur la nuque dans lequel elle pique deux épingles croisées de la taille d'aiguilles à tricoter, style qui, à mon avis, suggère de façon très malvenue la maison de geishas. Le thème japonais est repris dans le peignoir en soie, genre kimono noué à la taille, qu'elle porte le matin, et qui présente un motif d'oiseaux bariolés et de feuilles de bambou. À d'autres moments de la journée, elle préfère des tweeds confortables mais, à l'heure du dîner, elle nous surprend parfois, le Colonel et moi, en débarquant à table toute froufroutante dans une confection vert citron largement ceinturée lui arrivant aux mollets ou vêtue à l'espagnole, d'un boléro écarlate, d'un fuseau noir et de jolies petites ballerines noir brillant. L'image même de la vieille dame élégante – et elle note mon coup d'œil approbateur avec un trouble muet.

Les Cèdres ne conservent pratiquement plus rien du passé, du passé que j'y ai vécu. J'avais espéré quelque chose de spécifique sur les Grace, même minime ou apparemment insignifiant, une photo fanée, oubliée dans un tiroir, une mèche de cheveux, voire une épingle à cheveux, coincée entre les lattes du plancher, mais il n'y a rien, rien de ce genre. Je n'ai pas davantage retrouvé une ambiance méritant d'être mentionnée. Je suppose que la multitude de vivants qui a traîné ses guêtres ici – c'est une pension, somme toute – a effacé toute trace des défunts.

Comme le vent souffle furieusement aujourd'hui, ses grands poings inefficaces et rembourrés martèlent les carreaux de la fenêtre. C'est exactement le temps d'automne, venteux et dégagé, qui m'a toujours plu. C'est une saison que je trouve stimulante, de même que le printemps est censé l'être pour d'autres. L'automne se prête au travail, là-dessus je partage entièrement l'avis de Pouchkine. Oh oui, Alexandre et moi, sommes tous deux des octobristes. Cela posé, me voici atteint d'une constipation générale, pas du tout pouchkinienne, qui m'empêche de travailler. Pourtant, je reste à ma table, à pousser les paragraphes de-ci de-là, comme les jetons d'un jeu dont j'aurais oublié les règles. La table en question est un petit machin fragile, doté d'un abattant auquel on ne peut se fier, que Mlle V. a elle-même monté jusqu'ici et qu'elle m'a passé avec une intention précise et intimidée. « *Creak, little wood thing, creak*[1]. » Il y a aussi mon fauteuil en bois courbé, pivotant, qui ressemble à s'y méprendre à celui que j'avais dans un logement où on a vécu en location il y a longtemps, Anna et moi ; il gémit de la même façon quand je me

1. « Craque, mon petit siège en bois, craque. ».

rejette en arrière. Le travail auquel je suis censé me consacrer est une monographie sur Bonnard, modeste projet dans lequel je suis embourbé depuis tellement d'années que je préfère ne pas les compter. Un très grand peintre, à mon avis, sur qui, je m'en suis rendu compte il y a belle lurette, je n'ai rien d'original à dire. Cesdames-au-bain, l'avait surnommé Anna, avec un gloussement. *Bonnard, Bonn'art, Bon'nargue.* Oui, je n'arrive pas à travailler, je ne réussis qu'à griffonner comme je le fais là maintenant.

De toute façon, ce n'est pas le mot « travail » que j'utiliserais pour définir mon activité. Travail est un terme trop solennel, trop grave. Les ouvriers travaillent. Les grands hommes travaillent. Mais pour nous, qui nous situons entre les deux, il n'existe pas de mot suffisamment modeste qui puisse néanmoins décrire ce que nous faisons et la manière dont nous le faisons. Bricoler, je n'accepte pas. Ce sont les amateurs qui bricolent, tandis que nous autres, la classe ou le genre dont je parle ici, sommes avant tout des professionnels. Des fabricants de papiers peints, tels que Vuillard et Maurice Denis, étaient tout aussi sérieux – encore un mot clé – que leur ami Bonnard, malheureusement le sérieux ne suffit pas, ne suffit jamais. Nous ne sommes pas des tire-au-flanc, nous ne sommes pas des flemmards. En fait, nous sommes frénétiquement énergiques, par à-coups, mais nous sommes libres, inexorablement libres, de ce qui pourrait s'appeler la malédiction de la perpétuation. Nous finissons les choses, tandis que le véritable ouvrier, comme l'a affirmé le poète Valéry – je crois que c'est lui –, ne finit pas une œuvre, il l'abandonne, un point c'est tout. Une jolie esquisse montre Bonnard au musée du Luxembourg avec un ami, Vuillard en l'occurrence, si je ne me trompe, qu'il charge de distraire le gardien pendant qu'il sort prestement sa boîte de peinture afin de retoucher un détail d'un de ses tableaux accroché là depuis des années. Les vrais ouvriers meurent tous d'une crise de frustration. Tant de choses à accomplir et tant de choses laissées inaccomplies !

Aïe. Voilà encore cette fichue sensation de brûlure. Je ne peux m'empêcher de me demander si ça ne présagerait pas un truc grave. Les premiers symptômes d'Anna étaient extrêmement discrets. Au cours de l'année qui vient de s'écouler, je suis devenu un véritable expert en problèmes médicaux, ce qui n'a rien d'étonnant. Je sais, par exemple, que des fourmillements dans les extrémités constituent l'une des premières manifestations de la sclérose en plaques. Or, je sens une sorte de fourmillement, mais en plus fort. Ça me fait comme une pique ou une série de piques brûlantes dans le bras ou sur la partie supérieure de la phalange du gros doigt de pied droit et, du coup, je suis obligé de traverser ma chambre à cloche-pied en poussant de pitoyables meuglements affligés. La douleur, ou l'élancement, qui ne dure pourtant pas, est souvent aiguë. On croirait qu'on teste mes signes vitaux ; des signes de sentiment, des signes de vie.

Anna se moquait de moi à cause de mon côté hypocondriaque. *Docteur Max*, m'avait-elle surnommé. *Comment docteur Max se porte-t-il aujourd'hui, est-il souffrant ?* Elle avait raison, bien entendu, j'ai toujours été un geignard, à monter en épingle le moindre petit malaise, le moindre petit bobo.

Revoici le rouge-gorge, tous les après-midi il déboule de je ne sais où et se perche sur le buisson de houx à côté de la cabane. Je remarque qu'il préfère faire les choses par trois et qu'il saute d'une branche haut placée vers une plus basse et une plus basse encore avant de s'arrêter pour lancer trois fois de suite la même note stridente, péremptoire. Chaque créature a ses habitudes. Maintenant, de l'autre bout du jardin, arrive furtivement le chat noir et blanc d'un voisin, Grosminet aux pas feutrés. Attention, petit oiseau. L'herbe a besoin d'être tondue encore une fois, et ça suffira pour cette année. Je devrais me proposer. L'idée ne m'a pas plus tôt effleuré que j'apparais en manches de chemise et pantalon tirebouchonné, trébuchant, en sueur, derrière la tondeuse, des brins d'herbe dans la bouche et un halo de mouches vrombissantes autour de la tête. Curieux le nombre de fois où je me vois ainsi ces temps-ci, à distance, dans la peau d'un autre et accomplissant des choses que seul quelqu'un d'autre accomplirait. Tondre la pelouse, par exemple. La cabane, bien que délabrée, a vraiment une certaine beauté quand on la regarde d'un œil indulgent, son bois a pris une teinte gris argent, soyeuse, pareille au manche d'un outil usagé, une pelle par exemple ou une fidèle hache. Le vieux Cesdames-au-bain aurait reproduit très précisément cette texture, son doux éclat et son miroitement. *Doodle deedle dee*.

Claire, ma fille, m'a écrit pour me demander comment je vais. Pas bien, je suis navré de te l'annoncer, chère Clarinda, pas bien du tout. Elle ne téléphone pas, parce que je l'ai prévenue que je ne prendrais aucun appel, pas même les siens. Non qu'il y en ait eu, puisque, à part elle, personne ne sait où je suis parti. Quel âge a-t-elle maintenant, vingt et quelques années, je ne sais pas trop. Elle est très intelligente, un vrai bas-bleu. Pas belle, cependant, je me le suis avoué il y a longtemps. Je ne peux pas dire que ce ne soit pas une déception, car j'avais espéré qu'elle serait une seconde Anna. Elle est trop grande, trop austère, ses cheveux roux indomptables ressemblent à du crin et encadrent de façon peu flatteuse son visage criblé de taches de rousseur et, quand elle sourit, elle découvre des gencives d'un rose blanchâtre et brillant. Avec ces jambes comme des allumettes, ce derrière mastoc, ces cheveux et surtout ce long cou – enfin quelque chose qu'elle tient de sa mère –, elle me fait toujours penser, j'en ai honte, à la Alice du dessin de Tenniel en train de croquer un bout de champignon magique. Pourtant, elle est courageuse et s'arrange autant que possible de sa personne et des autres. Elle a la balourdise attristante, sinistrement comique, de tant de filles disgracieuses. Si elle devait débarquer ici maintenant, elle entrerait dignement dans la pièce, se laisserait choir sur mon canapé, glisserait les mains entre ses genoux jusqu'à racler le sol du bout des doigts puis, faisant la moue, elle gonflerait les joues, lâcherait un « Beurk ! » et se lancerait dans une litanie des malheurs cocasses qui lui seraient tombés dessus depuis notre dernière rencontre. Claire chérie, mon adorable fille.

Elle m'a accompagné quand je suis venu ici, à Ballymoins, pour la première fois après ce fameux rêve, celui où je rentrais chez moi à pied sous la neige. Je crois qu'elle avait peur que je ne cherche à me noyer. Elle n'a sans doute pas idée de ma lâcheté. Ce trajet m'a un peu rappelé le bon vieux temps, car on a toujours aimé les balades, elle et moi. Petite, quand elle n'arrivait pas à dormir la nuit – elle a été insomniaque dès le départ, exactement comme son papa –, je l'enroulais dans une couverture, la collais dans la voiture et lui faisais faire des kilomètres sur la route de la côte, le long de la mer toute noire, en chantant des chansons dont je connaissais quelques passages, ce qui, loin de l'endormir, me valait des applaudissements motivés par un plaisir pas totalement dérisoire et des suppliques pour m'inciter à continuer. Plus tard, on a même pris la voiture pour partir en vacances ensemble, elle et moi, mais c'était une erreur, elle était adolescente et s'est vite lassée des vignobles, des châteaux et de ma compagnie et n'a cessé de me harceler bruyamment jusqu'à ce que je cède et la ramène à la maison. Le trajet pour descendre ici n'a somme toute pas été tellement plus agréable.

C'était une journée d'automne somptueuse, oui, vraiment somptueuse, toute en ors et en cuivres byzantins sous un ciel bleu nacré à la Tiepolo, la campagne soignée et rutilante au point qu'on aurait cru contempler son reflet sur la surface figée d'un lac : c'était une journée dans le genre de celles où le soleil me semble être, ces derniers temps, le gros œil du monde me regardant avec délectation me tordre de douleur. Claire portait un long manteau en suède marron foncé lequel répandait, dans la chaleur de la voiture, une discrète mais indéniable odeur de suint qui, même si je me gardais de toute remarque, m'affligeait. Je souffre depuis toujours d'une sensibilité, à mon avis exacerbée, à l'endroit des mélanges d'effluves qu'engendre une congrégation d'êtres humains. Cela étant, souffrir n'est peut-être pas le mot qui convient. J'aime, par exemple, les senteurs aigrelettes des cheveux de femme en mal de shampoing. Ma fille, une célibataire maniaque – j'ai, hélas ! la conviction qu'elle ne se mariera jamais –, n'a généralement pas la moindre odeur que je puisse détecter. C'est encore un des nombreux points où elle diffère de sa mère, dont la puanteur féroce – que le parfum le plus fort ne pouvait totalement masquer – avait été la première chose – le fumet de la vie même, pour moi – à m'attirer, il y a si longtemps. Aussi étrange que cela puisse paraître, mes mains conservent une trace de cette odeur, de son odeur, je ne peux les en débarrasser, quand bien même je les frotterais jusqu'à l'os. Les derniers mois, elle sentait, dans le meilleur des cas, les médicaments.

À notre arrivée, je m'étais émerveillé de constater qu'une grande partie du village – tel qu'il survivait dans mon souvenir – était encore debout, ne fût-ce que pour des yeux sachant où regarder, en l'occurrence les miens. Il m'avait semblé retrouver une vieille amoureuse chez qui on devinait encore clairement, derrière les traits épaissis par l'âge, les fins linéaments qu'un ancien moi avait jadis tant aimés. On avait laissé la gare déserte derrière nous et on avait traversé le petit pont – toujours intact, toujours en place – à bonne allure, mon estomac se soulevant, comme je m'en souvenais, à l'endroit le plus bombé, puis, là, tout s'était déployé devant moi, la route de la colline, la plage en bas et la mer. Je ne m'étais pas arrêté à la maison, me bornant juste à ralentir au passage. Il y a des moments où le passé est tellement prégnant qu'on a l'impression qu'il pourrait nous anéantir.

« C'était ça ! avais-je confié à Claire avec animation. Les Cèdres ! »

En descendant, je lui avais tout raconté, ou presque tout, sur les Grace.

« C'était là qu'ils habitaient. »

Elle s'était retournée sur son siège pour mieux voir.

« Pourquoi tu ne t'es pas arrêté ? »

Que lui répondre ? Qu'en plein cœur de ce monde perdu, j'étais subitement paralysé de timidité ? J'avais continué à rouler, puis avais tourné dans Strand Road. Le Strand Café avait disparu, une grande maison massive et remarquablement vilaine avait pris sa place. Il y avait là les deux hôtels, bien entendu plus petits et plus minables que dans mon souvenir, le Golf déployant avec majesté un drapeau assez impressionnant sur son toit. Même de l'intérieur de la voiture, on entendait le claquement distrait des palmes sèches des palmiers sur la pelouse devant, bruit qui, dans les pourpres nuits estivales d'antan, me paraissait promettre l'Arabie et ses multiples trésors. À présent, dans la lumière bronze de cet après-midi d'octobre – les ombres commençaient déjà à s'allonger –, tout avait un aspect bizarrement fané, comme sur les photographies illustrant les anciennes cartes postales. L'épicerie-buvette-débit-de-timbres de Myler s'était agrandie et transformée en un hypermarché aux couleurs criardes avec parking goudronné devant. Je me suis rappelé que, un demi-siècle plus tôt, sur le carré de gravillons de chez Myler, un petit chien en apparence inoffensif m'avait approché furtivement un après-midi hébété de soleil, paisible, désert, et montré les dents, lorsque j'avais avancé la main, d'une façon que j'avais prise à tort pour un sourire doucereux, puis m'avait mordu au poignet dans un claquement de mâchoires étonnamment vif, avant de se sauver en ricanant, du moins à ce qu'il m'avait semblé ; et que, à mon retour, ma mère m'avait amèrement grondé pour la sottise dont j'avais fait preuve en offrant ma main à cette sale bête et m'avait expédié, seul, chez le médecin – élégant et courtois – du village qui avait collé – pour la forme – un pansement sur la tuméfaction violacée, plutôt jolie, marquant mon poignet avant de me faire asseoir sur son genou pour m'expliquer, en appuyant sur mon bas abdomen d'une main merveilleusement pâle et ronde et sans doute manucurée, le secret d'une bonne respiration.

« Sors ton ventre au lieu de le rentrer, tu vois ? » m'avait-il conseillé d'une voix douce et roucoulante tandis que la chaleur de son grand visage falot se communiquait à mon oreille.

Claire avait eu un rire froid.

« Qu'est-ce qui t'a le plus marqué ? m'avait-elle demandé. Les dents du toutou ou la paluche du médecin ? »

Je lui avais présenté mon poignet où l'on voit

encore sur la peau recouvrant l'apophyse styloïde du cubitus les deux légères cicatrices que m'ont laissées les canines du canin.

« Ce n'était pas Capri et le docteur ffrench n'était pas Tibère, lui avais-je répondu. »

À dire vrai, je n'ai que de bons souvenirs de cette journée. Je me souviens encore que l'haleine du médecin sentait le café d'après le déjeuner et que sa gouvernante m'avait lancé un vilain regard torve en me raccompagnant à la porte d'entrée.

Claire et moi étions arrivés au Terrain.

En fait, ce n'est plus un terrain, mais une sinistre résidence de vacances remplie à la diable de bungalows en carton-pâte, forcément, conçus, je suppose, par le porte-crayon empoté qui a signé les horreurs se dressant au fond du jardin. Cependant, j'avais eu le plaisir de constater que l'endroit, aussi artificiel soit-il, avait été baptisé Les Lupins et que l'entrepreneur, je présume que c'est lui, avait été jusqu'à épargner un grand massif de cette modeste plante à l'état sauvage – *Lupinus*, de la famille des papilionacées, je viens de vérifier – à côté de l'entrée imitation gothique, d'un grandiose ridicule, par laquelle on accède de la route. C'était sous ce massif que, par les nuits les plus noires, une fois toutes les deux semaines, mon père venait, muni d'une pelle et d'une torche, creuser la terre sablonneuse en jurant entre ses dents et y déverser le contenu de nos W.-C. chimiques. Je ne peux jamais sentir le parfum discret mais curieusement anthropique de ces fleurs sans avoir l'impression de surprendre, derrière, l'odeur tenace des déjections.

« Tu ne vas donc pas t'arrêter ? s'était écriée Claire. Je commence à avoir mal au cœur. »

Avec les années, j'ai l'illusion que ma fille me rattrape en âge et que nous sommes désormais des contemporains. C'est sans doute dû au fait que j'ai une enfant très intelligente – si elle avait continué, elle serait devenue une spécialiste bien plus accomplie que je n'aurais jamais pu espérer le devenir. Et puis, elle me comprend à un point embarrassant et, contrairement à ceux qui me connaissent moins et me craignent par conséquent plus, elle n'a aucune indulgence pour mes marottes et mes excès. Or je suis en deuil et meurtri, j'ai besoin qu'on respecte mes sentiments. S'il existe des répits à long terme, alors voilà ce qu'il me faut. *Fiche-moi la paix*, lui avais-je crié mentalement, *laisse-moi passer discrètement devant les vieux Cèdres injustement dénigré, devant le Strand Café disparu, les Lupins et le Terrain d'antan, devant tout ce passé, car si je m'arrête, je vais me dissoudre en une flaque de larmes honteuse, c'est sûr et certain*. Pourtant, j'avais gentiment arrêté la voiture sur le bas-côté et elle était descendue sans rien dire, furieuse, en claquant la portière comme si elle me collait une gifle. Qu'avais-je donc fait pour la contrarier autant ? Elle est parfois aussi délibérément mal lunée que sa mère.

Puis, soudain, de manière totalement incroyable, voici qu'était apparue, derrière le groupe de maisons de lutins des Lupins, la ruelle de Duignan, toujours aussi défoncée, qui serpentait entre des haies d'aubépines en broussailles et de ronces empoussiérées. Comment avait-elle survécu aux déprédations des camions, des grues et des pelleteuses mécaniques ou pas ? Enfant, je la descendais tous les matins, pieds nus, un pot cabossé à la main, pour aller acheter le lait de la journée à Duignan, le laitier, ou à madame, une femme aux hanches massives et d'un entrain résigné. Le soleil avait beau être levé depuis longtemps, la fraîcheur humide de la nuit s'accrochait encore à la cour pavée où les poules avançaient à pas comptés au milieu de leurs fientes vert olive et craie. Il y avait toujours un chien à l'attache, sous une carriole penchée, qui me jaugeait du regard lorsque je passais devant lui en marchant sur la pointe des pieds pour éviter d'écraser une crotte de poulet, et aussi un cheval blanc sale qui sortait la tête par-dessus la demi-porte de la grange et m'observait en coulisse d'un œil amusé et sceptique sous un toupet blanc crème fumé de la même nuance que les fleurs de chèvrefeuille. Je n'aimais pas frapper à la porte de la ferme, car j'avais peur de la mère de Duignan, une vieille femme petite et carrée laquelle semblait équipée d'une jambe massive à chaque coin, cherchait sa respiration et humectait sa lèvre inférieure avec le pâle polype qui lui servait de langue, et je préférais traîner dans l'ombre violette de la grange en attendant que Duignan ou sa bourgeoise apparaissent et m'épargnent une rencontre avec la vieille bique.

Duignan était une grande andouille aux fins cheveux brun doré et aux cils invisibles. Il portait des chemises en calicot, sans col, déjà vintage à l'époque, et des pantalons informes qu'il coinçait dans des bottes en caoutchouc enduites de boue séchée. Dans la laiterie, pendant qu'il me servait à la louche, il me parlait de filles dans un filet de voix rauque extrêmement suggestif – il allait plus tard mourir d'une maladie de la gorge –, me disait être certain que j'avais une petite amie et voulait savoir si elle me laissait l'embrasser. Tout en bavardant, il gardait les yeux rivés sur le long et fin ruban de lait qu'il versait dans mon pot, souriant par-devers lui et battant furieusement des cils. Aussi terrifiant qu'il fût, il exerçait une indéniable fascination sur moi. Il paraissait toujours prêt à me provoquer, comme s'il allait exhiber une photo obscène ou étaler un savoir impressionnant et dégoûtant connu des seuls adultes. La laiterie était une cellule carrée, basse de plafond et chaulée, d'une blancheur telle qu'elle en était presque bleue. Les bidons en acier ressemblaient à des sentinelles accroupies coiffées de chapeaux plats et affichaient tous la même petite rosette blanche sur l'épaule à l'endroit où se reflétait la lumière de l'entrée. Perdus dans le silence, de larges récipients destinés à séparer la crème du lait, peu profonds et drapés de mousseline, étaient posés sur le sol et il y avait une baratte en bois, à manivelle, que j'ai toujours rêvé, en vain, de voir en action. L'odeur de lait, fraîche, intense et intime me faisait penser à Mme Grace et j'éprouvais un vif désir, mystérieusement excitant, de céder aux cajoleries de Duignan et de lui parler d'elle, mais résistais, sans doute sagement.

Et voici que j'étais revenu devant le portail de la ferme, l'enfant d'autrefois métamorphosé en un quasi-vieillard corpulent et à moitié gris. Sur le pilier du portail, une inscription grossièrement tracée avertissait les intrus qu'ils s'exposaient à des poursuites.

Claire, derrière moi, racontait je ne sais quoi sur les fermiers et leurs pétoires, mais je n'y avais pas prêté attention. J'avançais sur les pavés – il y avait encore des pavés ! en ayant l'impression non pas de marcher, mais plutôt de progresser par bonds, pataud comme un ballon de barrage à moitié gonflé, suffoqué par cette succession de coups émergeant du passé. Ici, il y avait la grange avec sa demi-porte. Puis une herse rouillée et penchée à la place de la carriole de Duignan autrefois – était-ce une illusion du souvenir, cette carriole ? La laiterie était là aussi, mais à l'abandon, un cadenas sur la porte démontée – à qui cette précaution devait-elle interdire l'entrée ? Voilà qui était impossible à imaginer –, les carreaux maculés de saletés ou cassés et le toit hérissé d'herbes. Un porche ouvragé, sorte de belvédère en verre et aluminium ressemblant à l'œil – rudimentaire – d'un insecte géant, avait été ajouté au devant de la ferme. Là-dessus, à l'intérieur dudit porche, une porte s'était ouverte sur une jeune femme d'un certain âge qui s'était figée pour me considérer avec circonspection. Je m'étais avancé gauchement, en souriant et en dodelinant de la tête, tel un gigantesque missionnaire maladroit approchant la minuscule reine d'une tribu de pygmées pas encore convertis et heureux de ne pas l'être. Au début, la jeune femme était prudemment restée sur le porche pendant que je déclinais bruyamment mon identité à travers les vitres en me livrant à de frénétiques gesticulations avec les mains. Elle avait néanmoins continué à me dévisager. On aurait cru une jeune actrice artistement grimée, dont le maquillage n'aurait pourtant dupé personne. Ses cheveux teints, couleur de cirage marron, et permanentés en une masse de crans serrés et brillants, trop bouffants pour son petit visage aux traits tirés, lui faisaient comme un halo d'épines drues et ressemblaient davantage à une perruque qu'à de vrais cheveux. Elle portait un tablier délavé par-dessus un pull-over qui ne pouvait avoir été tricoté que par elle seule, un pantalon d'homme en velours côtelé élimé aux genoux et ces fameux chaussons montants en faux velours bleu de Prusse avec fermeture Éclair sur le dessus qui, dans ma jeunesse, faisaient fureur chez les mémés et semblaient depuis quelque temps être devenus l'apanage des mendiantes et des poivrotes. J'avais braillé à travers la vitre que j'habitais dans le coin quand j'étais petit, dans un bungalow du Terrain et que je venais tous les matins chercher le lait à la ferme. Elle m'avait écouté en hochant la tête, le coin de la bouche crispé par instants, à croire qu'elle réprimait un fou rire. Elle avait fini par ouvrir la porte du porche et m'avait rejoint sur les pavés. Tout à mon euphorie à moitié insensée – sincèrement, j'étais dans un état d'énervement ridicule –, j'avais éprouvé un vif désir de la prendre dans mes bras. Je lui avais aussitôt parlé des Duignan, mari et femme, de la mère de Duignan, de la laiterie et même du sinistre clébard. Elle avait continué à hocher la tête, le sourcil arqué comme si elle ne me croyait pas et avait porté son regard derrière moi, vers l'endroit où Claire, emmitouflée dans son grand manteau coûteux bordé de fourrure, attendait, bras croisés, près du portail.

Avril, voilà comment elle s'appelait, m'avait dit la jeune femme. Avril. Elle ne m'avait pas donné de patronyme. Faiblement, telle une chose qui se serait relevée alors qu'on la croyait morte depuis longtemps, m'était revenu le souvenir d'une enfant en robe crasseuse qui, traînant dans le vestibule dallé de la ferme et tenant négligemment une poupée rose, chauve et nue sous son bras dodu, me scrutait avec une intensité de gnome que rien ni personne n'aurait pu altérer. Mais la personne devant moi ne pouvait pas être cette enfant qui, à l'heure actuelle, aurait eu, quoi ? la cinquantaine ? Peut-être l'enfant en question était-elle la sœur de cette femme-ci, mais bien plus âgée, en fait, née beaucoup plus tôt ? Était-ce possible ? Non, Duignan était mort jeune, il avait une quarantaine d'années, donc il n'était sans doute pas possible que cette Avril soit sa fille et... Pareil à une bête de somme désorientée et fatiguée, mon esprit avait regimbé devant ces calculs. Mais Avril, alors. Quels parents, dans ce coin perdu, auraient donné à leur enfant un prénom d'une délicatesse si printanière ?

Je lui avais posé d'autres questions sur les Duignan et Avril m'avait répondu oui, Christy Duignan était mort – Christy ? Avais-je jamais su que Duignan s'appelait Christy ? –, mais Mme D. vivait encore dans une maison de retraite sur la côte.

« Patsy a un logement près d'Old Bawn, Mary est en Angleterre, mais le pauvre Willy est mort. »

J'avais hoché la tête, soudain déprimé d'entendre parler d'eux, ces rejetons de la dynastie Duignan, si concrets, ne fût-ce que par leurs prénoms, si banalement réels, Patsy le fermier, Mary l'émigrante et feu le petit Willie, tous se pressaient à ma cérémonie du souvenir, tels des parents pauvres suivant un bel enterrement alors que personne ne les a invités. Les mots me manquaient. L'euphorie exaltante qui m'habitait quelques minutes plus tôt s'était dissipée et, planté là à sourire et à dodeliner mollement du chef, pendant que je me vidais de l'air qui me restait, je me sentais empâté et déconnecté de l'instant. À part son prénom, Avril ne s'était toujours pas présentée, elle avait l'air de penser que je la connaissais, que j'avais dû la reconnaître – mais comment et d'où aurais-je pu la connaître, même si elle s'encadrait sur ce qui avait été le seuil de la maison des Duignan ? Je m'étonnais qu'elle en sache autant sur eux si elle n'était pas l'une des leurs, comme cela semblait être le cas, ou au moins pas de la famille immédiate, une de ces Willie, Mary et Patsy, dont aucun ne devait avoir été son parent, car elle me l'aurait sûrement dit à présent. Ma mélancolie s'était subitement muée en un amer ressentiment à son endroit, comme si, en vertu d'une raison malveillante qui lui était propre, elle s'était campée là, dans ce déguisement peu convaincant – ces cheveux teints au henné, ces chaussons de mémé, afin d'usurper un coin de mon passé mythique. La peau grisâtre de son visage était semée, je l'avais noté, de minuscules taches de rousseur. Celles-ci n'avaient pas la couleur brun-roux de celles de Claire, de même que ce n'était pas les grosses taches qui fourmillaient sur les avant-bras étonnamment féminins de Christy Duignan ni celles – inquiétantes – qui commencent à apparaître au dos de mes mains et sur la peau d'une pâleur de poulet de mes salières, non, elles étaient bien plus foncées, de la teinte brun sombre du manteau de Claire, à peine plus grosses qu'une piqûre d'épingle et dénotaient, je suis au regret de le dire, un manque de propreté chronique et généralisé. Elles m'avaient rappelé un incident déplaisant, mais quoi au juste ? je n'avais pu le dire.

« C'est juste, vous voyez, avais-je déclaré, que ma femme est morte. »

Je ne sais pas ce qui m'avait pris de lâcher ça. J'espérais que Claire, derrière moi, n'avait pas entendu. Avril m'avait fixé d'un air imperturbable, attendant sans doute que j'en dise plus. Mais qu'aurais-je pu ajouter ? Il est des déclarations qui se suffisent à elles-mêmes. Elle avait haussé une épaule et le coin de la bouche du même côté en un geste suggérant la compassion.

« C'est malheureux, avait-elle lâché d'un ton froid et uniforme, je suis désolée. »

Allez savoir pourquoi, elle n'avait pas l'air de le penser.

Le soleil automnal, qui tombait de biais dans la cour, donnait un reflet bleuté aux pavés et, dans le porche, un pot de géraniums dressait bien haut ses dernières fleurs éclatantes. Franchement, quel monde !

Dans le silence floconneux du Golf Hotel, ma fille et moi avions l'air d'être les seuls clients. Claire avait eu envie d'un thé, j'avais donc commandé et on nous avait dirigés vers un jardin d'hiver glacial et désert à l'arrière du bâtiment, qui donnait sur la plage et la marée descendante. Il y subsistait, malgré l'atmosphère glacée, de légères traces des bacchanales d'antan. Un mélange d'odeurs de bière renversée et de tabac froid et, sur une estrade dans un coin, un piano droit, au couvercle relevé et aux touches grimaçant à brèche-dents, qui rappelait incongrûment le Far West. Après la rencontre à la ferme, je me sentais des frissons et des vapeurs, telle une diva qui sort de scène d'un pas chancelant au terme d'un récital catastrophique émaillé de canards dans les aigus, d'interventions ratées du souffleur et de décors effondrés. Claire et moi nous étions installés côte à côte sur un sofa et, peu après, un rouquin maladroit attifé d'une veste noire de serveur et d'un pantalon avec bande en satin sur le côté avait apporté un plateau qu'il avait posé avec fracas sur une petite table devant nous puis s'était enfui en trébuchant dans ses gros souliers. À mon œil peut-être trop délicat, le sachet de thé est une invention répugnante qui rappelle tel effet qu'une personne négligente aurait oublié dans la cuvette des W.-C. Je m'étais versé une tasse de thé noirâtre que j'avais agrémenté d'une rasade de ma flasque – il ne faut jamais circuler sans un petit remontant à portée de main, c'est une chose que j'ai apprise durant l'année qui vient de s'écouler. La lumière de l'après-midi avait viré à la grisaille hivernale et un mur de nuages, denses, bleu de vase, barrait l'horizon. Sur la laisse de haute mer, les vagues griffaient le sable lisse pour tenter de s'y accrocher, mais leur initiative capotait chaque fois. Il y avait davantage de palmiers de ce côté-ci, ébouriffés, étiolés, dont l'écorce grise ressemblait à de la peau d'éléphant, épaisse, solide. Ils devaient appartenir à une espèce drôlement résistante pour survivre sous ce froid climat septentrional.

Leurs cellules gardent-elles le souvenir de la fournaise du désert ? Perdue dans son manteau, ma fille serrait sa tasse à deux mains pour se réchauffer. J'avais noté avec un pincement de cœur ses ongles de bébé, leur teinte lilas pâle. Du jour où on a un enfant, il le reste à vie.

J'avais évoqué le Terrain, le bungalow, les Duignan.

« Tu vis dans le passé », avait-elle affirmé.

J'avais failli lui répondre avec brusquerie mais m'étais retenu. Elle avait raison, après tout. La vie, la vraie vie, est censée être une succession de luttes, d'actions et d'assertions où la volonté heurte sa tête émoussée contre le mur du monde, façon de parler, or quand je regarde en arrière, je m'aperçois que j'ai toujours consacré un maximum de forces à chercher un refuge, un réconfort, un... oui, je l'admets, c'est ça, un nid douillet. Voilà une découverte surprenante, pour ne pas dire troublante. Avant, je me faisais l'effet d'être une sorte de flibustier affrontant, le coutelas entre les dents, tous les quidams qui se présentaient, mais aujourd'hui, je dois avouer que je me berçais d'illusions. En vérité, je n'ai jamais voulu que vivre caché, protégé, défendu, m'enfouir dans un lieu d'une chaleur de matrice et m'y terrer, à l'abri du regard indifférent du ciel et des nuisances d'une atmosphère rigoureuse. C'est pour ça que le passé représente une véritable retraite pour moi et que je m'y réfugie volontiers, en me frottant les mains, pour échapper au présent froid et à l'avenir encore plus froid. Et cependant, quelle existence a-t-il réellement, ce passé ? Après tout, il n'est que le présent d'hier, un présent disparu, rien de plus. Et pourtant.

La tête rentrée dans la coquille de son manteau, à la manière d'une tortue, Claire avait ôté ses chaussures d'un mouvement vif, puis appuyé ses pieds contre le bord de la petite table. La vue d'une paire de pieds de femme enfermés dans un collant a toujours quelque chose de touchant, je crois que c'est parce que les orteils sont pressés les uns contre les autres, à croire qu'ils sont fondus ensemble ou presque. Ceux de Myles Grace étaient naturellement pas naturellement comme ça. Quand il les écartait, ce qu'il faisait aussi facilement qu'avec les doigts, les membranes entre eux se déployaient en une fine palmature, rose et translucide, parcourue, telle une feuille, d'un réseau de veinules rouges ressemblant à une flamme à couvert, signe distinctif du dieu mineur, c'est certain.

J'avais brusquement revu, émergeant d'un bleu vespéral de plus en plus foncé, la famille de nounours qui avait accompagné Claire durant toute son enfance. Je trouvais ces objets, en apparence animés, un peu répugnants. Quand je me penchais pour lui souhaiter bonne nuit dans la lumière grainée de sa lampe de chevet, je voyais, par-dessus la bordure de son dessus-de-lit, une demi-douzaine de paire d'yeux minuscules, en verre, brillants, marron liquide, fixes et d'une vivacité inquiétante, qui m'observaient.

« Tes *lares familiares*, lui avais-je lancé alors. Je suppose que tu les as encore, bien alignés sur ta couche de jeune fille ? »

Un rayon de soleil tombant à l'oblique sur la plage donnait une blancheur d'ossements au sable au-dessus de la laisse de haute mer, et un oiseau marin, blanc contre le mur de nuages, avait déployé ses ailes en faucille et pris son essor avant de pivoter d'un mouvement brusque et inaudible et de s'enfoncer, tel un chevron qui se referme, dans le dos turbulent de la mer. Sans réaction pendant un instant, Claire s'était mise à pleurer. Pas de bruit, juste des larmes, perles de mercure rutilantes dans l'ultime éclat de lumière marine qui coulait par l'immense paroi vitrée devant nous. Pleurer, en silence et de manière presque fortuite, est encore quelque chose qu'elle fait exactement comme sa mère.

« Il n'y a pas que toi qui souffres », avait-elle répliqué.

Franchement, je la connais si peu, ma fille. Un jour, dans sa jeunesse, elle avait douze ou treize ans, je suppose, et se trouvait au seuil de la puberté, j'avais fait irruption dans la salle de bains qu'elle avait oublié de fermer à clé. Elle était nue, à l'exception d'une serviette serrée en turban autour de sa tête. Dans la paisible clarté provenant de la fenêtre couverte de givre, elle s'était tournée pour me regarder par-dessus son épaule, pas du tout troublée, et m'avait fixé sans la moindre trace de gêne. Ses seins étaient encore en bourgeon, mais elle avait déjà son gros derrière en melon. Qu'avais-je ressenti en la voyant ? Un cataclysme intérieur derrière la tendresse et une sorte de peur. Dix ans plus tard, elle abandonnait ses études d'histoire de l'art – Vaublin et le traitement de la fête galante ; c'est bien d'elle, ou plutôt ça l'était – pour se mettre à donner des cours à des enfants retardés dans un des bidonvilles surpeuplés qui ne cessent de se multiplier à travers la ville. Quel gâchis. Je n'ai pas pu passer là-dessus, je ne peux toujours pas. J'essaie, mais sans succès. Tout cela à cause d'un jeune homme, un dingue de lecture affligé d'un menton riquiqui et d'idées extrêmement égalitaires, auquel elle avait donné son cœur. Cette liaison, si c'en était une – j'ai le sentiment que Claire est encore vierge –, s'est mal terminée pour elle. Après l'avoir persuadée de laisser tomber ce qui aurait dû être l'œuvre de sa vie au profit d'une action sociale dérisoire, la canaille s'est barrée en plantant là ma pauvre gamine. J'ai voulu le retrouver et le zigouiller. Laissez-moi au moins prendre un bon avocat, ai-je décrété, et l'attaquer pour violation de promesse de mariage. Anna m'a demandé d'arrêter ça, m'a dit que je ne faisais qu'aggraver les choses. Elle était déjà malade. Que pouvais-je faire ?

Dehors, le crépuscule s'était encore assombri. La mer, jusque-là silencieuse, avait entamé un vague tumulte, peut-être la marée commençait-elle à remonter. Les larmes de Claire avaient cessé de couler, mais elle ne les avait pas essuyées, elle semblait ne s'être aperçue de rien. J'avais frissonné : depuis quelque temps, de pleins cimetières de gens endeuillés me faisaient impitoyablement tourner les sangs.

Un gros bonhomme en jaquette, surgi derrière nous, s'était avancé sans bruit d'une démarche de domestique, il avait posé sur nous un œil poliment interrogateur, puis ayant croisé mon regard, il était reparti. Claire, qui reniflait, avait tiré un mouchoir de sa poche et s'était mouchée dans un boucan retentissant.

« Tout dépend, avais-je déclaré avec douceur, de ce que tu entends par souffrir. »

Sans répondre, elle avait rangé son mouchoir et s'était levée en jetant un coup d'œil alentour, les sourcils froncés, comme si elle cherchait quelque chose, mais ne savait pas quoi. Elle m'avait annoncé qu'elle allait m'attendre dans la voiture et s'était éloignée, la tête basse, les mains enfoncées dans les poches de cette peau taillée en manteau. J'avais poussé un soupir. Se détachant sur la voûte du ciel de plus en plus sombre, les oiseaux de mer prenaient leur essor, puis redescendaient comme des lambeaux de tissu. Je m'étais rendu compte que j'avais mal à la tête, que cette douleur m'avait taraudé à mon insu depuis que je m'étais assis dans cette boîte en verre à l'air vicié.

Le visage barré par une mèche de cheveux carotte et mous, le jeune serveur était revenu et, apeuré comme un renardeau, avait tendu la main vers le plateau. Vu ces couleurs, il aurait très bien pu appartenir au clan Duignan, lui aussi, à la branche cadette. Je lui avais demandé son nom. Il s'était interrompu, le corps bizarrement tourné à partir de la taille, et, inquiet de ce qui allait suivre, m'avait regardé par-dessous ses sourcils pâles. Sa veste était lustrée, les manchettes détachables de sa chemise salies.

« Billy, monsieur », avait-il répondu.

Je lui avais donné une pièce et il m'avait remercié, puis, l'ayant rangée, il avait pris le plateau avant de se retourner, hésitant.

« Vous allez bien, monsieur ? »

J'avais fixé mes clés de voiture d'un air perplexe

alors que je venais de les sortir de ma poche. Tout me paraissait être autre chose. J'avais dit que oui, j'allais bien, et il avait battu en retraite. Le silence autour de moi était aussi écrasant que la mer. Sur l'estrade, le piano affichait son sourire effrayant.

À mon départ de l'hôtel, l'homme en jaquette était à la réception. Le visage large, cireux et curieusement dénué de caractère, il s'était incliné devant moi avec un sourire épanoui, les mains jointes et serrées contre le torse en un geste d'une théâtralité exagérée. Qu'est-ce qu'ils ont donc, ces gens-là, pour que je me souvienne d'eux ? Il avait l'air mielleux et pourtant un peu menaçant sans que je puisse dire en quoi. Peut-être étais-je censé lui remettre un pourboire à lui aussi ? Comme je dis : quel monde !

Claire m'attendait à côté de la voiture, la tête rentrée dans les épaules, les mains toujours dans les manches de son manteau.

« Tu aurais dû me demander la clé, m'étais-je écrié. Tu croyais que je n'allais pas te la donner ? »

Malgré ma vive résistance, elle avait insisté pour prendre le volant au retour. Il faisait nuit noire et, dans la lumière aveuglante des phares, des bouquets d'épouvantarbres dépouillés de leurs feuilles surgissaient tour à tour devant nous, puis disparaissaient tout aussi soudainement, s'effondrant dans l'obscurité bordant la route, comme fauchés par l'appel d'air provoqué par notre passage. Claire se penchait tellement en avant que son nez touchait presque le pare-brise. Les lueurs qui se dégageaient du tableau de bord à la manière d'un gaz verdâtre lui faisaient un teint spectral. Je lui dis qu'il valait mieux qu'elle me laisse conduire. Elle me dit que j'étais trop soûl. Je lui dis que je n'étais pas soûl. Elle me dit que j'avais fini la flasque, qu'elle m'avait vu la vider. Je lui dis qu'elle n'avait pas à me faire des reproches de cet ordre. Elle s'était remise à pleurer, à crier au milieu de ses larmes. Je lui dis que, même soûl, j'aurais conduit moins dangereusement qu'elle, vu son état. On avait donc continué à se bouffer le nez, à s'engueuler comme du poisson pourri, c'est selon. Je lui avais répondu du tac au tac, l'avais asticotée, et toc, lui avais rappelé qu'elle avait, par chance ou plutôt par malchance – que le langage est imprécis, qu'il est mal adapté aux circonstances –, passé à l'étranger toute l'année qu'il avait fallu à sa mère pour mourir, à poursuivre fort commodément ses études tandis que je me débrouillais au mieux. Ma remarque avait fait mouche. Elle avait poussé un beuglement rauque entre ses dents serrées et s'était mise à flanquer de grands coups contre le volant. Puis elle m'avait balancé diverses accusations. Que j'avais *chassé Jérôme*. Je m'étais interrompu. Jérôme ? Jérôme ? Naturellement, elle faisait allusion au pilier de bonnes œuvres au menton fuyant – tu parles s'il lui a fait du bien –, ancien objet de son affection. Jérôme, oui, c'était le prénom étonnant de cette crapule. Comment, je t'en prie, lui avais-je demandé en me contrôlant, comment *l'ai-je chassé* ? À cela, elle s'était contentée de répondre par un grognement et un mouvement brusque de la tête. J'avais réfléchi. Il était vrai que je l'avais considéré comme un prétendant indésirable, que je le lui avais dit, de manière claire et nette, à plusieurs reprises mais, à écouter

Claire, j'avais brandi une cravache devant ce petit gars ou je l'avais coursé au fusil. Cela étant, si c'était mon antagonisme qui *l'avait chassé*, que fallait-il penser de son caractère ou de son opiniâtreté ? Non, non, il était préférable qu'elle soit débarrassée d'un individu de cette farine, c'était sûr et certain. Mais, là, je n'avais rien ajouté, j'avais gardé mes opinions pour moi et, au bout de deux à trois kilomètres, sa colère était retombée. C'est quelque chose que j'ai toujours noté chez les femmes, pourvu qu'on attende le temps qu'il faut, on arrive à ses fins.

Une fois à destination, je l'avais laissée garer la voiture et étais rentré directement à la maison où j'avais cherché le numéro des Cèdres dans l'annuaire et téléphoné à Mlle Vavasour pour lui dire que je souhaitais louer une de ses chambres. Puis j'étais monté à l'étage et m'étais couché en caleçon, me sentant soudain très las. Il n'y a rien de plus débilitant qu'une dispute avec sa fille. J'avais désormais quitté la chambre que nous partagions, Anna et moi, pour m'installer dans la pièce au-dessus de la cuisine qui avait servi de chambre d'enfants et où le lit, bas et étroit, n'était guère plus large qu'un lit pour gamin. À l'étage en dessous, Claire manipulait la batterie de cuisine avec fracas. Je ne lui avais pas encore annoncé que j'avais décidé de vendre la maison. Au téléphone, Mlle V. avait voulu savoir combien de temps j'envisageais de rester. J'avais surpris de la perplexité dans sa voix, de la méfiance même. J'étais resté délibérément vague. Quelques semaines, avais-je répondu, quelques mois, peut-être. Elle avait observé un long silence pensif, puis m'avait parlé du Colonel, définitivement installé dans les lieux, m'avait-elle expliqué, et qui avait ses habitudes. Je n'avais fait aucun commentaire à ce propos. Des colonels, moi, je m'en bats la paupière ! Pour ce que ça me faisait, elle était libre d'héberger un corps d'officiers au grand complet. Elle avait ajouté que je serais obligé de donner mon linge à laver à l'extérieur. Je lui avais demandé si elle se souvenait de moi.

« Oh oui, avait-elle répondu d'une voix atone, oui, bien sûr que je me souviens de vous. »

J'avais entendu le pas de Claire dans l'escalier. Sa colère s'était totalement dissipée à présent et elle montait d'un pas traînant, morne. Je suis sûr et certain que les disputes la fatiguent elle aussi. La porte de ma chambre était entrebâillée, mais elle n'était pas entrée, s'était bornée à me demander mollement si je désirais manger quelque chose. Je n'avais pas allumé les lampes et le long trapézoïde de lumière, à la base de plus en plus réduite, qui s'étalait sur le linoléum du palier où elle se trouvait, formait un chemin qui nous ramenait directement à l'enfance, la sienne et la mienne. Quand elle était petite et qu'elle dormait dans cette pièce, dans ce lit, elle aimait entendre le cliquetis de ma machine à écrire dans le bureau au rez-de-chaussée. C'était un bruit apaisant, me disait-elle, comme si elle m'écoutait penser, encore que je ne comprends pas en quoi le bruit de mes pensées pourrait réconforter qui que ce soit ; à mon avis, ce serait plutôt le contraire. Ah, mais qu'ils sont loin à présent ces jours, ces nuits. N'empêche, elle n'aurait pas dû me crier dessus comme ça dans la voiture.

« Papa, avait-elle répété avec un soupçon d'irritation cette fois, veux-tu dîner ou non ? »

Je n'avais pas répondu et elle s'était éloignée. Moi, je vis dans le passé ! Ah oui ?

Je m'étais tourné vers le mur, dos à la lumière. Malgré mes genoux pliés, mes pieds dépassaient quand même du cadre. En me dégageant laborieusement de mes draps emmêlés – je n'ai jamais été fichu de me dépatouiller des draps et couvertures –, j'avais surpris mon odeur chaude et aigrelette. Avant la maladie d'Anna, je considérais ma personne physique avec tout au plus un dégoût indulgent, comme la plupart des gens – considèrent leur propre personne, je veux dire, pas la mienne –, et tolérais, par force, les produits de ma condition humaine hélas ! inéluctables, les divers effluves, les éructations par en haut par en bas, les écoulements, les peaux mortes, la sueur et autres fuites banales et même ce que le barde de Hartford appelle, de manière pittoresque, les matières innommables. Cependant, quand le corps d'Anna l'avait trahie et qu'elle avait commencé à avoir peur de lui et de ses anomalies, je m'étais mis à éprouver, par un mystérieux phénomène de transfert, une répugnance larvée à l'égard de ma propre chair. Je ne ressens pas tout le temps ce dégoût ou, du moins, n'en ai-je pas tout le temps conscience, même s'il est sans doute là, à attendre que je sois seul, la nuit, ou surtout au petit matin quand il s'élève autour de moi tels des miasmes des marais. J'en suis venu aussi à ressentir une écœurante fascination pour les transformations de mon corps, celles qui se manifestent peu à peu, par exemple, la manière dont mes cheveux et mes ongles continuent à pousser obstinément quels que soient mon état, mon angoisse. Cette production ininterrompue de matières déjà mortes me paraît refléter un manque de considération, une indifférence à la situation donnée qui n'est pas sans ressembler à la manière dont les animaux poursuivent leurs activités animales, sans se rendre compte que leur maître – peut-être cela leur est-il égal ? –, étalé de tout son long sur son lit froid à l'étage, la bouche béante et les yeux vitreux, ne descendra pas, ne descendra plus jamais leur servir une poignée de croquettes ni leur ouvrir d'un tour de clé cette dernière conserve de sardines là-bas.

Puisqu'on parle de machines à écrire – si, si, j'ai mentionné la mienne, il y a une minute –, dans mon rêve, la nuit dernière, il me revient en mémoire, j'essayais de taper mon testament sur une machine où les lettres J et E bloquaient en minuscules comme en majuscules. C'est-à-dire le mot « Je ».

Ici, au bord de la mer, le silence a une qualité particulière, la nuit. Je ne sais pas si j'y suis pour quelque chose, je veux dire si c'est moi qui influe ainsi sur le silence de ma chambre et de toute la maison ou bien s'il s'agit d'un effet circonscrit, dû au sel dans l'atmosphère, peut-être, ou au climat de la côte en général. Je ne me rappelle pas avoir remarqué ce phénomène dans ma jeunesse, quand j'habitais au Terrain. Il est dense et creux à la fois. Il m'a fallu longtemps, des nuits et des nuits, pour identifier ce qu'il m'évoque. Il ressemble au silence que je connaissais, enfant, quand j'étais couché, malade et fiévreux, sous une pile de couvertures chaudes et moites tandis que le vide pressait contre mes tympans, comme à l'intérieur d'une bathysphère. La maladie, en ce temps-là, était un domaine singulier, un domaine à part où personne d'autre que moi ne pouvait entrer, ni le médecin avec son stéthoscope qui me déclenchait des frissons ni même ma mère lorsqu'elle posait sa main fraîche sur mon front brûlant. C'est un domaine qui s'apparente à celui où j'ai le sentiment d'évoluer aujourd'hui, à des kilomètres de tout et de tout le monde. Je pense aux autres occupants de la maison, à Mlle Vavasour et au Colonel, endormis dans leur chambre respective, et puis je me dis qu'ils ne dorment peut-être pas, mais qu'ils sont allongés, comme moi, à fixer avec morosité l'obscurité bleu de plomb. Peut-être l'un d'entre eux pense-t-il à l'autre, car le Colonel se raconte des histoires sur notre châtelaine, j'en suis convaincu. Elle, en revanche, se moque de lui derrière son dos, non sans une certaine tendresse, elle le surnomme Colonel Lagaffe ou Notre Brave Soldat. Il y a des matins où elle a les yeux rougis, à croire qu'elle a pleuré pendant la nuit. Se fait-elle des reproches pour tout ce qui s'est passé et en éprouve-t-elle encore du chagrin ? Quels petits vaisseaux de tristesse nous faisons, à voguer dans ce silence étouffé à travers la pénombre de l'automne.

Au bungalow, c'était la nuit surtout que je pensais aux Grace, quand, couché dans mon petit lit métallique, sous la fenêtre ouverte, j'écoutais l'antienne monotone des vagues qui s'écrasaient inlassablement sur la plage, le cri solitaire d'un oiseau de mer insomniaque, le raffut parfois d'un râle des genêts au loin, le tapage plaintif de l'orchestre du Golf Hotel exécutant une dernière valse lente et ma mère et mon père, dans la pièce devant, qui se disputaient, comme toujours quand ils me croyaient endormi et s'affrontaient en d'interminables chuchotements nuit après nuit jusqu'à ce que, une nuit, mon père finisse par nous quitter et ne jamais revenir. Mais ça, c'était en hiver, dans un autre endroit et des années plus tard. Pour échapper à la tentation d'écouter leurs discussions, je me distrayais en inventant des drames où, sauvant Mme Grace d'une grande catastrophe collective, un naufrage ou un orage dévastateur, je la séquestrais par sécurité dans une grotte, sèche et chaude pour plus de commodité, et l'aidais tendrement, à la lueur du clair de lune – le paquebot avait coulé, l'orage s'était calmé –, à se défaire de son maillot trempé avant d'envelopper sa nudité phosphorescente dans une serviette, ensuite de quoi on s'allongeait, elle appuyait la tête sur mon bras, caressait mon visage avec gratitude, soupirait, et on s'endormait ensemble, elle et moi, bercés par la vaste et douce nuit d'été clapotante.

À l'époque, j'étais très absorbé par les dieux. Je ne parle pas de Dieu, celui à la majuscule, mais des dieux en général. Ou par l'idée des dieux, c'est-à-dire par leur possible existence. J'étais un passionné de lecture et connaissais bien la mythologie grecque, même s'il était difficile de suivre les personnages qui les peuplaient, vu la fréquence avec laquelle ils se métamorphosaient et tant leurs aventures étaient variées. J'avais une image d'eux forcément stylisée – larges silhouettes en pâte à modeler, presque nues, toutes en muscles longs et en seins en forme d'entonnoirs renversés – qui me venait des œuvres des grands maîtres de la Renaissance italienne, Michel Ange en particulier, dont j'avais dû voir des reproductions dans un livre ou une revue, moi qui étais perpétuellement à l'affût de chairs dévêtues. Bien entendu, c'était surtout les exploits érotiques de ces créatures célestes qui piquaient mon imagination. L'idée de tous ces corps nus, fermes et fermement frémissants, totalement offerts à l'exception des plis marmoréens d'une robe ou d'un brin de gaze fortuitement placé – bien que fortuite peut-être, cette affaire protégeait la pudeur aussi efficacement et de manière aussi frustrante que la serviette de plage de Rose ou, bien sûr, le maillot de bain de Connie Grace – encombrait mon imagination, pourtant déjà surchauffée, de néophyte, de rêveries et de transgressions amoureuses qui prenaient invariablement la forme de poursuites, de captures et de domination par la force. Sur les détails de ces corps-à-corps dans la poussière dorée de la Grèce, j'avais peu de prise. Je me représentais le va-et-vient et le frémissement de cuisses halées devant lesquelles un ventre pâle se dérobe alors même qu'il s'abandonne, et j'entendais les gémissements de volupté et de douleur délicieuse mêlées. Il n'empêche que je ne comprenais pas la mécanique de l'acte. Un jour, au cours d'une de mes balades par les sentiers bordés de chardons du Refuge, ainsi qu'on avait baptisé cette langue de broussailles entre la plage et les champs, j'avais manqué trébucher sur un couple couché dans une cuvette sablonneuse qui faisait l'amour sous un imperméable. Leurs contorsions laborieuses avaient fait remonter ledit imperméable qui, par suite, couvrait leurs têtes et non leurs postérieurs – mais peut-être l'avaient-ils placé ainsi, préférant dissimuler leurs visages, somme toute beaucoup plus reconnaissables que leurs derrières – et, à les voir ainsi, les reins de l'homme s'agitant en rythme au creux du wishbone que formaient les jambes levées et largement écartées de la femme, j'avais senti quelque chose me nouer la gorge, un afflux de sang provoqué par l'inquiétude et un dégoût électrisant. *C'est donc*, avais-je pensé, à moins que cette pensée ne m'eût effleuré à mon insu, *c'est donc ça qu'ils font*.

L'amour entre adultes. C'était bizarre de les imaginer, d'essayer de les imaginer, en train de se démener sur leurs lits olympiens en pleine nuit sous le seul regard des étoiles, de s'empoigner, de s'étreindre, de murmurer des mots d'amour haletants, de réclamer le plaisir à grands cris de quasi-souffrance. Comment justifiaient-ils ces actes ténébreux face à leur moi diurne ? C'était une chose qui me plongeait dans une grande perplexité. Pourquoi n'éprouvaient-ils aucune honte ? Le dimanche matin, par exemple, ils arrivent à l'église encore tout émoustillés par leurs ébats de la nuit du samedi. Le prêtre les accueille sur le porche, ils affichent un sourire irréprochable en marmonnant des paroles inoffensives. La femme trempe le bout des doigts dans le bénitier, mêlant à l'eau bénite de tenaces traces de jus d'amour. Sous leurs beaux habits du dimanche, leurs cuisses les cuisent au souvenir du plaisir de la veille. Ils s'agenouillent sans se préoccuper du regard lourd de reproches affligés que fixe sur eux la statue de leur Sauveur en croix. Après leur déjeuner dominical, peut-être enverront-ils les enfants jouer dehors afin de se retirer, rideaux tirés, dans le sanctuaire de leur chambre et de remettre le couvert, sans même remarquer l'œil injecté de sang de mon imagination rivé sur eux, impavide. Oui, j'étais comme ça dans ma jeunesse. Ou, pour être plus précis, il y a encore une part de moi comme ça. Une petite brute, en d'autres termes, un cochon. Comme s'il y avait d'autres variantes. On ne grandit jamais. En tout cas, pas moi.

Dans la journée, je traînais sur Station Road avec l'espoir d'entrevoir Mme Grace. Je passais devant le portail en métal vert, à l'allure ralentie d'un somnambule, et l'adjurais de sortir par la porte d'entrée ainsi que l'avait fait son mari, ce fameux jour où je l'avais vu pour la première fois, mais elle restait obstinément à l'intérieur. En désespoir de cause, je portais mon regard de l'autre côté de la maison, vers la corde à linge dans le jardin, sans rien apercevoir d'autre que les habits des enfants, leurs shorts, leurs chaussettes, un ou deux sous-vêtements de Chloé, tellement petits qu'ils n'avaient rien d'intéressant, et, bien sûr, les caleçons en tissu mou et grisâtre de son père et, un jour même, son chapeau en forme de seau de plage, accroché de traviole. Je ne surpris jamais qu'une chose appartenant à Mme Grace, ce fut son maillot de bain noir, pendu par les bretelles, informe et scandaleusement vide, sec à présent et plus proche de la peau de panthère que de celle de phoque. Je levais aussi les yeux vers les fenêtres, surtout celles des chambres à l'étage, et fus un jour récompensé – comme mon cœur cogna dans ma poitrine ! – en apercevant derrière un verre opaque ce que je pris pour une cuisse nue, laquelle ne pouvait que lui appartenir. Puis la chair adorée bougea et se révéla être l'épaule velue du mari, sur le trône, pour autant que je pouvais en juger, la main tendue vers le rouleau de papier.

Un jour pourtant, la porte s'ouvrit pour de bon, mais sur Rose dont le coup d'œil m'obligea à baisser la tête et à passer mon chemin à la hâte. Oui, Rose avait vu clair en moi dès le début. Elle continue, sans doute.

Je décidai de m'introduire dans les lieux, de fouler le sol que Mme Grace foulait, de m'asseoir là où elle s'asseyait, de toucher les objets qu'elle touchait. Dans ce but, j'entrepris de lier connaissance avec Chloé et son frère. Ce fut chose facile, ça l'était dans l'enfance, même pour un enfant aussi circonspect que moi. À cet âge, on ne parlait pas pour ne rien dire, il n'y avait pas de rituels d'avances polies et de rencontres, on se plaçait à proximité les uns des autres et on attendait simplement de voir ce qui allait se produire. Un jour, je les vis sur les gravillons devant le Strand Café, les repérai avant qu'ils ne me repèrent et traversai la rue pour me poster dans la diagonale de leur champ de vision. Myles mangeait une glace avec une profonde concentration, la léchait scrupuleusement sur tout son pourtour à la manière d'une chatte débarbouillant un chaton, tandis que Chloé qui, j'imagine, devait avoir fini la sienne, affichait un ennui torpide : appuyée contre le chambranle de la porte du café, un pied en équilibre sur la cambrure de l'autre, elle offrait au soleil un visage vide d'expression. Je ne dis rien et eux non plus. On resta plantés là, tous les trois, dans la lumière du matin, au milieu des odeurs de varech, de vanille et du succédané de café que servait le Strand Café et, à la fin, Chloé daigna baisser la tête, porta son regard vers mes genoux et me demanda comment je m'appelais. Quand je lui dis mon prénom, elle le répéta, comme si elle testait une pièce de monnaie suspecte entre ses dents.

« Morden ? s'exclama-t-elle. C'est quoi comme nom ? »

On remonta lentement Station Road, Chloé et moi devant, Myles derrière nous, gambadant, j'ai failli dire, sur nos talons. Ils venaient de la capitale, m'expliqua Chloé. Je n'aurais pas eu de mal à le deviner. Elle me demanda où j'habitais. J'esquissai un geste vague.

« Par là-bas, dis-je. Après l'église.

— Dans une maison ou dans un hôtel ? »

Qu'est-ce qu'elle était vive. J'envisageai de mentir – « Le Golf Hotel, en fait » –, mais vis où un mensonge risquait de m'entraîner.

« Un bungalow », grommelai-je.

Elle hocha pensivement la tête.

« J'ai toujours eu envie d'habiter dans un bungalow », me confia-t-elle.

Loin de me réconforter, cette remarque m'amena en revanche une image, éphémère mais étonnamment claire, de la cabane en bois délabrée qui se dressait au milieu des lupins, face à ma fenêtre de chambre, et il me sembla même déceler une odeur de bois séché émanant des carrés de journaux découpés et empalés sur leurs clous rouillés à l'intérieur de la porte.

Arrivé aux Cèdres, on s'arrêta devant le portail. La voiture était garée sur les gravillons et le système de refroidissement protestait encore profusément avec de petits clics de la langue. De l'intérieur de la maison me parvenaient les sonorités marshmallow d'une musique pour thé dansant à la TSF et j'imaginai Mme Grace et son mari en train de virevolter là-dedans, de tourner autour des meubles, elle, la tête rejetée en arrière, la gorge exposée, et lui, trottant à petits pas sur ses jambes velues de satyre et souriant passionnément à sa belle – elle avait deux à cinq centimètres de plus que lui – de toutes ses petites dents pointues tandis qu'un allègre désir éclairait ses yeux bleus aux reflets métalliques. Chloé dessinait des motifs dans les gravillons avec le bout de sa sandale. Elle avait de fins poils blancs sur les mollets mais, sur le devant, ses jambes avaient l'aspect lisse et brillant de la pierre. Subitement, Myles effectua un saut ou une glissade – comme s'il était joyeux, sauf que c'était trop mécanique, qu'on aurait cru un personnage d'horloge –, me flanqua une taloche sur la nuque, tourna les talons et escalada lestement les barres du portail avec un rire étouffé, puis retomba sur le gravier de l'autre côté, pivota pour nous faire face et s'accroupit, genoux et coudes pliés, à la façon d'un acrobate qui réclame son dû d'applaudissements. Chloé esquissa une grimace qui lui tira la bouche d'un côté.

« Ne t'occupe pas de lui, me souffla-t-elle sur un ton d'agacement ennuyé. Il ne parle pas. »

Ils étaient jumeaux. N'ayant encore jamais rencontré de jumeaux en chair et en os, je ressentis alors une certaine fascination et, en même temps, une légère répulsion. Cette situation me paraissait un peu indécente. D'accord, étant frère et sœur, ils ne pouvaient donc être identiques – la simple notion de vrais jumeaux me déclenchait un frisson d'excitation secrète et mystérieuse le long de l'échine –, mais ils devaient malgré tout partager une profonde intimité. Quel effet cela faisait-il ? Comme d'avoir un cerveau et deux corps ? En ce cas, l'idée était presque écœurante. Imaginez que vous connaissiez intimement, de l'intérieur, pour ainsi dire, le corps d'un autre, ses différentes parties, ses différentes odeurs, ses différents besoins. Qu'est-ce qu'on pouvait donc éprouver ? Ça me démangeait de le savoir. Un dimanche après-midi pluvieux, dans le cinéma en tôle ondulée – là, j'anticipe subitement –, on était en train de regarder un film dans lequel deux forçats d'une cadène s'évadaient, toujours enchaînés l'un à l'autre, quand Chloé, à côté de moi, s'agita et émit un son étouffé, une sorte de soupir amusé.

« Tiens, chuchota-t-elle, c'est Myles et moi. »

Tout décontenancé, je me sentis rougir et me réjouis d'être dans le noir. J'eus l'impression qu'elle venait de me confier quelque chose de personnel et de honteux. Pourtant, c'était l'idée même qu'un tel lien pût être inconvenant qui excitait mon envie d'en savoir davantage, envie tissée de répugnance. Un jour – j'anticipe encore plus – que je trouvai le courage de demander carrément à Chloé de m'expliquer, parce que je désirais vivement savoir, l'effet que lui faisait cet état d'intimité incontournable avec son frère – son double ! –, elle réfléchit un moment, puis leva les mains jusqu'à son visage, les paumes presque plaquées l'une contre l'autre, sans pourtant se toucher vraiment.

« C'est comme deux aimants, lança-t-elle, mais ça dépend de leur sens, soit ils s'attirent, soit ils se repoussent. »

Après, elle observa un silence énigmatique, comme si c'était elle cette fois qui pensait avoir éventé un secret honteux, me tourna le dos, et, l'espace d'un instant, je ressentis une sorte de panique vertigineuse, semblable à la sensation qui m'attrapait sous l'eau lorsque je retenais mon souffle trop longtemps. Elle n'était jamais rien moins qu'inquiétante, la Chloé.

Le lien entre eux était tangible. Je visualisais un fil poisseux et brillant, fin au point d'en être invisible, proche de la soie d'araignée ou du filament chatoyant qu'un escargot laisserait pendre en passant d'une feuille à une autre, voire dur et luisant peut-être et tendu comme une corde de harpe ou un lacet. Ils étaient liés l'un à l'autre, liés et attachés. Ils éprouvaient des sentiments communs, souffrances, émotions, peurs. Ils avaient des pensées identiques. Ils se réveillaient la nuit et écoutaient l'autre respirer, sachant qu'ils avaient rêvé la même chose. Ils ne se racontaient pas leurs rêves. C'était inutile. Ils les connaissaient.

Myles était muet de naissance. Ou plus simplement, il n'avait jamais parlé. Les médecins ne trouvaient pas de cause à son silence têtu et se déclaraient perplexes ou sceptiques ou les deux. Au début, on avait supposé que son développement était plus lent que la moyenne, qu'il finirait par parler comme tout le monde un jour, mais les années passaient et il ne disait toujours rien. Pouvait-il parler et choisissait-il de se taire, personne ne semblait le savoir. Était-il muet ou taciturne, taciturne ou muet ? Se pouvait-il qu'il eût une voix qu'il n'aurait jamais utilisée ? Est-ce qu'il s'entraînait lorsque personne n'était là pour l'entendre ? Je l'imaginais, la nuit, sous les couvertures, chuchotant entre ses dents et souriant de son sourire de lutin, enthousiaste. Peut-être parlait-il avec Chloé ? En ce cas, qu'est-ce qu'ils devaient rigoler, front contre front, les bras noués autour du cou de l'autre, avec leur secret partagé.

« Il parlera quand il aura quelque chose à dire », grommelait son père avec sa jovialité menaçante habituelle.

Il était clair que M. Grace n'aimait pas son fils. Il l'évitait chaque fois que possible et n'avait aucune envie de se retrouver seul avec lui. Ça n'avait rien d'étonnant, car lorsqu'on était seul avec Myles, on avait le sentiment d'être dans une pièce que quelqu'un aurait brutalement quittée une seconde plus tôt. Son mutisme avait tout d'une émanation pénétrante et écœurante. Il ne disait rien, mais ne restait jamais en place. Il était toujours en train de tripoter des objets qu'il attrapait d'un geste brusque et jetait par terre avec fracas. Il émettait de petits clics secs du fond de la gorge. On l'entendait respirer.

Sa mère le traitait avec une sorte de distraction distante. Par moments, tandis qu'elle vaquait négligemment à ses occupations quotidiennes d'un pas mal assuré – elle ne buvait pas beaucoup, mais paraissait toujours un peu éméchée –, elle s'arrêtait et le regardait comme si elle ne le reconnaissait pas vraiment, fronçait les sourcils et souriait avec tristesse et impuissance.

Aucun des parents ne maîtrisant bien le langage des signes, ils recouraient à une gestuelle improvisée, saccadée, laquelle donnait l'impression qu'ils cherchaient plus à l'écarter de leur vue d'un geste agacé qu'à communiquer avec lui. Pourtant, Myles comprenait assez bien ce qu'ils tentaient de lui dire, souvent avant même qu'ils ne soient arrivés à la moitié de ce qu'ils essayaient de formuler, ce qui les agaçait et redoublait leur irritation. Au fond, ils avaient tous les deux un peu peur de lui, j'en suis sûr. Ce n'est pas étonnant non plus. Ils devaient avoir la sensation de vivre avec un esprit frappeur trop visible, trop tangible.

Pour ma part, même si j'ai honte – ou si, du moins, je devrais avoir honte – de le dire, ce à quoi Myles me faisait surtout penser, c'était à un chien que j'avais eu avant, un terrier d'un enthousiasme irrépressible que j'aimais énormément mais que je battais cruellement, à l'occasion, quand il n'y avait personne alentour, pauvre Pongo, pour le plaisir excitant, tumescent, que me procuraient ses jappements de souffrance et ses contorsions implorantes. Que les doigts de Myles ressemblaient à des brindilles, que ses poignets étaient fragiles et efféminés ! Il me harcelait, me cramponnait par la manche, me suivait à la trace et ne cessait de pointer sa bouille souriante par en dessous mon bras jusqu'au moment où je finissais par l'attaquer et le flanquer par terre, ce qui n'était pas dur, car j'étais grand et fort, déjà à l'époque, et le dépassais d'une tête. Lorsqu'il était au sol, se posait cependant la question de savoir que faire de lui, étant donné qu'il se relevait aussi sec – à moins d'en être empêché –, roulait sur lui-même comme un culbuto et se remettait sur pieds, sans effort. Lorsque je m'asseyais sur son torse, je sentais les battements de son cœur contre mon entrejambe, les efforts de sa cage thoracique qui cherchait à se soulever, les palpitations de son diaphragme, tendu, sous le sternum et lui, haletant, me regardait d'un air moqueur en me tirant la langue, une langue humide, inutile. Mais ne le craignais-je pas un peu moi aussi, au fond de mon cœur ou de tout autre siège de la peur ?

Conformément aux mystérieux protocoles de l'enfance – étions-nous des enfants ? À mon avis, il devrait y avoir un autre terme pour désigner ce que nous étions –, ils ne m'invitèrent pas à entrer dans la maison cette première fois, après que je les avais approchés devant le Strand Café. En fait, je ne me rappelle pas précisément dans quelles circonstances je réussis à m'introduire aux Cèdres. Je me vois, après cette rencontre initiale, tournant le dos, déçu, au portail vert tandis que les jumeaux me regardent partir, puis je me vois, un autre jour, à l'intérieur même du sanctuaire, à côté d'un rai de lumière oblique et cuivrée, d'allure massive, comme si, par une version véritablement magique du bond de Myles par-dessus la barre supérieure de la grille, j'avais franchi tous les obstacles et atterri dans le salon où Mme Grace, dans une ample robe fleurie, bleu clair avec des motifs de fleurs d'un bleu plus foncé, se détournait d'une table et me souriait, délibérément distraite, sans savoir qui j'étais bien entendu mais sachant néanmoins qu'elle aurait dû le savoir, ce qui prouve que ce ne pouvait donc pas être la première fois que nous nous trouvions face à face. Où était Chloé ? Où était Myles ? Pourquoi m'avait-on laissé seul avec leur mère ? Elle me demanda si je voulais quelque chose, un verre de citronnade, peut-être.

« Ou bien, ajouta-t-elle d'un ton de désespoir feint, une pomme... ? »

Je refusai d'un signe. Sa proximité, sa simple présence me remplissaient d'excitation et d'une sorte de chagrin mystérieux. Qui a idée des émois étreignant le cœur d'un petit garçon ? Elle inclina la tête, perplexe et amusée aussi, je le vis, par la tension muette émanant de ma personne. Je devais ressembler au papillon frémissant devant la flamme d'une chandelle ou à la flamme elle-même, frissonnant dans sa chaleur dévorante.

Que fabriquait-elle à la table ? Elle arrangeait des fleurs dans un vase – ou est-ce trop fantaisiste ? Il y a une tache multicolore dans le souvenir que j'ai de ce moment, un chatoiement bigarré là où ses mains tournicotent. Laissez-moi m'attarder un peu avec elle avant que Rose n'apparaisse, que Myles et Chloé ne reviennent de je ne sais où, que son vieux bouc de mari ne ressurgisse avec fracas sur la scène ; elle sera bien assez tôt balayée du centre palpitant de mes attentions. Avec quelle luminosité ce rayon de soleil ne brille-t-il pas ! D'où vient-il ? Il a une tournure presque ecclésiastique, comme si, aussi incroyable que cela puisse paraître, il coulait en biais d'une rosace très haut au-dessus de nous. Au-delà de la lumière brûlante se déploie la pénombre sereine d'un intérieur par un après-midi d'été où ma mémoire cherche à l'aveuglette des détails, des objets tangibles, les composants du passé. Mme Grace, Constance, Connie, continue à me sourire avec sa distraction habituelle qui, maintenant que j'y réfléchis, reflétait bien le regard qu'elle portait sur tout ce qui l'entourait, comme si elle n'était pas totalement convaincue de la stabilité du monde et s'attendait à moitié à ce qu'il se transforme, de façon bizarrement hilarante, en quelque chose de radicalement différent.

J'aurais dit à l'époque qu'elle était belle, s'il y avait eu quelqu'un à qui j'aurais pu envisager de faire une telle confidence, mais je suppose qu'elle ne l'était pas, franchement. Elle était assez trapue, avait les mains boudinées et rougeâtres, une bosse sur le bout du nez et les deux mèches de cheveux blonds et raides, plus foncées que le reste de sa toison, qui lui mangeaient toujours la figure alors qu'elle s'escrimait à les coincer derrière ses oreilles, affichaient la teinte un brin graisseuse du chêne ciré. Elle marchait avec une décontraction langoureuse, les fessiers tremblotants sous le tissu léger de ses robes d'été. Elle sentait la sueur, la cold cream et un soupçon de gras. En d'autres termes, c'était une femme comme une autre et, qui plus est, une mère comme une autre. Malgré toute sa banalité, elle me paraissait cependant aussi difficile à avoir et aussi lointaine qu'une pâle héroïne de tableau avec livre et licorne. Mais non, aussi gamin, aussi ridiculement romantique que j'ai pu être alors, il serait bon que je me montre honnête envers moi-même. Elle n'avait, même pour moi, rien de pâle et n'avait rien d'une peinture. Elle était totalement réelle, bien charnue, comestible ou presque. C'était là le plus remarquable, qu'elle fût à la fois un spectre né de mon imagination et une femme dont on ne pouvait manquer voir qu'elle était faite de chair, de sang, de fibre, de musc et de lait. Mes rêves de sauvetage et de badinage amoureux jusqu'alors tout juste un peu indécents s'étaient à présent transformés en fantasmes débridés – pour être précis, ils manquaient pourtant cruellement de détails essentiels – où elle me terrassait voluptueusement, tandis que je m'écroulais sous la chaleur de son poids, roulé, chevauché, entre ses cuisses, les bras plaqués contre le torse et le visage en feu, son amant fabuleux autant que son enfant.

Par instants, sans que j'aie rien provoqué, son image jaillissait en moi, tel un succube de l'intérieur, et une onde de lubricité engorgeait la racine même de mon être. Par un crépuscule verdâtre, après la pluie, alors que le carreau arborait un coin de lumière mouillée et qu'une grive incroyablement peu de saison sifflait dans les lupins détrempés, je me retrouvai à plat ventre sur mon lit, en proie à une suffusion de désir inextinguible tellement intense – il planait, ce désir, comme un nimbus, autour de l'image de ma bien-aimée, l'enveloppant de partout sans se concentrer où que ce soit – que j'éclatai en sanglots, généreux, bruyants et – sensation exaltante – totalement incontrôlables. Ma mère m'entendit et entra dans ma chambre, mais ne dit rien, ce qui ne lui ressemblait pas – j'aurais pu escompter quelques questions bourrues assorties d'une claque –, se contenta de ramasser un oreiller que mon violent chagrin avait jeté à terre et ressortit, après une seconde d'hésitation, en refermant la porte sans bruit derrière elle. À quoi attribua-t-elle mes pleurs, me demandai-je et me demandé-je encore aujourd'hui. Avait-elle reconnu mon frénétique chagrin amoureux pour ce qu'il était ? Je ne pouvais le croire. Comment aurait-elle perçu, elle qui n'était que ma mère, quoi que ce soit dans ce déchaînement de passion au milieu duquel je voltigeais désespérément, tandis que l'impitoyable flamme de l'amour brûlait et anéantissait les frêles ailes de mes sentiments ? Oh, maman, persuadé que tu me comprenais peu, je t'ai bien peu comprise.

Me voici donc en ce moment édénique, en un lieu subitement devenu le centre du monde, avec ce rai de lumière, ce souvenir de fleurs – des pois de senteur ? il me semble soudain voir des pois de senteur –, la blonde Mme Grace m'offrant une pomme pourtant nulle part visible, quand tout va s'interrompre dans un grincement de roues dentées et un horrible à-coup, à vous soulever le cœur. Une foule de choses se produisirent en même temps. Par une porte ouverte, un petit chien au poil noir et laineux surgit de dehors – allez savoir pourquoi, l'action s'est déplacée vers la cuisine – et ses griffes cliquetèrent sur le parquet en pitchpin. Il avait une balle de tennis dans la gueule. Aussitôt après, Myles apparut, lancé à sa poursuite, puis Rose le poursuivant, lui. Myles trébucha ou feignit de trébucher sur un tapis qui faisait un pli, bascula en avant en une roulade agile et se remit sur pieds en manquant heurter sa mère, laquelle lâcha un cri de surprise tissée de contrariété agacée – « Zut alors, Myles ! » –, tandis que le chien, les oreilles pendantes et frémissantes, changeait de cap et filait sous la table, sans lâcher la balle, calée dans sa gueule souriante. Rose essaya de le feinter, mais il l'esquiva. Arriva alors par une autre porte, tel le vieux Chronos en personne, Carlo Grace, en short et sandales, une grande serviette de plage jetée sur les épaules et bedaine velue à l'air. Lorsqu'il vit Myles et le chien, il poussa un rugissement de colère feinte, frappa le sol d'un pied menaçant de sorte que le toutou lâcha la balle et que chien et enfant repartirent aussi vite qu'ils étaient entrés. Rose émit un rire aigu proche du hennissement, jeta un bref coup d'œil vers Mme Grace et se mordit la lèvre. La porte claqua et, en écho, une autre porte lui répondit immédiatement à l'étage où un cabinet, dont on venait de tirer la châsse, avait entonné les glouglous et gargouillis d'après. Luisante de bave, la balle abandonnée roula lentement jusqu'au milieu de la pièce. Quand il m'aperçut, moi, un inconnu – il devait avoir oublié le jour du clin d'œil –, M. Grace fit mine de m'observer à la dérobée, rejeta la tête en arrière à deux reprises, le visage plissé d'un côté, et me regarda par-dessus son nez d'un air perplexe. J'entendis Chloé descendre l'escalier, ses sandales claquer sur les marches. Lorsqu'elle fit son entrée, Mme Grace m'avait déjà présenté à son mari – je crois que c'était la première fois de ma vie que j'étais solennellement présenté à quelqu'un, même s'il me fallut dire mon nom, puisque Mme Grace ne l'avait toujours pas retenu – qui me serrait la main avec une solennité feinte, me donnait du Mon cher monsieur ! et déclarait avec un accent cockney que tout ami de ses enfants serait toujours le bienvenu dans *not' umble baraque*. Chloé leva les yeux au ciel et poussa un vibrant soupir de dégoût.

« Tais-toi, papa », grommela-t-elle sans desserrer les dents.

Lui, feignant la terreur, lâcha ma main, se cacha la tête sous sa serviette de plage et s'esquiva, plié en deux et sur la pointe des pieds, avec de petits cris de chauve-souris censés exprimer sa peur et son désarroi. Mme Grace alluma une cigarette. Sans même un regard dans ma direction, Chloé traversa la pièce pour aller jusqu'à la porte par laquelle son père avait disparu.

« J'ai besoin que tu m'emmènes quelque part ! cria-t-elle. J'ai besoin... »

La portière de la voiture claqua, le moteur démarra, les larges roues écrasèrent les gravillons.

« Merde », marmonna Chloé.

Appuyée contre la table – celle avec les pois de senteur, car nous sommes magiquement revenus au salon –, Mme Grace fumait sa cigarette à la manière des femmes de l'époque, un bras plié sur le ventre et la main serrée sur le coude de l'autre bras. Elle me regarda en arquant un sourcil, m'adressa un sourire désabusé et haussa les épaules tout en ôtant une particule de tabac collée sur sa lèvre inférieure. Rose se baissa et, le nez plissé de dégoût, ramassa la balle souillée de bave entre le pouce et un doigt. Devant le portail, le klaxon corna joyeusement deux fois et la voiture s'éloigna. Le chien, qui voulait rentrer et récupérer son jouet, aboya avec frénésie.

À propos, ce chien. Je ne l'ai jamais revu. À qui pouvait- il appartenir ?

Curieuse sensation de légèreté aujourd'hui, de, comment qualifierais-je ça, de vitalité. Le vent a repris, il souffle une vraie tempête dehors, ce qui doit expliquer mon détachement. J'ai toujours été très sensible au changement de temps. Enfant, j'adorais me rouler en boule près de la TSF, les soirs d'hiver, pour écouter la météo marine en imaginant tous ces vaillants loups de mer en suroît qui bataillaient au milieu de vagues hautes comme des maisons du côté de Fogger, Disher et Jodrell ou autres vastes zones maritimes, quels que soient leurs noms. Devenu adulte, j'ai souvent éprouvé des sentiments voisins, avec Anna cette fois, dans notre belle vieille maison entre mer et montagnes, quand les bourrasques d'automne gémissaient dans les cheminées et que de grandes gerbes d'écume blanche passaient par-dessus la digue. Avant que le gouffre ne s'ouvre sous nos pieds ce fameux jour dans le cabinet de M. Todd – dont l'atmosphère avait un air sinistrement supérieur qui, tout bien réfléchi, n'était pas sans rappeler celui d'un salon de coiffure –, je me suis souvent étonné du nombre de bienfaits que la vie m'avait accordés. Si l'on avait demandé à l'enfant qui rêvait à côté de la TSF ce qu'il voulait faire quand il serait grand, ce que je suis devenu aurait plus ou moins correspondu, j'en suis sûr, à ce qu'il aurait décrit, ne fût-ce que de manière confuse. Même si l'on prend en compte mes chagrins présents, je pense que c'est remarquable. Les hommes ne sont-ils pas en majorité déçus de leur sort et ne languissent-ils pas sous leurs chaînes, en proie à un désespoir muet ?

Je me demande si, dans leur enfance, d'autres gens ont eu ce type d'image, vague et nette à la fois, de ce à quoi ils ressembleraient en grandissant. Je ne parle ni d'espoirs ni d'aspirations ni d'ambitions floues, pas de ça. Dès le début, j'ai eu des attentes très précises. Je ne voulais être ni conducteur de train ni explorateur, célèbre bien entendu. Lorsque je m'efforçais de percer les brumes de ce trop réel *alors* pour entrevoir le bienheureux *maintenant* de mon imagination, c'est exactement comme ça, je l'ai dit, que j'aurais vu mon moi futur : homme aux intérêts paisibles et aux ambitions modestes, assis dans une pièce identique à celle-ci, dans mon fauteuil en bois courbé, penché sur ma petite table, par une saison tout à fait semblable à celle-ci, l'année touchant à sa fin avec un temps clément, feuilles volant de-ci de-là, jours perdant imperceptiblement de leur luminosité et lampadaires s'allumant à peine un peu plus tôt de soir en soir. Oui, c'est bien ce que je pensais que l'âge adulte m'apporterait, une sorte de long été indien, un état de quiétude, d'incuriosité paisible, totalement purgé des impatiences tout juste supportables de l'enfance, où tout ce qui m'avait intrigué autrefois était enfin réglé, tous les mystères révélés, toutes les questions résolues et où les moments s'écoulaient un à un, presque à mon insu, goutte d'or après goutte d'or, en attendant, à mon insu ou presque, l'ultime coup de grâce.

Bien entendu, il y avait des choses que le jeune garçon que j'étais alors ne se serait pas permis de prendre en compte dans ses anticipations exaltées, même s'il l'avait pu. La mort, le chagrin, les jours sombres et les nuits blanches, pareils imprévus ont tendance à ne pas s'imprimer sur la plaque argentique de l'imagination prophétique.

Et puis quand j'y réfléchis davantage, je m'aperçois que la version de l'avenir que j'avais imaginé, enfant, avait des côtés curieusement archaïques. Dans mes rêveries d'alors, le monde dans lequel je vis aujourd'hui devait m'apparaître, malgré ma clairvoyance, différent de ce qu'il est en réalité, mais subtilement différent ; il aurait été, je m'en rends compte, tout en chapeaux mous à larges bords, en manteaux Crombie et grosses automobiles rectangulaires avec homoncules ailés bondissant à la pointe du capot. Quand avais-je découvert de telles choses pour me les représenter aussi nettement ? Je pense que c'est parce que, étant incapable de concevoir exactement ce à quoi l'avenir allait ressembler mais certain que je deviendrais quelqu'un d'assez éminent, je devais l'avoir paré des signes extérieurs de la réussite telle qu'elle se manifestait chez les notables de notre ville, médecins, notaires et industriels provinciaux pour lesquels mon père travaillait humblement, derniers descendants de la petite noblesse protestante qui s'accrochait encore à ses manoirs dans les ruelles boisées à la périphérie de la ville.

Mais non, ce n'est pas ça non plus. Ça n'explique pas réellement l'atmosphère de distinction obsolète qui teintait ma vision du futur. Les images précises que j'avais de l'adulte que j'allais devenir – assis, par exemple, une couverture sur les genoux, en costume trois-pièces à rayures et feutre incliné à l'arrière de ma Humber Hawk avec chauffeur – portaient, je m'en rends compte, l'empreinte de cette élégance étiolée, lasse du monde, de ce port infirme que j'associais, ou que du moins j'associe aujourd'hui, à une époque antérieure à mon enfance, à cette histoire récente qui était, bien sûr, c'est ça, l'entre-deux-guerres. Donc, ce que je voyais de l'avenir était en fait, si tant est qu'il soit question de fait, une représentation de ce qui ne pouvait être qu'un passé imaginé. Ce n'était pas tant, pourrait-on dire, une anticipation qu'une nostalgie, puisque ce qui, d'après mon imagination, devait se produire était en réalité déjà passé. Subitement, ça me paraît aujourd'hui assez lourd de sens. Était-ce vraiment l'avenir que j'attendais avec impatience ou quelque chose au-delà ?

À la vérité, tout commence à se confondre, le passé, l'avenir possible et l'impossible présent. Au cours des semaines plombées d'effroi diurne et de terreur nocturne qui précédèrent le moment où Anna finit par être obligée d'admettre l'inéluctabilité de M. Todd, de ses stimulants et de ses potions, j'eus l'impression d'habiter des enfers crépusculaires où je ne pouvais pratiquement pas distinguer entre rêve et veille, puisque l'un et l'autre possédaient la même texture mystérieusement veloutée, pénétrable, dans laquelle, en proie à un état de léthargie fébrile, je me retrouvais ballotté, comme si c'était moi et non Anna qui eusse été destiné à aller rapidement grossir les rangs des ombres déjà si nombreuses. Ça ressemblait à une version macabre de la grossesse nerveuse que j'avais faite quand Anna avait appris qu'elle attendait Claire ; à présent on aurait cru que, par empathie avec elle, je souffrais d'une maladie nerveuse. Les présages de mortalité pullulaient de partout. Les coïncidences m'assaillaient ; des choses oubliées depuis longtemps me revenaient brusquement à l'esprit ; des objets, perdus depuis des années, réapparaissaient. Contrairement à ce qui arrive, paraît-il, aux gens qui se noient et voient défiler leur vie à toute vitesse, la mienne me semblait se dérouler en une sorte de lente convulsion et se démettre de ses secrets et de ses mystères quotidiens en prévision du moment où il me faudrait monter à bord du bateau noir et me lancer sur le fleuve sombre avec, dans ma main déjà presque glacée, la pièce glacée pour prix de ma traversée. Aussi curieux que cela puisse paraître, ce lieu de pré-départ imaginé ne m'était pourtant pas totalement inconnu. Par le passé, en des moments de joie inexplicable, dans mon bureau, à ma table peut-être, absorbé par les mots, aussi dérisoires soient-ils, car il arrive que même le médiocre soit inspiré, j'avais eu la sensation de percer la membrane de la conscience pure et d'accéder à un autre état, sans nom, où les lois ordinaires n'opéraient pas, où le temps avançait – s'il avançait – différemment, où je n'étais ni vivant ni autrement et cependant bien plus présent que je ne pouvais l'être dans ce que nous appelons, faute de choix, le monde réel. Et même des années auparavant, encore une fois, debout par exemple aux côtés de Mme Grace dans ce salon ensoleillé ou assis avec Chloé dans l'obscurité du cinéma, j'étais là et pas là, moi-même et revenant, enfermé dans l'instant et rôdant néanmoins, prêt à lever le camp. Peut-être la vie n'est-elle qu'une longue préparation au jour où nous la quitterons.

Pour Anna, malade, le pire, c'étaient les nuits. C'était prévisible, naturellement. Il y avait tant de choses naturellement prévisibles, maintenant que l'imprévu suprême lui avait fondu dessus. Dans l'obscurité, toute l'incrédulité oppressante de la journée – *ce n'est pas possible que ça m'arrive à moi !* – cédait le pas chez elle à une stupéfaction sourde, figée. Lorsqu'elle reposait à mes côtés sans parvenir à trouver le sommeil, c'est tout juste si je ne percevais pas sa peur constamment à l'œuvre, comme une dynamo. Par moments, elle éclatait de rire dans le noir, d'un rire de pure surprise devant la situation à laquelle elle se trouvait si pitoyablement, si ignominieusement confrontée. Mais, en général, couchée en chien de fusil à la manière d'un explorateur perdu sous sa tente, mi-assoupie, mi-ahurie, elle gardait le silence, également indifférente en apparence à l'idée de survivre ou de s'éteindre. Elle n'avait jusque-là connu que des épreuves passagères. Des chagrins s'étaient apaisés, ne fût-ce qu'avec le temps, des joies s'étaient cristallisées en habitude, son corps s'était remis des petites maladies qui l'avaient affligé. Pourtant, ce qu'elle vivait là représentait un absolu, une singularité, une fin en elle-même et, malgré cela, elle ne pouvait le comprendre, l'assimiler. Si elle avait ressenti une douleur, disait-elle, elle aurait au moins eu une confirmation, un élément lui signifiant que ce qui lui arrivait était plus réel que n'importe quelle réalité qu'elle avait pu connaître jusqu'alors. Mais elle ne souffrait pas, pas encore ; il n'y avait que la sensation d'agitation générale, l'espèce d'effervescence intérieure qu'elle décrivait, à croire que son pauvre corps déconcerté se démenait pour opposer une défense désespérée à un envahisseur qui, déjà entré par un passage secret où il s'était engouffré, faisait claquer ses pinces noir brillant.

Au cours de ces interminables nuits d'automne que nous passions allongés côte à côte dans l'obscurité, pareils à des statues déboulonnées, nous cherchions une échappatoire au présent intolérable en nous réfugiant dans le seul temps possible : le passé, enfin, le passé lointain. Nous revenions sur nos premiers moments ensemble, évoquant tel souvenir, corrigeant tel détail, nous aidant l'un l'autre comme deux vieillards, bras dessus bras dessous, qui avancent d'un pas chancelant sur les remparts d'une ville où ils auraient vécu, longtemps auparavant.

On évoquait surtout l'été pollué où on s'était rencontrés et mariés à Londres. J'avais remarqué Anna à une fête chez quelqu'un au cours d'un après-midi étouffant : fenêtres grandes ouvertes, air bleui par les gaz d'échappement et klaxons des bus résonnant incongrûment comme des cornes de brume au milieu des clameurs et de la pénombre régnant dans l'appartement bondé. C'est sa taille qui avait retenu mon attention. Non qu'elle fût si gigantesque que ça, mais elle était fabriquée à une échelle différente de celles des femmes que j'avais pu connaître jusque-là. De grandes épaules, de grands bras, de grands pieds et sa tête magnifique avec son épaisse chevelure noire. Debout entre la fenêtre et moi, en toile à beurre et sandales, elle bavardait avec une autre femme, à sa manière attentive et distante, en roulant rêveusement une mèche de cheveux autour de son doigt et, l'espace d'un instant, mon œil avait eu du mal à apprécier la profondeur de champ, parce qu'il m'avait semblé que Anna, étant tellement plus grande, devait être bien plus proche de moi que son interlocutrice.

Ah, ces fêtes, il y en avait tant à l'époque. Quand j'y repense, je nous revois toujours en train d'arriver quelque part, de nous arrêter un moment au seuil d'un logement, ma main sur ses reins effleurant sa fente fraîche et profonde à travers la soie fragile, les narines émoustillées par son odeur fauve et la joue offerte à la chaleur de ses cheveux. Que nous devions être impressionnants, tous les deux, quand nous faisions notre entrée, dominant les gens alentour, le regard porté au-dessus de leurs têtes, comme si nous fixions un beau panorama au loin que nous seuls avions le privilège de contempler.

Elle essayait alors de devenir photographe, prenait des vues maussades et matinales, noir de suie et argent brut, de certains des quartiers les plus lugubres de la ville. Le East End l'attirait, Brick Lane, Spitalfields, ce genre d'endroits. Je n'ai jamais attaché beaucoup d'importance à ces initiatives. J'aurais peut-être dû. Elle vivait avec son père dans un appartement d'un hôtel particulier brun rougeâtre qu'ils louaient dans un coin paumé derrière Sloane Square. C'était immense, il y avait une succession de pièces spacieuses et hautes de plafond, éclairées par des fenêtres à guillotine, qui paraissaient détourner leurs regards vitreux du banal spectacle des humains allant et venant devant elles. Son papa, le vieux Charlie

Weiss – « Ne vous inquiétez pas, ce n'est pas un nom juif » –, m'adopta sur-le-champ. J'étais grand, jeune et emprunté, et ma présence dans ces lieux dorés le distrayait. C'était un joyeux petit bonhomme doté de mains fines et minuscules et de pieds minuscules. Sa garde-robe comprenant d'innombrables costumes de Savile Row, des chemises de chez Charvet en soie aigue-marine, vert bouteille et crème et des douzaines de paires de chaussures miniatures sur mesure me stupéfia. Sa tête, qu'il emmenait faire raser chez Trumper's un jour sur deux – les cheveux, c'est de la fourrure, affirmait-il, aucun être humain ne devrait les tolérer –, était un œuf parfaitement lisse, et il portait les grosses lunettes prisées par les riches hommes d'affaires d'alors, avec larges embouts et verres épais comme des culs de bouteille derrière lesquels ses petits yeux perçants s'agitaient avec une vivacité de poissons exotiques particulièrement curieux. Incapable de tenir en place, il sautait sur ses pieds, se rasseyait, puis ressautait sur ses pieds, de sorte qu'il ressemblait, sous ces hauts plafonds, à une microscopique noix dorée brimbalant avec fracas dans une coquille démesurément grande. Lors de ma première visite, il m'emmena fièrement faire le tour du propriétaire, me montra ses peintures, tous des tableaux de maître, à ce qu'il croyait, la télévision géante cachée dans un meuble en noyer, la bouteille de Dom Pérignon et un panier de fruits superbes et immangeables qu'un associé lui avait envoyé le jour même – Charlie n'avait ni amis, ni partenaires, ni clients, il n'avait que des associés. La lumière de l'été, épaisse comme du miel, tombait des hautes fenêtres et éclairait les tapis ornés de personnages et d'animaux. Assise sur un canapé, le menton sur une main et une jambe repliée sous elle, Anna me regardait placidement naviguer autour de son petit papa grotesque. Contrairement à la plupart des gens de taille modeste, il n'était pas intimidé par nous autres, les grands, semblait même trouver ma stature rassurante et ne cessait de me coller, presque amoureusement ; à certains moments, pendant qu'il me montrait les gages de son succès éclatant, j'eus l'impression qu'il allait bondir sans prévenir pour se carrer dans le berceau de mes bras. Quand il mentionna pour la troisième fois ses intérêts commerciaux, je lui demandai dans quelle branche il était et il posa sur moi un regard d'une parfaite candeur, tandis que les deux aquariums lançaient des éclairs.

« Matériel lourd », répondit-il en réussissant à ne pas rire.

Charlie regardait le film de sa vie avec délectation et un certain effarement du fait qu'il avait réussi si souvent à s'en tirer à si bon compte. C'était un escroc, totalement et allègrement immoral et sans doute dangereux. Anna avait pour lui une estime tendre et compatissante. Qu'un si petit homme ait eu une fille aussi impressionnante était un mystère. En dépit de sa jeunesse, c'était elle qui ressemblait à la mère tolérante alors qu'il avait tout de l'homme-enfant charmeur qui n'en fait qu'à sa tête. Anna avait perdu sa mère à l'âge de douze ans et, depuis, père et fille avaient affronté le monde à la manière de deux aventuriers du XIXe siècle, tel le joueur sur un bateau à aubes se protégeant derrière sa fille. Deux à trois fois par semaine, il y avait des fêtes à l'appartement, de tapageuses soirées où le champagne coulait en une pétillante rivière jaunâtre, aigrelette et à l'odeur un peu sure. Un soir vers la fin de l'été, alors qu'on revenait du parc – j'aimais me promener avec elle au crépuscule parmi les ombres grises sous les arbres qui faisaient déjà ce bruissement de papier, sec et morose annonciateur de l'automne – et qu'on ne s'était même pas engagés dans la rue, on entendit l'écho des festivités bien arrosées venant de l'appartement. Anna posa la main sur mon bras et on s'arrêta. Quelque chose dans l'atmosphère du soir présageait une sombre promesse. Elle me fit face, saisit un des boutons de ma veste entre le pouce et l'index, le tourna en tous sens telle la combinaison d'un coffre-fort et m'invita à sa manière douce et doucement préoccupée à l'épouser.

D'un bout à l'autre de cet été d'attentes et de brumes de chaleur, j'eus la sensation de respirer superficiellement, tel un plongeur en équilibre sur la planche la plus haute au-dessus du minuscule rectangle bleu à ses pieds. Et là, d'une voix retentissante, Anna m'avait crié *saute, saute !* Aujourd'hui où seules les classes les plus défavorisées et ce qui reste de la noblesse se donnent la peine de se marier alors que tous les autres se choisissent un partenaire comme si la vie était une danse ou une entreprise commerciale, il est peut-être difficile d'apprécier le saut vertigineux que représentaient les fiançailles en ce temps-là. J'avais plongé dans l'univers louche d'Anna et de son père comme dans un autre milieu, fantastique, où les règles que j'avais connues jusqu'alors n'avaient plus cours, où tout miroitait sans que rien soit réel, ou bien l'était mais paraissait factice, à l'image du panier de fruits parfaits dans l'appartement de Charlie. Or, voilà qu'on m'offrait de devenir un résident de ces grandes profondeurs aux mystères passionnants. Ce qu'Anna me proposait, là, au coin de Sloane Street, dans la pénombre crépusculaire de l'été, ce n'était pas tant le mariage que la possibilité de satisfaire l'idée fantasque que je me faisais de moi-même.

La réception se déroula sous une tente à rayures dressée dans le jardin étonnamment vaste de l'hôtel particulier, l'un des derniers jours de la vague de chaleur de cet été-là où l'air, fendillé par la lumière aveuglante, avait un aspect de verre rayé. Tout l'après-midi, de longues automobiles étincelantes ne cessèrent de déposer de nouveaux invités, dames héronnières coiffées de larges chapeaux, jeunes filles avec rouge à lèvres blanc et bottes en cuir blanc montant jusqu'aux genoux, libertins en costume rayé, fragiles jeunes hommes faisant la moue et fumant de la marijuana ainsi que des types plus banals, difficiles à classer, des associés de Charlie, rusés, vigilants et peu souriants, en costumes brillants, chemises avec col de couleur différente et bottines pointues dotées d'une bande élastique sur le côté. Le crâne bleuté et luisant, Charlie, qui exsudait la fierté, circulait au milieu d'eux comme s'il était monté sur ressorts. La tête couverte et habillés de djellabas immaculées, un petit groupe d'hommes grassouillets et timides, aux gestes lents et aux yeux chaleureux, déboulèrent plus tard dans la journée, pareils à une volée de tourterelles. Plus tard encore, une douairière courtaude et chapeautée versa dans une ivresse vociférante, puis s'écroula et dut être évacuée par son chauffeur à la mâchoire marmoréenne. Quand la lumière s'épaissit dans les arbres, que l'ombre de la maison voisine commença à se rabattre sur le jardin à la manière d'une trappe qui se referme et que les derniers couples éméchés, qui se traînaient dans leurs brillants habits de clown sur la piste de danse installée pour l'occasion, laissèrent tomber leur tête sur l'épaule de leur partenaire en fermant les yeux et en papillotant des paupières, Anna et moi, postés à la lisière effrangée de la fête, vîmes une sombre nuée d'étourneaux, jaillis de nulle part, passer très bas au-dessus de la tente avec des claquements d'aile proches de la salve d'applaudissements, exubérants et sarcastiques.

Ses cheveux. Je pense soudain à sa chevelure qui lui arrivait à l'épaule, à la grande mèche d'un noir lustré qui lui balayait le front. Même à près de cinquante ans, elle ne comptait pratiquement pas un seul fil gris. Un jour qu'on rentrait de l'hôpital en voiture, elle prit ses cheveux dans sa main et les examina avec attention, les sourcils froncés.

« Pourquoi est-ce qu'on dit chauve-souris ? me demanda-t-elle.

— Je ne sais pas, répondis-je prudemment. Pourquoi ?

— A priori, je serai complètement chauve d'ici à un mois ou deux. Tu parles si je vais faire une drôle de souris.

— Qui t'a dit ça ?

— Une femme à l'hôpital qui a subi le traitement que je vais avoir. Elle était complètement déplumée, j'imagine donc qu'elle doit savoir de quoi elle cause. »

Elle observa un moment les maisons et les boutiques qui défilaient derrière la vitre de la voiture avec ce détachement furtif dont elles sont coutumières, puis se tourna de nouveau vers moi.

« On dit être chauve comme un genou et puis quoi ?

— Comme une bille, comme un œuf. On a une boule de billard.

— Ah ! »

Elle gloussa.

« Quand tout sera tombé, je serai le portrait craché de Charlie. »

Elle disait vrai.

Il mourut, le Charlie, d'une embolie cérébrale, quelques mois après notre mariage. Anna hérita de la totalité de son argent. Il n'y en avait pas autant que je l'aurais escompté, mais il y en avait quand même un paquet.

Le truc curieux, un des trucs curieux, dans ma passion pour Mme Grace, c'est qu'elle se termina tout à trac presque au moment où elle connut ce qui pourrait être considéré comme son apothéose. Cela se produisit pendant l'après-midi du pique-nique. Nous étions à présent toujours ensemble, Chloé, Myles et moi. Que j'étais fier d'être vu en la compagnie de ces divinités, car je les prenais pour des dieux, bien entendu, tant ils étaient différents de tous les enfants que j'avais côtoyés jusqu'alors. Ma désertion irritait mes anciens copains du Terrain, où je n'allais plus jouer.

Un jour, j'entendis ma mère confier à l'une de leurs mères :

« Maintenant, il passe tout son temps avec ses nouveaux grands amis. »

Puis d'ajouter à mi-voix :

« Le garçon est muet, vous savez. »

Moi, elle me demanda pourquoi je ne suppliais pas les Grace de m'adopter.

« Ça ne me ferait rien. Je ne t'aurais plus dans les pattes. »

Et elle m'enveloppa d'un regard assuré, dur et impassible, celui qu'elle me lancerait souvent après le départ de mon père, comme pour dire : *Je suppose que maintenant c'est toi qui vas me trahir.* Et je suppose que ce fut le cas.

Mes parents n'avaient pas rencontré M. et Mme Grace et ne les rencontreraient pas. Les gens d'une vraie maison ne fréquentaient pas les gens des bungalows et n'y songeaient même pas. Nous, on ne buvait pas de gin, on ne recevait pas d'amis le week-end et on ne laissait pas de cartes routières de France bien en évidence sur la plage arrière de notre voiture – peu de gens au Terrain en possédaient une. La structure sociale de notre univers estival était aussi rigide et aussi difficile à grimper qu'une ziggourat. Les rares familles propriétaires de maisons de vacances se situaient à l'échelon le plus haut, venaient ensuite celles qui avaient les moyens de descendre à l'hôtel – le Beach étant préférable au Golf –, puis celles qui louaient une maison et enfin nous. Les gens qui vivaient là à l'année ne figuraient pas dans cette hiérarchie ; les villageois en général, tels Duignan, le laitier, Colfer, le sourdingue ramasseur de balles de golf, les deux protestants célibataires de la Ivy Lodge ou la Française qui tenait les courts de tennis et dont on disait qu'elle copulait régulièrement avec son berger allemand, tous ceux-là formaient une classe à part, leur présence ne constituant qu'un arrière-plan flou à nos faits et gestes, autrement plus intéressants et lumineux. Que, parti de la base, j'aie pu réussir à grimper tant bien que mal ces marches sociales escarpées pour arriver au niveau des Grace semblait témoigner, de même que ma secrète passion pour Connie Grace, de ma singularité, du fait que moi seul avais été choisi parmi tant d'autres. Les dieux m'avaient jugé digne de leur faveur.

Le pique-nique. Cet après-midi-là à bord de la belle automobile de M. Grace, on descendit le Refuge jusqu'au bout de la route asphaltée. La texture du cuir moucheté qui recouvrait les sièges et collait à mes cuisses, nues sous mon short, avait apporté d'emblée une note sensuelle. Assise à côté de son mari, Mme Grace était à moitié tournée vers lui, un coude posé sur le dessus de son siège, de sorte que j'avais une vue directe et excitante sur son aisselle rasée et humide de sueur et que m'arrivait, de temps à autre, quand la brise s'engouffrait par la vitre baissée, une bouffée de son odeur de civette. Elle portait un vêtement que, même en ces temps autrement plus sages, on appelait, je crois, avec une franchise crue, un dos nu et qui n'était rien de plus qu'un tube en laine blanche sans bretelles, très moulant et très révélateur de ses plantureuses rondeurs. Elle avait ses lunettes de star à monture blanche et fumait une grosse cigarette. Ça m'excitait de la regarder tirer une grande bouffée, puis rester bouche ouverte avec une généreuse volute de fumée en suspens, figée, entre ses lèvres écarlates et brillantes. Ses ongles aussi étaient peints en rouge, un beau rouge sang. Pour ma part, j'étais assis sur la banquette arrière, juste derrière elle, avec Chloé au milieu, entre Myles et moi. La cuisse osseuse et chaude de Chloé appuyait négligemment contre ma jambe. Comme souvent, frère et sœur s'affrontaient en silence, ils se tapaient, se tortillaient, se pinçaient méchamment et tentaient de s'envoyer des coups de pieds dans les tibias malgré le peu d'espace disponible entre les sièges. Je n'ai jamais pu comprendre les règles de ces jeux, si tant est qu'il y en ait eu, alors qu'il y avait toujours un vainqueur à la fin, Chloé, le plus souvent. Je me rappelle, avec aujourd'hui encore un vague frisson de pitié pour le pauvre Myles, la première fois où je les vis jouer, ou plutôt se battre, comme ça. C'était un après-midi, il pleuvait et on était bloqué aux Cèdres. Qu'est-ce qu'une journée pluvieuse pouvait faire ressortir de sauvagerie chez nous autres, les enfants ! À croupetons sur le parquet du salon, nez à nez, genoux contre genoux, les jumeaux, qui se fixaient d'un œil noir, les doigts entrelacés, tanguaient et s'arc-boutaient, concentrés comme deux samouraïs face à face, jusqu'au moment où quelque chose finit par se produire, quoi ? je ne le vis pas, mais ce fut décisif et subitement Myles fut obligé de capituler. S'arrachant aux griffes d'acier de sa sœur, il s'attrapa à bras-le-corps

– il empoignait fréquemment son moi blessé ou offensé – et, la lèvre inférieure ramenée sur la lèvre supérieure, les yeux plissés, se mit à pleurer de frustration et de rage, à pousser un gémissement étranglé et aigu et à verser de grosses larmes informes, ce qui produisit un effet trop théâtral pour être totalement convaincant. Et quel regard de jubilation féline Chloé, les traits vilainement tirés et la canine luisante, ne me jeta-t-elle pas par-dessus son épaule ! Là, dans la voiture, c'est elle qui eut le dessus une fois de plus, en lui infligeant je ne sais quel traitement qui lui arracha un cri perçant.

« Oh, arrêtez, vous deux », soupira leur mère d'un ton las, sans presque leur accorder un regard.

Chloé, affichant toujours un petit sourire de triomphe, appuya un peu plus encore sa hanche contre ma jambe tandis que Myles, les lèvres arrondies en un O boudeur, grimaçait en retenant ses larmes, mais tout juste, et frictionnait son poignet rougi.

Au bout du chemin, M. Grace arrêta la voiture ; le panier, avec ses sandwichs, ses tasses à thé et ses bouteilles de vin, fut sorti du coffre et on s'élança sur une large piste de sable durci bordée par une clôture immémoriale de barbelés rouillés et à moitié enterrés. Je n'avais jamais aimé et craignais même un peu cette étendue sauvage de marais et de vasières où tout semblait se détourner de la terre et scruter désespérément l'horizon comme pour y chercher la promesse d'une intervention secourable. La vase, hérissée de massifs de roseaux ainsi que de balises accrochées à des pieux en bois pourri et poisseux, affichait les couleurs bleutées d'une meurtrissure de fraîche date. À marée haute, l'eau, vive et d'un brillant de mercure, qui courait là sans que rien l'arrête, n'avait jamais que quelques centimètres de profondeur. Une chaise pliante sous chaque bras et son grotesque chapeau en forme de seau incliné sur l'oreille, M. Grace nous précédait en trottinant allègrement sur ses jambes arquées. Après avoir fait le tour de la pointe, on découvrit, arc-boutée sur sa colline, de l'autre côté du chenal, la ville, fatras lavande de plans et d'angles dominés par une flèche. M. Grace, qui semblait savoir où il allait, quitta la piste et s'engagea dans un pré envahi de hautes fougères. On lui emboîta le pas, Mme Grace, Chloé, Myles et moi. Les fougères m'arrivaient au visage. M. Grace nous attendait sur un talus herbeux à la limite du pré, sous un pin parasol. Sans que je m'en aperçoive, une tige de fougère abîmée avait creusé un sillon sur une de mes chevilles nues, au-dessus de ma sandale.

Un tissu blanc fut étalé sur un carré d'herbes entre le petit talus herbeux et le mur de fougères. Mme Grace, à genoux, une cigarette au coin de la bouche et un œil fermé pour se protéger de la fumée, sortit les affaires du pique-nique tandis que son mari, le chapeau de plus en plus penché, bataillait avec un bouchon rétif. Myles avait déjà disparu dans les fougères. Chloé, accroupie en grenouille, mangeait un sandwich aux œufs. Rose – où est Rose ? Elle est là, en chemise écarlate, escarpins et pantalon de danse noir moulant avec sous-pieds, les cheveux – aile de corbeau – tirés en plumet derrière son joli visage. Comment est-elle arrivée là ? Elle n'était pas dans la voiture avec nous. Une bicyclette, oui, je vois une bicyclette abandonnée au milieu des fougères, le guidon de travers et la roue avant pointée vers le ciel en un angle bizarrement inconvenant, secrète préfiguration, telle que je l'interprète aujourd'hui, de ce qui allait suivre. M. Grace coinça la bouteille de vin entre ses genoux et tira de toutes ses forces, au point que le lobe de ses oreilles vira au rouge. Derrière moi, Rose s'installa à un coin de la nappe, en appui sur un bras, la joue presque calée sur l'épaule, les jambes repliées sur le côté en une pose qui aurait dû être pénible et ne l'était pas. J'entendais Myles qui cavalcadait dans les parages. Puis le bouchon céda avec un plop cocasse qui nous fit tous sursauter.

On attaqua notre pique-nique. Myles, jouant à la bête sauvage, déboulait au galop, attrapait quelques poignées de victuailles au vol et repartait avec des bonds, en ululant et en hennissant. M. et Mme Grace buvaient leur vin ; peu après, M. Grace ouvrit une autre bouteille, avec moins de difficulté cette fois. Rose déclara qu'elle n'avait pas faim, mais Mme Grace s'écria que c'était absurde et lui ordonna de manger tandis que M. Grace, un grand sourire aux lèvres, lui offrait une banane. L'après-midi était venté sous un ciel pas encore couvert. Le pin tordu murmurait au-dessus de nous, il flottait dans l'air des fragrances d'aiguilles de pin, d'herbes et de fougères écrasées auxquelles s'associait l'odeur caractéristique de la marée. Rose boudait, à cause de la réprimande de Mme Grace et de l'obscène banane que lui avait proposée M. Grace, supposais-je. Chloé ôtait soigneusement des petites croûtes rubis juste en dessous du coude où une épine l'avait éraflée la veille. Moi, j'étudiais ma blessure à la cheville, ce méchant sillon rosé bordé de deux bourrelets de peau blanchâtre, translucides et irréguliers ; ça n'avait pas saigné, mais une perle de lymphe claire brillait au fond. Affalé sur une chaise pliante, une jambe croisée par-dessus l'autre, M. Grace fumait une cigarette, les yeux protégés par son chapeau rabattu très bas sur le front.

Je sentis un petit quelque chose me frapper doucement à la joue. Oubliant ses bobos, Chloé m'avait lancé une miette de pain. Je la regardai et elle me retourna mon regard, le visage vide d'expression, mais me bombarda de nouveau. Cette fois, elle me rata. Je ramassai la miette tombée et la relançai dans sa direction, mais la ratai aussi. Allongée sur le côté, juste en face de moi sur la modeste pente du talus verdoyant, la tête sur une main, Mme Grace nous observait d'un air distrait. Elle avait posé son verre de vin dans l'herbe, le calice en équilibre contre une mamelle pendante – comme souvent, je me demandai s'ils n'étaient pas douloureux à porter, ces deux gros ballons de chair laiteuse –, et, là, elle mouilla le bout d'un de ses doigts pour le frotter sur le bord du verre et tenter de le faire chanter. En vain. Quant à Chloé, elle se fourra une boule de pain dans la bouche, l'imbiba de salive, la ressortit et la pétrit avec détermination, puis me visa posément, mais me manqua encore.

« Chloé ! » s'écria sa mère sur un ton légèrement réprobateur.

Chloé l'ignora et m'adressa son petit sourire de chat, malveillant. C'était une fille cruelle, ma Chloé.

Pour la distraire quotidiennement, j'attrapais une poignée de sauterelles que je délestais d'une de leurs pattes arrière afin de les empêcher de se sauver, puis je plaçais les torses secoués de soubresauts dans un couvercle de boîte de cirage, les arrosais de pétrole et y mettais le feu. Accroupie, les mains sur les genoux, avec quel intérêt ne regardait-elle pas les malheureuses créatures mitonner dans leur propre graisse.

Elle prépara une nouvelle boule pétrie de salive, et sa mère déclara en soupirant :

« Chloé, tu es écœurante. »

Soudain lassée, Chloé recracha son bout de pain, s'épousseta les cuisses et se releva d'un air boudeur pour aller s'installer à l'ombre du pin.

Connie Grace surprit-elle mon regard ? M'adressa-t-elle un sourire complice ? Elle se retourna avec un profond soupir, se mit sur le dos, la tête dans l'herbe du talus, et plia la jambe, de sorte qu'il me fut soudain permis de voir sous sa jupe la face interne de sa cuisse jusqu'à son creux secret et jusqu'au mont rembourré recouvert de coton blanc tendu. Dès lors, tout se déroula au ralenti. Son verre vide tomba en pâmoison, une dernière goutte de vin roula vers le bord où elle s'accrocha un instant, scintillante, avant de lâcher prise. Moi, le front soudain brûlant, les paumes moites, je regardais tant que je pouvais. Sous son chapeau, M. Grace semblait me considérer avec un petit sourire narquois, mais je m'en moquais, il pouvait afficher son sourire narquois tant qu'il voulait. Sa grande femme, qui grandissait de minute en minute, telle une géante sans tête écrasée par la perspective, et aux pieds de laquelle j'étais tapi, en proie à un sentiment proche de la peur, se tortilla et releva le genou encore davantage, dévoilant le pli en forme de croissant sur la partie charnue de sa jambe, à la naissance de son derrière. Un battement de tambour contre mes tempes voila la lumière du jour. Je sentis ma cheville meurtrie m'élancer. Puis, loin dans les fougères, un son aigu et fluet s'éleva, une note de pipeau archaïque qui déchira l'atmosphère laquée, et Chloé, près de son arbre, se renfrogna comme si le devoir l'appelait, se pencha, coupa un brin d'herbe qu'elle arrima entre ses pouces afin de souffler dans la conche de ses mains pour lui répondre.

Après une ou deux minutes interminables, ma Maja affalée abaissa sa jambe, se remit sur le côté et sombra dans le sommeil avec une soudaineté choquante – ses doux ronflements rappelaient le son d'un gentil petit moteur qui aurait essayé de démarrer. Je me rassis soigneusement, très droit, comme si j'abritais un objet en équilibre fragile qui eût risqué de se briser au moindre mouvement brusque de ma part. Et, tout à coup, j'eus la sensation désagréable de me dégonfler. L'excitation de l'instant passé s'était dissipée et je sentis ma poitrine se serrer sourdement, la sueur perler sur mes paupières et ma lèvre supérieure et la peau, moite sous la ceinture de mon caleçon, me piquer, me brûler. J'étais perplexe et éprouvai aussi une animosité bizarre, comme si c'était mon intimité et non la sienne qui avait été violée. J'avais vu une manifestation de la déesse, c'était indéniable, mais cet instant divin s'était révélé d'une brièveté déconcertante. Sous mon regard avide, Mme Grace avait quitté son état de femme pour se transformer en divinité, puis était aussitôt redevenue une simple femme. Elle avait été Connie Grace, l'épouse de son mari, la mère de ses enfants et, sitôt après, un objet de vénération impuissante, une idole anonyme, ancestrale et fondamentale, conjurée par la puissante magie de mon désir ; ensuite de quoi, quelque chose en elle s'était laissé aller et j'avais éprouvé un sentiment de dégoût et de honte, pas de honte de moi ni de ce que je lui avais pris, mais, obscurément, de la femme, pas à cause de ce qu'elle avait fait, mais à cause de ce qu'elle avait été, quand elle s'était tournée avec un gémissement rauque et qu'elle avait basculé dans le sommeil en cessant d'être un démon tentateur pour n'être plus qu'elle-même, une simple mortelle.

Malgré ma confusion et ma gêne, c'est pourtant la mortelle et non la divine qui brille encore à mes yeux, ne serait-ce que d'un éclat terni, parmi les ombres du passé. Dans ma mémoire, elle est son propre avatar. Qui a le plus de réalité, la femme allongée sur le talus herbeux de mes souvenirs ou le semis de poussière et de moelle séchée, seul élément que la terre garde d'elle ? Il est certain qu'elle existe encore pour d'autres ailleurs, silhouette animée dans le musée de cire de la mémoire, il n'empêche que leur version sera différente de la mienne et de celle de tiers. C'est ainsi que chacun se ramifie et se disperse dans l'esprit d'autrui. C'est éphémère, bien sûr, ce n'est pas l'immortalité. Nous portons les morts en nous jusqu'à ce que nous mourions aussi, et, après, c'est nous qui sommes portés quelque temps, puis ceux qui nous ont portés tombent à leur tour et ainsi de suite jusqu'à d'inimaginables générations. Je me souviens d'Anna, notre fille Claire se souviendra d'Anna et de moi, puis Claire s'en ira et resteront ceux qui se souviendront d'elle, mais pas de nous, et ce sera là notre fin ultime. Certes, il demeurera quelque chose de nous, une photographie de plus en plus fanée, une mèche de cheveux, quelques empreintes digitales, une pincée d'atomes dans l'atmosphère de la pièce où nous aurons rendu notre dernier soupir, pourtant rien de tout cela ne sera nous, ce que nous sommes, ce que nous étions, ce ne sera que poussière de morts.

Enfant, j'étais très pieux. Ce n'était pas de la dévotion, juste de la compulsion. Le Dieu que je vénérais était Yahvé, le destructeur des mondes, pas le gentil Jésus, doux comme un agneau. À mes yeux, la Divinité représentait une menace et suscitait chez moi la peur, et la culpabilité qui en découle. Plus jeune, j'étais un virtuose de la culpabilité et, plus vieux, je le suis encore. À l'époque de ma première communion ou, pour être plus précis, de ma première confession, un prêtre venait tous les jours à l'école religieuse afin d'initier notre classe de pénitents novices aux complexités de la doctrine chrétienne. C'était un fanatique pâle et maigre qui avait toujours de petites taches blanches à la commissure des lèvres. Je me rappelle avec une clarté toute particulière une communication enfiévrée qu'il nous délivra un beau matin de mai sur le péché de regard. Oui, de regard. On nous avait expliqué les différentes formes de péchés, commis ou omis, mortels ou véniels, les sept péchés capitaux et ceux, terribles, que seul un évêque était censé pouvoir absoudre, mais il y avait là apparemment une catégorie nouvelle : le péché passif. Est-ce que nous imaginions, nous demanda le frère Écumecollée d'un ton moqueur en effectuant, dans des bruissements de soutane, de fougueux allers et retours entre la porte et la fenêtre tandis qu'une étoile de lumière pareille à un reflet de l'émanation divine elle-même frappait son front étroit et dégarni, est-ce que nous imaginions que le péché se traduisait forcément en actes ? Tel regard lubrique, envieux ou haineux, relève de la lubricité, de l'envie, de la haine ; le simple désir souille l'âme tout autant que le passage à l'acte. Le Seigneur lui-même n'avait-il pas, s'écria-t-il en se laissant emporter par son sujet, le Seigneur lui-même n'avait-il pas affirmé que l'homme qui regarde une femme avec concupiscence a pratiquement commis l'adultère dans son cœur ? Il nous avait complètement oubliés, nous qui étions assis à l'égal d'un petit groupe de souris, les yeux rivés sur lui, en proie à une incompréhension effrayée. Même si tout cela était pour moi aussi neuf que pour tous les autres enfants de ma classe – qu'est-ce que c'était que l'adultère, ce péché que seuls des adultes pouvaient commettre ? –, j'en comprenais assez, à ma façon, et appréciais cette notion car, déjà à l'âge de sept ans, j'étais un drôle de rusé lorsqu'il s'agissait de reluquer des choses que je n'étais pas censé voir et je connaissais bien le trouble plaisir qu'apportait la possession visuelle et la honte encore plus trouble qui s'ensuivait. Donc, quand j'eus regardé tout mon content, et content je le fus, la longueur argent de la cuisse de Mme Grace jusqu'à l'entrejambe de sa culotte et le pli barrant le haut charnu de sa cuisse, en dessous de son derrière, je jetai aussitôt, réaction naturelle, un coup d'œil autour de moi, inquiet à l'idée que quelqu'un en eût profité pour me regarder, moi, le regardeur. Myles, qui venait d'émerger des fougères, était occupé à lorgner Rose, et Chloé était toujours perdue dans une vague rêverie sous le pin, mais M. Grace, alors, ne m'avait-il pas observé tout du long, par en dessous le bord de son fameux chapeau ? Il paraissait affaissé sur son siège, le menton collé contre le torse, le ventre velu et tendu sous la chemise ouverte, une cheville nue toujours croisée par-dessus un genou nu, de sorte que mon regard put remonter aussi le long de sa cuisse jusqu'à la grosse boursouflure sous son short kaki, tellement coincée entre ses cuisses massives qu'elle paraissait prête à éclater. Durant ce long après-midi où l'ombre mauve toujours plus foncé du pin sur l'herbe ne cessait de se rapprocher de lui, c'est à peine s'il quitta sa chaise pliante, sauf pour remplir le verre de vin de sa femme ou chercher quelque chose à manger – je le revois, aplatissant la moitié d'un sandwich au jambon entre ses doigts serrés et enfournant d'un coup la pâtée subséquente dans le trou rouge au milieu de sa barbe.

Pour nous à l'époque, à l'âge que nous avions alors, tous les adultes étaient imprévisibles et même un peu fous, mais Carlo Grace exigeait une surveillance bien particulière. Il avait tendance à pratiquer la feinte subite, l'attaque inopinée. Installé dans un fauteuil et apparemment absorbé par son journal, il déployait la main au passage de Chloé et, vif comme le serpent qui frappe, lui attrapait l'oreille ou une touffe de cheveux et tordait le tout vigoureusement et douloureusement sans jamais prononcer un mot ni arrêter sa lecture, à croire que bras et main avaient agi de leur propre chef. Il s'interrompait délibérément au milieu d'une phrase, telle une statue, une main en suspens, regardait d'un air vague le néant derrière l'épaule secouée d'un tic nerveux de la personne passant à proximité, comme s'il était préoccupé par une alerte effroyable ou un lointain tumulte que lui seul aurait notés, puis feignait de saisir quelqu'un à la gorge et partait d'un rire sifflant entre ses dents. Consultant avec beaucoup de sérieux le facteur, qui n'était pas la moitié d'un demeuré, sur les prévisions météo ou le résultat probable d'un prochain match de football, il acquiesçait, fronçait les sourcils et se tripotait la barbe, comme s'il entendait des trésors de sagesse, puis quand le pauvre garçon, inconscient d'avoir été abusé, s'était éloigné en sifflotant avec fierté, il se tournait vers nous et agitait la tête sous le coup d'une gaieté muette, souriant, sourcils arqués et lèvres pincées. Même si mon attention semblait focalisée sur les autres, je pense aujourd'hui que c'est à cause de Carlo Grace que j'ai entretenu l'idée que j'avais affaire à des dieux. En dépit de son attitude distante et de son indifférence amusée, c'était lui qui semblait nous avoir tous sous ses ordres, lui la déité rieuse, le Poséidon de notre été, et à la disposition duquel notre petit monde s'organisait docilement selon des scènes et des rôles qui nous étaient dévolus.

Néanmoins, cette journée de licence et d'invite illicite n'était pas terminée. Pendant que Mme Grace, étendue sur le talus herbeux, continuait à ronfler en douceur, une torpeur, l'invisible voile de lassitude qui tombe sur un groupe quand un de ses membres se distancie en sombrant dans le sommeil, s'abattit sur nous autres qui occupions ce petit vallon. À plat ventre dans l'herbe à côté de moi, mais tourné dans la direction opposée, Myles reluquait encore Rose, toujours assise derrière moi à un coin de la nappe et toujours indifférente à son regard de fouine. Chloé, encore à l'ombre du pin, tenait quelque chose à la main et, la tête levée, observait avec attention un oiseau peut-être ou simplement le lacis que formaient les branches à contre-jour et les panaches de nuages blancs arrivant peu à peu de la mer. Comme elle était pensive et pourtant pleine de vie avec cette pomme de pin – c'en était bien une ? – dans les mains, à regarder avec fascination les rameaux éclaboussés de soleil. Soudain, elle devint le centre du tableau, le point de fuite vers lequel tout le reste convergeait, soudain, ce fut pour elle que tous ces motifs et toutes ces ombres avaient été disposés avec un naturel tellement pointilleux : ce tissu blanc sur l'herbe lustrée, l'arbre bleu-vert penché, les fougères et leurs frondes découpées et même ces petits nuages qui, très haut dans le ciel marine, infini, s'efforçaient de paraître immobiles. Je lançai un coup d'œil vers Mme Grace endormie, un coup d'œil presque méprisant. Tout à coup, elle n'était plus qu'un grand torse archaïque, inanimé, l'effigie déboulonnée d'une déesse que la tribu a cessé de vénérer et qu'elle a abandonnée sur le tas d'ordures où elle sert de cible aux garçons du village armés de leurs lance-pierres, de leurs arcs et de leurs flèches.

Subitement, comme si le contact glacé de mon mépris l'avait réveillée, elle se redressa et, l'air confus, regarda autour d'elle en battant des paupières. Elle fixa son verre et parut surprise de le trouver vide. La goutte de vin avait laissé une tache rose sur son petit haut et elle la frotta du bout du doigt, en claquant la langue. Puis elle posa de nouveau les yeux sur nous, s'éclaircit la gorge et déclara qu'il fallait qu'on joue tous à se courir après. On la dévisagea avec des yeux ronds, même M. Grace.

« Moi, je ne cours après personne », décréta Chloé de sa place à l'ombre du pin avant de lâcher un rire grinçant et incrédule.

Quand sa mère déclara qu'il fallait qu'elle participe et la traita de rabat-joie, elle alla se poster à côté de son père, posa un coude sur son épaule et observa sa mère d'un air méfiant, tandis que M. Grace, en dieu Pan souriant, nouait la main sur ses hanches et l'enlaçait entre ses bras velus. Mme Grace se tourna vers moi.

« Tu vas jouer, non ? Et Rose. »

Je revois ce jeu comme une série de tableaux vivants, brefs instantanés de cavalcades colorées : Rose, en buste, filant à travers les frondes dans sa chemise rouge, la tête haute et ses cheveux noirs au vent ; Myles, le front barré d'une traînée de jus de fougère qui lui faisait comme une peinture de guerre, luttant pour m'échapper alors que j'enfonçais encore davantage la patte dans la chair de son épaule où la tête humérale tournait dans l'articulation ; autre brève image de Rose en train de courir, cette fois sur le sable dur au-delà du carré d'herbes où la pourchassait une Mme Grace riant à gorge déployée, deux ménades aux pieds nus un instant encadrées par le tronc et les branches du pin avec, à l'arrière-plan, le reflet argent terne de la baie et le ciel d'un bleu mat soutenu jusqu'à l'horizon. Là, c'est Mme Grace, dans une trouée au milieu des fougères, sur un genou, tel un sprinter attendant le signal de départ, qui, au lieu de fuir lorsque je la surprends, comme le veulent les règles du jeu, me fait des signes insistants pour m'obliger à m'accroupir à ses côtés, passe un bras autour de moi et m'attire tout contre elle, si bien que je sens le renflement de son sein élastique, que j'entends battre son cœur et que je perçois son odeur de lait et de vinaigre.

« Chut ! » murmure-t-elle en posant un doigt sur mes lèvres – je dis bien mes lèvres, pas les siennes.

Elle tremble, secouée de grandes ondes de fou rire réprimé. Je n'ai jamais été aussi proche d'une femme adulte depuis l'époque où ma mère me serrait dans ses bras, mais, en lieu et place de désir, je n'éprouve plus qu'une sorte d'effroi ronchon. Rose nous surprend, accroupis là tous les deux, et fronce les sourcils. Mme Grace, attrapant la main de la jeune fille comme si elle cherchait à se relever, la fait au contraire tomber sur nous, il s'ensuit une mêlée de bras et de jambes, les cheveux de Rose voltigent, puis on se retrouve tous les trois sur les coudes, haletants, affalés, orteils contre orteils, et déployés en étoile au milieu des fougères écrasées. Je me remets debout illico, subitement effrayé à l'idée que Mme Grace, ma subitement ex-bien-aimée, puisse avoir encore une fois l'impudeur de me montrer son sexe, et elle, la main en visière devant les yeux, me regarde avec un sourire impénétrable, dur, froid. Rose se relève d'un bond elle aussi, époussette sa chemise, marmonne furieusement quelque chose que je ne comprends pas et s'enfonce dans les fougères. Mme Grace hausse les épaules.

« Jalouse », dit-elle, avant de me demander d'aller chercher ses cigarettes, car, déclare-t-elle, elle a tout à coup une folle envie de se taper une clope.

Quand on revint vers le talus herbeux et le pin parasol, Chloé et son père avaient disparu. La manière dont les restes du pique-nique étaient éparpillés sur la nappe blanche semblait avoir quelque chose de délibéré, comme si leur disposition renfermait un message codé qu'il nous fallait déchiffrer.

« C'est gentil, remarqua Mme Grace avec aigreur, ils nous ont laissé le soin de nettoyer. »

Myles sortit des fougères, s'agenouilla, coupa un brin d'herbe, siffla de nouveau entre ses pouces et attendit, figé et attentif comme un faune en plâtre, ses cheveux paille dorés sous la lumière du soleil, et, quelques secondes plus tard, lui parvint, de loin, la réponse de Chloé : un sifflement pur, aigu et perçant comme une aiguille en cette journée d'été qui s'achevait.

Pour ce qui est d'observer et d'être observé, il faut que j'évoque la longue et lugubre session que je me suis offerte ce matin devant le miroir de la salle de bains. En général, je ne perds plus de temps à me regarder, du moins pas plus que nécessaire. Il y a eu une époque où j'aimais assez le reflet que me renvoyait la glace, mais c'est fini. À présent, je suis très surpris, et même plus que ça, par le visage qui apparaît si brutalement devant moi : ce n'est jamais celui que j'attends et il n'a aucun lien avec lui. Une parodie de moi-même, une silhouette vilainement ébouriffée porteuse d'un masque de Halloween déformé, en caoutchouc gris rosé, n'ayant qu'une vague ressemblance avec l'image de moi que je garde obstinément dans ma tête, ne cesse de m'écarter. Et puis, il y a mon problème avec les miroirs. C'est-à-dire, j'ai beaucoup de problèmes avec les miroirs, mais, dans l'ensemble, ils sont métaphysiques, alors que celui dont je parle là est d'ordre totalement pratique. À cause de ma taille démesurée et absurde, les miroirs de rasage et autres sont toujours trop bas sur le mur, de sorte que je suis obligé de me pencher pour voir mon visage en entier. Ces derniers temps, quand je me regarde dans la glace, voûté comme ça, avec cet air vaguement surpris et un peu effrayant qui ne me quitte plus, la bouche affaissée et les sourcils arqués, comme sous le coup d'un étonnement éreintant, je trouve que j'ai vraiment une mine de pendu.

En arrivant ici, j'avais envisagé de me laisser pousser la barbe, plus par paresse que pour autre chose, mais, au bout de trois à quatre jours, je me suis aperçu que mes poils avaient une drôle de couleur roux foncé – j'ai compris pourquoi Claire est rousse –, sans aucun rapport avec mes cheveux, parsemés de touches argent ici et là. Associée à mon regard fuyant et injecté de sang, cette barbe rouquine, râpeuse comme du papier émeri, me métamorphosait en forçat de bande dessinée, en vrai dur, peut-être pas encore pendu mais déjà dans le quartier des condamnés à mort, c'est sûr et certain. Mes tempes grisonnantes et désormais clairsemées sont piquetées de taches chocolat, avriléennes, à moins, je suppose, que ce ne soient des taches de vieillesse, dont chacune, je n'en ai que trop conscience, risque, sur un coup de tête d'une cellule voyouse, de devenir maligne en deux temps trois mouvements. Je note aussi que mon acné rosacée s'aggrave. La peau de mon front a partout des marbrures rubescentes, j'ai une méchante éruption sur les ailes du nez et même mes joues affichent une rougeur pas ragoûtante. Mon vénérable exemplaire bien écorné du *Black's Medical Dictionary* par l'estimable et flegmatique William A.R. Thomson, docteur en médecine – Adam & Charles Black, Londres, treizième édition, avec 441 illustrations en noir et blanc – (ou en gris et gris anthracite), plus quatre planches en couleurs, lesquelles ne manquent jamais de me glacer le cœur – m'informe que la rosacée, un joli nom pour une affection déplaisante, est due à *une congestion chronique de régions du visage et du front sujettes aux rougeurs, conduisant à la formation de papules rouges* ; l'érythème qui en résulte, nom que nous autres, hommes de science, donnons à ces irritations de la peau, a tendance à s'estomper puis à revenir, mais finit par s'installer définitivement *et peut*, nous avertit le candide médecin, *s'accompagner d'une hypertrophie importante des glandes sébacées (voir PEAU), provoquant une hypertrophie du nez connue sous le nom de rhinophyma (quod vide) ou nez bulbeux* dans lequel certains croiront voir un pif d'ivrogne. La répétition – *hypertrophie... hypertro-*

phie – constitue une maladresse qui ne correspond guère à la prose du Dr Thomson, généralement euphonique, malgré son style un tantinet désuet. Je me demande s'il consulte à domicile. Au chevet d'un patient, il a certainement un effet calmant et doit être un puits de science sur toutes sortes de sujets, pas forcément liés à la santé. Les médecins ont plus de talent qu'on ne leur en reconnaît. Roget du *Roget's Thesaurus*, dont c'était la profession, a fait d'importantes recherches sur le gaz hilarant et sa consommation et a, de surcroît, sans doute guéri un patient à l'occasion. Mais le nez bulbeux, maintenant, voilà quelque chose auquel il faut que je me prépare.

Quand j'observe mon visage dans la glace, je songe bien entendu aux derniers autoportraits de Bonnard – exécutés vers la fin de la guerre, après la mort de sa femme – où l'artiste s'est représenté dans le miroir de la salle de bains de la villa « Le Bosquet » – certains critiques qualifient ces œuvres d'impitoyables, bien que je ne voie pas ce que la pitié pourrait avoir à faire là –, à dire vrai, ce que mon reflet me rappelle surtout, je viens de m'en rendre compte, c'est le portrait de Van Gogh par lui-même, pas le célèbre tableau au bandage, à la pipe et au vilain chapeau, mais celui d'une série antérieure, réalisé en 1887, où il est tête nue, avec un col montant, une cravate bleu lavande, les deux oreilles intactes, l'air d'émerger d'une cuve d'eau où on l'aurait plongé, le front fuyant et marqué de bourrelets sus-orbitaires, les tempes creusées, les joues émaciées comme par la faim ; il regarde de côté, avec circonspection, en proie à un courroux vengeur, il s'attend au pire, et il n'a pas tort.

Ce matin, c'est l'état de mes yeux qui m'a le plus frappé, les blancs tout cracaleurés de veinules rouge vif et les paupières inférieures larmoyantes, irritées et comme trop lâches pour les globes oculaires. À ce que je vois, il ne me reste presque plus de cils alors que, dans ma jeunesse, ils étaient tellement fournis et soyeux qu'ils auraient piqué la jalousie d'une fille. À l'angle interne des paupières supérieures, j'ai une petite bosse, juste avant la courbure du canthus, qui est presque mignonne, sauf qu'elle est perpétuellement jaune sur le dessus, à croire qu'il y a une inflammation. Et ce petit bourgeon de chair rose sur le canthus même, à quoi sert-il ? Rien dans le visage humain ne résiste à un examen prolongé. L'éclat des murs blancs et de l'émail du lavabo donnait à mes joues pâles aux pommettes rosâtres, qui sont tout aussi émaciées, je le crains, oui, que celles de ce pauvre Vincent, un teint encore plus sévère et maladif. Cet éclat n'avait rien des feux d'un automne septentrional, mais évoquait davantage l'éblouissement sec, implacable, dur du grand sud. Il se réverbérait sur la glace en face de moi et se diluait dans le badigeon des murs auxquels il prêtait une texture friable et déshydratée d'os de seiche. Une pointe lumineuse sur le bord rond du lave-mains renvoyait des reflets dans toutes les directions à la manière d'une nébuleuse extrêmement lointaine. Planté dans cette boîte de lumière blanche, je fus un moment transporté vers une rive éloignée, réelle ou imaginaire, je n'en sais rien, alors que les détails possédaient une qualité de définition digne d'un rêve où, assis au soleil sur une arête de sable schisteux, je serrais entre mes mains une grosse pierre bleue, toute lisse. Elle était sèche et chaude, je parus la porter à mes lèvres, elle parut avoir le goût de sel des grandes profondeurs et des étendues marines, des îles reculées, des lieux perdus sous des frondaisons cascadantes, des fragiles squelettes de poisson, du varech et de la pourriture. Les vaguelettes devant moi, à la lisière de l'eau, babillent d'une voix animée, évoquent avec des murmures passionnés une ancienne catastrophe, le sac de Troie, peut-être, ou la disparition de l'Atlantide. Tout est débordement, saumâtre et étincelant. Au bout d'une rame, des perles d'eau se rompent et dégringolent en un chapelet argent. Je vois le bateau noir au loin, qui, de minute en minute, se rapproche imperceptiblement. J'y suis. J'entends chanter ta sirène. J'y suis, j'y suis presque.

On aurait cru que Chloé, Myles et moi passions nos journées dans l'eau. On nageait par n'importe quel temps ; on nageait le matin quand la mer était d'huile, on nageait la nuit, et les vagues glissaient sur nos bras pareilles à des ondulations de satin noir ; un après-midi où on était restés dans l'eau alors qu'il y avait un orage, un éclair ramifié frappa la surface des flots si près de nous qu'on l'entendit craquer et que l'odeur de l'air grillé nous taquina les narines. Je n'étais pas très bon nageur. Les jumeaux qui, eux, avaient pris des leçons depuis tout petits, fendaient les vagues avec aisance, comme deux paires de cisailles étincelantes. Mon endurance compensait mon manque de grâce et de technique. J'étais capable d'effectuer de longues distances d'une traite, ce que je faisais fréquemment, pourvu que j'aie un public, n'importe lequel, et nageais l'indienne sans désemparer jusqu'à ce que j'aie épuisé mes forces et la patience des curieux sur la berge.

Ce fut au terme d'une de ces pitoyables petites démonstrations de gala que je sentis pour la première fois un changement dans l'attention que Chloé me portait ou plutôt que je sentis qu'elle me portait une certaine attention et que celle-ci était en train de changer. C'était un soir, tard, et j'avais parcouru la distance – quoi, cent, deux cents mètres ? – séparant deux des brise-lames en béton verts de vase érigés longtemps auparavant pour tenter, sans résultat, de freiner l'érosion de la plage. Je sortis de l'eau en trébuchant et m'aperçus avec stupeur que Chloé avait passé tout ce temps à m'attendre. Recroquevillée sous une serviette, elle était parcourue de grands frissons spasmodiques et avait les lèvres bleues.

« Pas la peine de faire ton intéressant, tu sais », me lança-t-elle avec humeur.

Je n'eus pas le loisir de répondre – de toute façon, qu'aurais-je pu dire, elle avait raison, j'avais fait mon intéressant – que Myles dévala les dunes au-dessus de nous à grandes enjambées en nous arrosant de sable, et que me revint l'image, parfaitement nette et étonnamment émouvante, de Chloé telle que je l'avais vue le jour où, du bord d'une autre dune, elle avait sauté à pieds joints dans ma vie. Là, elle me tendit ma serviette. Il n'y avait que nous trois sur la plage. L'atmosphère grise et brumeuse avait une texture de cendres mouillées. Je nous revois tourner les talons pour nous diriger vers le passage entre les dunes qui menait à Station Road. Un bout de la serviette de Chloé traîne dans le sable. J'avance, ma serviette sur l'épaule, les cheveux mouillés et lissés, tel un sénateur romain en miniature. Myles court devant. Mais qui donc s'attarde dans l'obscurité sur la grève, à côté de la mer de plus en plus sombre, et semble faire un gros dos de bête féroce alors que la nuit, émergeant de l'horizon embrumé, se déploie rapidement ? Quelle version fantomatique de ma personne nous observe, les observe – ces trois enfants – se fondre dans l'air couleur de cinérite, puis s'enfoncer dans ce passage qui les conduira au pied de Station Road ?

Je n'ai pas encore décrit Chloé. À l'âge qu'on avait alors, il n'y avait physiquement pas beaucoup de différences entre nous, entre elle et moi, je veux dire pour ce qui, chez nous, aurait pu être mesuré. Même ses cheveux, presque blancs mais plus foncés quand ils étaient mouillés et qu'ils prenaient des reflets de blé poli, étaient à peine plus longs que les miens. Elle avait une coupe au carré et une frange couvrait son beau front, haut et curieusement bombé – comme, voilà que ça me frappe tout à coup, étonnamment comme le front de la silhouette floue qu'on distingue de trois quarts sur l'un des côtés du tableau de Bonnard intitulé *Grande Salle à manger sur le jardin*, celui avec la coupe de fruits, le livre et la fenêtre qui ressemble à une toile vue de derrière et posée sur un chevalet ; pour moi, tout est autre chose, je le remarque de plus en plus. Un des grands du Terrain m'affirma un jour en ricanant qu'une fille avec la frange de Chloé était quelqu'un qui jouait des doigts toute seule dans son coin. Je n'avais pas idée de ce qu'il me racontait, mais j'étais sûr et certain que Chloé ne jouait pas, ni toute seule dans son coin ni autrement. Les parties de base-ball ou les poursuites auxquelles je m'étais livré avec les autres gamins du Terrain, ce n'était pas son genre. Et il fallait l'entendre ricaner, les narines frémissantes, quand je lui confiais qu'il y avait, dans les familles des bungalows, des filles de son âge qui jouaient encore à la poupée. Elle tenait la majorité d'entre elles en grand mépris. Non, Chloé ne jouait pas, sauf avec Myles, et ce qu'ils faisaient ensemble ne ressemblait pas vraiment à des jeux.

Le garçon qui avait lâché cette remarque sur sa frange – je le revois soudain, comme s'il était en face de moi, Joe Machinchose, un grand lourdaud avec des feuilles de chou et des cheveux hérissés – ajouta qu'elle avait les dents vertes. J'en fus indigné, mais il avait raison ; l'émail de ses incisives, je le notai dès que j'eus l'occasion de les observer de près, avait en effet une vague teinte verte, mais d'un vert gris délicat de mousse proche de la lumière aqueuse qui s'insinue sous les arbres après la pluie, ou de la nuance vert pomme feutré des feuilles se réfléchissant dans des eaux calmes. Des pommes, oui, son haleine aussi rappelait les pommes. De petits animaux, voilà ce qu'on était, à se flairer l'un l'autre. J'aimais surtout – quand, au bout d'un moment, j'eus la possibilité de les sentir – les relents de fromage à la pliure de ses coudes et de ses genoux. Chloé n'était pas, je suis bien forcé de l'admettre, la propreté incarnée et elle exhalait en général, de plus en plus nettement à mesure que la journée avançait, une odeur sure, un peu fauve, dans le genre de celle qui émane, qui émanait, des grandes boîtes à biscuits en métal, carrées – est-ce que les biscuits se vendent encore à la pièce dans les épiceries ? Ses mains. Ses yeux. Ses ongles rongés. Je me souviens de tout ça, je m'en souviens intensément, pourtant tout est disparate, je ne parviens pas à donner une unité à l'ensemble. J'ai beau essayer, j'ai beau m'efforcer de donner le change, je suis incapable de la faire apparaître par un tour de passe-passe comme sa mère, par exemple, ou Myles ou même Joe avec ses pavillons au vent. Bref, je suis infichu de la voir. Elle vacille devant l'iris de ma mémoire, à distance fixe, toujours légèrement au-delà du point de netteté, recule aussi vite que j'avance. Mais puisque ce vers quoi j'avance s'estompe de plus en plus rapidement, pourquoi ne puis-je la rattraper ? Aujourd'hui encore, il m'arrive de la croiser dans la rue, je veux dire quelqu'un qui pourrait être elle, avec le même front bombé, les mêmes cheveux clairs et la même démarche pressée et néanmoins hésitante, pieds en dedans, mais toujours trop jeune, beaucoup trop jeune. Voici maintenant un mystère qui me troublait jadis et qui me trouble encore à l'heure actuelle. Comment pouvait-elle être avec moi et avoir disparu l'instant d'après ? Comment pouvait-elle être totalement ailleurs ? C'est cela que je ne parvenais et ne parviens toujours pas à comprendre, à accepter. Loin de moi, il était logique qu'elle se transforme en une pure construction mentale, en un souvenir, en un rêve m'appartenant en propre, mais tout concourait à me prouver qu'elle demeurait solidement, obstinément, inexplicablement elle-même. Et pourtant, les gens s'en vont, disparaissent, il n'y a pas de doute. Ça, c'est le grand mystère, le plus grand. Moi aussi, je pourrais m'en aller, oh oui, m'en aller d'un instant à l'autre et ce serait comme si je n'avais jamais existé, sinon que, pour reprendre la formule du Dr Browne, j'ai tellement l'habitude de vivre que je ne suis guère disposé à mourir.

« *Patiente*, me confia un jour Anna, vers la fin, quel terme curieux. Je dois dire que je ne me sens pas du tout patiente. »

Quand précisément ai-je reporté mon affection – qu'est-ce que j'aime ces formules démodées ! je suis incorrigible – de la mère à la fille, je ne m'en souviens pas. Il y a bien eu cet instant d'intense prise de conscience lors du pique-nique, avec Chloé sous le pin, mais il s'agissait d'une cristallisation plus esthétique qu'amoureuse ou érotique. Non, je ne me rappelle aucun moment important où j'aurais reconnu et admis ce qui se passait, où Chloé aurait timidement glissé sa main dans la mienne, où nous aurions cédé à une soudaine et tempétueuse étreinte et échangé en bégayant des serments d'amour éternel. Cela dit, il a dû y avoir ce genre de choses, en partie ou en totalité, il a dû y avoir une première fois où on s'est pris la main, enlacés, où on a balbutié de tendres déclarations, mais ces premiers instants sont perdus dans les plis et replis d'un passé toujours plus évanescent. Même ce fameux soir où je suis sorti de l'eau en claquant des dents et où je l'ai trouvée, les lèvres bleuies de froid sur la grève crépusculaire, je n'ai pas vécu cette déflagration silencieuse que l'amour est censé produire jusque dans le cœur réputé peu émotif d'un jeune garçon. J'ai vu à quel point elle était frigorifiée, j'ai réalisé qu'elle m'avait attendu très longtemps, j'ai noté aussi la tendresse subite avec laquelle elle tirait le pan de la serviette sur mon torse efflanqué pour la draper sur mon épaule alors que j'avais la chair de poule, mais j'ai vu, réalisé et noté le tout avec un sentiment de satisfaction vague, comme si un souffle chaud avait éventé une flamme brûlant en moi quelque part à proximité de mon cœur et l'avait fait flamboyer brièvement. Pourtant une transmutation, pour ne pas dire une transsubstantiation, devait être à l'œuvre, en secret.

Je me rappelle toutefois un baiser, un parmi tous ceux que j'ai oubliés. Était-ce le premier ? je n'en sais rien. Ils comptaient tellement à l'époque, ces baisers, ils pouvaient déclencher tout un tralala, fusées éclairantes, feux d'artifice, geysers bouillonnants, le grand jeu. Celui-ci eut lieu – non, fut échangé – non, consommé, c'est le mot, dans le cinéma au toit en tôle ondulée qui, depuis le début, se construit mine de rien, à cet effet précisément, à partir des multiples et discrètes références dont j'ai émaillé ces feuillets. C'était une sorte de grange qui se dressait sur un bout de terrain vague broussailleux entre Cliff Road et la plage. Il avait un toit très pentu et pas de fenêtres, juste une porte sur le côté protégée par un long rideau, en cuir, je crois, ou une matière voisine, raide et lourde, pour éviter le brouillage de l'écran si des retardataires se faufilaient à l'intérieur en matinée ou en soirée quand le soleil, derrière les courts de tennis, dardait ses derniers rayons. En guise de sièges, on avait des bancs en bois – on parlait de banquettes – et l'écran était un grand rectangle en lin qui ondoyait langoureusement au premier vent coulis et faisait ainsi rouler encore davantage les hanches tendues de soie de l'héroïne ou trembler incongrûment la main armée d'un bandit audacieux. Le propriétaire, un petit bonhomme vêtu d'un pull shetland à motifs géométriques, qui s'appelait M. Reckett ou Rickett, était assisté de ses deux fils, de grands et beaux adolescents qui me paraissaient un peu honteux du côté peep-show et déshabillé de l'activité familiale. Il n'y avait qu'un projecteur, une bruyante affaire qui avait tendance à chauffer – je suis convaincu d'avoir vu un jour de la fumée sortir de ses entrailles –, de sorte qu'un long métrage nécessitait au moins deux changements de bobine. Durant ces intervalles, M. R., qui faisait également office de projectionniste, ne rallumait pas les lumières – délibérément, j'en suis sûr, car le cinéma Reckett ou Rickett avait une réputation d'un louche attrayant, ce qui offrait aux nombreux couples présents, même mineurs, la possibilité de se livrer, l'espace d'une minute ou deux, à quelques tripotages érotiques dans l'obscurité la plus totale.

Cet après-midi-là, le samedi après-midi pluvieux de ce baiser crucial que je m'apprête à décrire, Chloé et moi étions assis au milieu d'un banc à l'avant, si près de l'écran que la partie supérieure semblait devoir nous basculer dessus et que les plus anodines des images fantômes en noir et blanc défilaient avec une intensité frénétique. Ça faisait si longtemps que je tenais la main de Chloé que je ne la sentais plus – la rencontre originelle elle-même n'aurait pas pu unir deux chairs plus que nos premiers serrements de main – et quand, dans une saccade et un bégaiement, le film s'interrompit et que ses doigts se contractèrent comme des poissons, les miens firent de même. Au-dessus de nos têtes, l'écran palpitait dans une lueur crépusculaire qui mit un moment à s'estomper et dont quelque chose, le fantôme d'un fantôme, parut subsister même une fois disparu. Les huées et les sifflements habituels retentirent, accompagnés d'un tumulte de pieds contre le plancher. Comme à un signal donné, on tourna la tête, Chloé et moi, sous ce dais de bruits et on inclina notre visage l'un vers l'autre avec une ferveur de buveurs d'eau bénite jusqu'à ce que nos bouches se touchent. On n'y voyait rien, ce qui exacerbait toutes nos sensations. J'avais l'impression qu'on volait, sans effort, avec une lenteur onirique, dans une obscurité dense et poudrée. La clameur alentour était formidablement éloignée à présent, vague rumeur d'un lointain tumulte. Les lèvres de Chloé étaient fraîches et sèches. Je goûtai son souffle haletant. Quand elle finit par me dérober son visage dans un drôle de petit soupir sifflant, un frisson me parcourut l'échine, on aurait cru que quelque chose de brûlant s'était brusquement liquéfié et dégringolait à l'intérieur de ma colonne vertébrale. Puis, dans un crépitement, M. Rickett ou Reckett – peut-être était-ce Rockett – relança le projecteur et l'assistance fit plus ou moins silence. L'écran afficha une blancheur crue, le film défila avec fracas par sa fenêtre de projection et, dans la seconde précédant le redémarrage de la bande son, j'entendis s'arrêter la pluie violente qui avait tambouriné contre le toit en tôle ondulée au-dessus de nous.

Le bonheur était différent dans l'enfance. À l'époque, c'était surtout une simple affaire d'accumulation, d'engrangement de choses – nouvelles expériences, nouvelles émotions – qu'on posait, tels des carreaux vernissés, sur ce qui deviendrait un jour le pavillon merveilleusement achevé du moi. Et l'incrédulité, je veux dire l'inaptitude euphorique à croire pleinement en sa chance, participait pour beaucoup, elle aussi, au bonheur. Je m'étais donc retrouvé avec une fille dans les bras, métaphoriquement parlant du moins, en train d'accomplir des gestes d'adultes, de lui tenir la main, de l'embrasser dans le noir et, quand le film s'était terminé, je m'étais écarté en m'éclaircissant la gorge avec une politesse appuyée afin de lui permettre de franchir le lourd rideau et la porte et de déboucher dans la lumière lavée de pluie de cette soirée d'été. J'étais moi-même et en même temps un autre, un autre tout à fait dissemblable, tout à fait nouveau. En fendant la foule pour suivre Chloé jusqu'au Strand Café, je tâtais mes lèvres du bout des doigts, ces lèvres qui l'avaient embrassée, m'attendant à moitié à les trouver changées d'une façon infiniment subtile mais radicale. Je m'attendais à ce que tout ait changé, à l'image de la journée, sombre, humide et tendue de nuages pansus à notre entrée au cinéma en plein après-midi et vibrante de lumières fauves et d'ombres distendues, maintenant que le soir était venu, que les prêles ruisselaient de gemmes et qu'un voilier rouge dans la baie tournait sa proue vers l'horizon d'un bleu déjà crépusculaire au loin.

Le café. Dans le café. Dans le café, nous.

*

Le dimanche soir où je vins m'installer ici, après qu'Anna eut finalement quitté ce monde, il y eut une soirée en tous points semblable à celle-ci. Bien que ce fût l'automne et pas l'été, la lumière cuivrée et les ombres noir d'encre, longues et effilées tels des cyprès abattus, étaient pareilles, tout donnait l'impression d'être trempé et gemmé et la mer avait la même couleur outremer. Je me sentais inexplicablement détendu ; c'était comme si cette soirée, dans tout ce déluge et ce ruissellement de pathétique fallacieux, m'avait provisoirement délesté du poids de mon deuil. Notre maison, ou ma maison, puisqu'elle était désormais censée m'appartenir, n'était toujours pas vendue, je n'avais pas encore eu le cœur de la mettre en vente, mais j'aurais été bien incapable d'y vivre une minute de plus. Depuis la mort d'Anna, elle s'était vidée, transformée en une vaste chambre d'écho. Son atmosphère avait aussi un je-ne-sais-quoi d'hostile, une rudesse bougonne de vieux chien de chasse qui ne comprend pas où sa maîtresse bien-aimée a disparu et en veut amèrement au maître resté là. Anna interdisait qu'on parle de sa maladie à quiconque. Les gens se doutaient qu'il y avait quelque chose mais, jusqu'en phase terminale, ils n'avaient pas soupçonné que ce qu'il y avait, c'était que, pour elle, la partie s'achevait. On avait même laissé à Claire le soin de deviner que sa mère se mourait. À présent que c'était fini, quelque chose de nouveau avait commencé pour moi : la délicate affaire d'être le survivant.

Survoltée – sans vouloir le montrer – par mon arrivée, Mlle Vavasour, qui arborait deux petites taches semblables à des ronds de papier crépon rose sur ses joues finement ridées, gardait les mains jointes devant elle et pinçait les lèvres pour réprimer un sourire. Lorsqu'elle ouvrit la porte, le Colonel Blunden était là, qui trépignait dans le couloir derrière elle et surgissait tantôt derrière son épaule gauche tantôt derrière son épaule droite ; je compris d'emblée que ma tête ne lui revenait pas. Je compatis ; après tout, c'était le roi de la basse-cour avant que je ne débarque et ne le déloge de son perchoir. Le regard noir de rage rivé sur mon menton, lequel se trouvait à hauteur de ses yeux, car, malgré son maintien raide, il était court sur pattes, il me secoua vigoureusement la paluche et s'éclaircit la gorge pour lâcher une foule de commentaires directs, virils et tonitruants sur le temps, en forçant son personnage de vieux soldat, me dis-je. Il y a chez lui quelque chose qui ne colle pas vraiment, quelque chose de trop voyant, de trop délibérément convaincant. Ces richelieus en cuir brillant, la veste en Harris tweed avec ses pièces aux coudes, les manchettes et le gilet jaune canari qu'il arbore le week-end, tout cela me paraît trop beau pour être vrai. Il a le vernis parfait du comédien qui joue le même rôle depuis trop longtemps. Je me demande si c'est vraiment un vieux militaire. Il réussit drôlement bien à masquer son accent de Belfast, mais des intonations révélatrices lui échappent constamment, tels des vents coincés. Et de toute façon, pourquoi le masquer, que craint-il qu'il nous apprenne ? Mlle Vavasour m'avoue l'avoir vu le dimanche, en plus d'une occasion, entrer en catimini à l'église, pour la première messe. Un Colonel catholique de Belfast ? Bizarre ; très bizarre.

Devant la fenêtre en saillie du salon, anciennement

salle de séjour, la table était préparée pour le thé. La pièce ressemblait beaucoup au souvenir que j'en avais gardé ou paraissait ressembler au souvenir que j'en avais gardé, car les souvenirs sont toujours enclins à se calquer admirablement sur les objets et les lieux d'un passé sur lequel on revient. Cette table, était-ce celle près de laquelle Mme Grace arrangeait ces fleurs ce fameux jour, le jour du chien à la balle ? Elle était dressée avec soin, grosse théière en argent avec passoire assortie, superbe service en porcelaine tendre, pot à lait antique, pinces à sucre, napperons. Habillée à la mode japonaise, Mlle Vavasour, les cheveux relevés en un chignon piqué de deux épingles croisées, m'évoquait incongrûment ces estampes érotiques du Japon du XVIIIe siècle où des matrones bouffies au visage de porcelaine subissent stoïquement les attentions grossières de gentilshommes grimaçants dotés de membres démesurés et, je le remarque toujours avec stupéfaction, d'orteils étonnamment flexibles.

La conversation se révéla laborieuse. Mlle Vavasour était encore énervée et l'estomac du Colonel gargouillait. La lumière de fin d'après-midi qui traversait un buisson du jardin venté nous éblouissait et faisait bouger et trembler les objets sur la table. Je me sentais trop grand, maladroit, guindé, à l'instar d'un jeune délinquant que son père et sa mère catastrophés ont confié aux bons soins de deux vieux parents à la campagne. Avais-je commis une erreur abominable ? Fallait-il que je marmonne un quelconque prétexte pour décamper et aller passer la nuit à l'hôtel ou bien que je rentre chez moi en me débrouillant du vide et des échos ? Là-dessus, je me fis la réflexion que j'étais venu ici précisément pour que ce soit une erreur, pour que ce soit abominable, pour que ce soit, que je sois, selon le terme d'Anna, inconvenant.

« Tu es fou, s'était écriée Claire, tu vas mourir d'ennui là-bas. »

Facile à dire pour elle, avais-je répliqué, elle s'était dégoté un nouvel appartement, très chouette – *sans perdre de temps*, n'avais-je pas ajouté.

« Alors, viens vivre avec moi, avait-elle riposté, il y a assez de place pour deux. »

Vivre avec elle ! De la place pour deux ! Mais je m'étais borné à la remercier et lui avais dit non, que je souhaitais me débrouiller tout seul. Je ne supporte pas la façon dont elle me regarde à présent, toute en tendresse et en inquiétude filiale, la tête penchée exactement comme Anna autrefois, un sourcil arqué et le front plissé par la sollicitude. Je ne veux pas de sollicitude. Je veux de la colère, des vitupérations, de la violence. Je suis pareil à un type affligé d'une rage de dents qui, malgré la douleur, prend un malin plaisir à enfoncer encore et toujours le bout de la langue dans la cavité douloureuse. J'imagine un poing surgi de nulle part et me frappant en pleine poire, c'est tout juste si je ne sens pas le coup sourd, si je n'entends pas l'arête de mon nez se briser et cette idée me procure un soupçon de satisfaction pitoyable. Après les funérailles, une fois les gens revenus à la maison – c'était affreux, presque insupportable –, j'avais serré un verre de vin si violemment qu'il avait cassé entre mes doigts. Gratifié, j'avais regardé couler mon sang comme s'il s'était agi de celui d'un ennemi que j'aurais tailladé avec sauvagerie.

« Alors, vous êtes dans le commerce de l'art, me demanda le Colonel d'un ton circonspect. On en ramasse un paquet là-dedans, pas vrai ? »

Il parlait d'argent. Les lèvres pincées, Mlle Vavasour le regarda d'un air férocement renfrogné et hocha la tête avec réprobation.

« Il écrit dessus et c'est tout », murmura-t-elle en avalant ses mots à mesure qu'elle les prononçait, comme si ça allait m'éviter de les entendre.

Le Colonel se tourna rapidement vers elle, puis reporta son attention sur moi et acquiesça en silence. Il n'est pas surpris d'avoir mal compris, il a l'habitude. Il boit son thé, le petit doigt levé. Celui de son autre main est en permanence replié contre sa paume, c'est une pathologie, pas rare, j'ai oublié comment elle s'appelle ; ça paraît douloureux, mais il affirme que non. Il fait avec cette main de grands gestes d'une élégance curieuse, on croirait un chef d'orchestre invitant les bois à entrer ou réclamant un fortissimo au chœur. Par ailleurs, il a une légère tremblote, la tasse de thé a plus d'une fois cogné contre ses dents de devant, si blanches et si régulières qu'il s'agit vraisemblablement d'un dentier. La peau de son visage tanné et de ses mains est fripée, halée et brillante comme du papier kraft qui aurait servi à emballer un truc impossible.

« Je vois », dit-il alors qu'il ne voyait rien du tout.

Un jour, en 1893, Pierre Bonnard repéra une jeune fille qui descendait d'un tram parisien et, attiré par sa gracilité et sa beauté pâle, il la suivit jusqu'à son lieu de travail, une entreprise de *pompes funèbres*[1], où elle passait ses journées à coudre des perles sur des couronnes mortuaires. D'emblée, la mort tissa donc son ruban noir dans leur vie. Il ne tarda pas à faire sa connaissance – je suppose que ce genre de choses se pratiquait avec aisance et aplomb à la Belle Époque – et peu après elle quitta son emploi et tout le reste pour aller vivre avec lui. Elle lui dit s'appeler Marthe de Méligny et avoir seize ans. En fait, même s'il ne le découvrit qu'une trentaine d'années plus tard quand il finit par se décider à l'épouser, son vrai nom était Maria Boursin et elle avait, lors de leur rencontre, non pas seize ans, mais pas loin de vingt-cinq, comme lui. Ils devaient rester ensemble, contre vents et marées ou plutôt contre vents et marées noires, jusqu'à la mort de Marthe, près d'un demi-siècle plus tard. Dans une étude sur Bonnard, Thadée Natanson, l'un des premiers mécènes du peintre, a évoqué par touches vives, impressionnistes, le lutin Marthe dont il décrit *l'allure d'oiseau sauvage, ses mouvements sur la pointe des pieds*. Dissimulée, jalouse et farouchement possessive, elle souffrait d'un complexe de persécution et était une hypocondriaque patentée. En 1927, Bonnard acheta une maison, Le Bosquet, au Canet, une bourgade quelconque de la côte d'Azur, où il vécut avec Marthe une véritable réclusion, tumultueuse à certains moments, jusqu'à ce qu'elle meure quinze ans plus tard. Au Bosquet, elle prit l'habitude de passer de longues heures dans

1. En français dans le texte.

son bain et c'est ainsi que Bonnard la peignit inlassablement et qu'il continua la série même après son décès. Ces *Baignoires* marquent l'apogée de son œuvre. Dans le *Nu dans le bain au petit chien*, commencé en 1941, un an avant la disparition de Marthe, et terminé en 1946 seulement, elle est allongée, rose, mauve et or, déesse d'un univers flottant, diaphane, sans âge, ni morte ni vivante, avec, près d'elle, sur le sol carrelé, son petit chien fauve, son compagnon, un teckel, je pense, roulé en boule et attentif sur un tapis à moins qu'il ne s'agisse d'un rectangle de lumière craquelée tombant d'une fenêtre invisible. La pièce exiguë qui lui sert de refuge palpite autour d'elle, vibrante de couleurs. Ses pieds, celui de gauche en extension au bout de sa jambe incroyablement longue, donnent l'impression d'avoir déformé l'extrémité gauche de la baignoire et, en dessous du même côté, dans le même champ, le sol échappe lui aussi à la perspective et paraît prêt à se déverser dans le coin, pas du tout comme un sol mais plutôt comme un bassin d'eau mouchetée et dansante. Ici, tout bouge, bouge dans le calme, dans un silence liquide. On entend une goutte, un clapotis, un faible soupir. Une tache rouge sous l'eau à proximité de l'épaule droite de la baigneuse signale peut-être une pointe de rouille ou même du vieux sang. Sa main droite est posée sur sa cuisse, en supination, et je repense aux mains impuissantes d'Anna, sur la table le jour où on était rentré de chez M. Todd, qui, paumes offertes, semblaient implorer un absent en face d'elle.

Elle aussi, mon Anna, une fois malade, se mit à prendre des bains l'après-midi. Ça l'apaisait, disait-elle. Durant l'automne et l'hiver des douze mois de sa longue agonie, nous nous bouclâmes dans notre maison du bord de mer, exactement comme Bonnard et sa Marthe au Bosquet. Le temps était doux, sans rien de notable, l'été en apparence inaltérable cédait imperceptiblement le pas à une fin d'année dont la sérénité embrumée aurait pu appartenir à n'importe quelle saison. Anna redoutait l'arrivée du printemps, toute cette effervescence et cette clameur insupportables, disait-elle, toute cette vie. Un silence profond, rêveur, s'accumulait autour de nous, doux, épais, limoneux. Elle faisait si peu de bruit, dans la salle de bains sur le palier du premier, que parfois je m'inquiétais. Je l'imaginais glissant furtivement dans la gigantesque vieille baignoire aux pieds griffus jusqu'à ce que son visage se retrouve sous l'eau et qu'elle prenne une longue inhalation, la dernière. Je descendais l'escalier à pas de loup et, planté sur le palier, silencieux et apparemment en suspens, comme si c'était moi qui avais bu la tasse, je tendais désespérément l'oreille pour surprendre des indices de vie derrière les panneaux de la porte. Dans une des cavités de mon cœur, ignoble, traîtresse, bien entendu, je souhaitais qu'elle l'ait fait, je souhaitais que tout soit terminé, pour moi autant que pour elle. Puis je surprenais un doux bruissement liquide lorsqu'elle remuait, un doux clapotement lorsqu'elle tendait la main vers le savon ou la serviette, je tournais alors les talons, remontais d'un pas lent à ma chambre, refermais derrière moi, m'asseyais à mon bureau et fixais la grisaille lumineuse du soir en tâchant de ne penser à rien.

« Regarde-toi, mon pauvre Max, me dit-elle un jour, obligé de surveiller tes paroles et d'être constamment gentil. »

Elle se trouvait en clinique, dans une chambre au fond de la vieille aile avec une fenêtre d'angle qui regardait sur un carré de pelouse joliment négligée et un bosquet de grands arbres vert sombre, agités et, à mon sens, inquiétants. Le printemps qu'elle avait redouté était passé et elle avait été trop malade pour se soucier de ses turbulences, et c'était maintenant l'été, un été poisseux et d'une moiteur étouffante, le dernier qu'elle allait voir.

« Obligé d'être gentil, que veux-tu dire ? » rétorquai-je.

Elle lâchait tant de remarques étranges à présent, à croire qu'elle était déjà ailleurs, au-delà de moi, dans un lieu où même les mots avaient un sens différent. Elle déplaça sa tête sur l'oreiller et me sourit. Son visage, qui n'avait presque plus que la peau sur les os, avait une beauté effrayante.

« Tu n'as même plus le droit de me détester un peu, poursuivit-elle, comme avant. »

Elle regarda un instant les arbres, puis reporta son attention vers moi, sourit de nouveau et me tapota la main.

« Ne fais pas cette tête, ajouta-t-elle, moi aussi, je te détestais un peu. On était humains après tout. »

Elle ne parlait plus qu'au passé.

« Aimeriez-vous voir votre chambre maintenant ? » s'enquit Mlle Vavasour.

Les derniers rais de lumière traversant la fenêtre en saillie ressemblaient à des éclats de verre tombant dans une bâtisse en flammes. Le Colonel brossait furieusement le devant de son gilet jaune sur lequel il avait renversé un peu de thé. Il paraissait fâché. Il m'avait probablement dit quelque chose que je n'avais pas écouté. Mlle Vavasour m'entraîna vers le couloir. J'avais attendu ce moment avec appréhension, ce moment où il allait me falloir affronter la maison, l'endosser, pour ainsi dire, comme un effet que j'aurais porté dans une autre vie, paradisiaque, un chapeau jadis à la mode, par exemple, une paire de chaussures démodées ou un costume de mariage, aux relents de naphtaline, trop serré à la taille et sous les bras mais aux poches distendues par les souvenirs. Ce couloir, je ne le reconnus pas du tout. Il est court, étroit et mal éclairé, ses murs sont coupés horizontalement par une frise à pois et tapissés, sur leur partie inférieure, d'un papier gaufré vieux d'un siècle au bas mot, peint et repeint à l'envi. Je ne me rappelle pas qu'il y ait eu un couloir à cet endroit-là. Je croyais que la porte d'entrée donnait directement sur... à dire vrai, je ne sais pas trop sur quoi je pensais qu'elle donnait. La cuisine ? Alors que j'avançais à pas feutrés derrière Mlle Vavasour, mon bagage à la main, tel le meurtrier bien élevé d'un vieux film à suspense en noir et blanc, je m'aperçus que, même si le modèle que j'avais en tête essayait désespérément de s'adapter à la maison d'origine, il se heurtait à une résistance têtue. Il y avait un léger décalage dans toutes ses proportions, dans tous ses angles. L'escalier était plus raide, le palier plus exigu, la fenêtre des cabinets ne regardait pas sur la route, contrairement à ce que je pensais, mais sur les champs. J'éprouvai une sensation de quasi-panique tandis que le réel, le réel et sa froideur grossière, se saisissait des choses que je croyais me rappeler et leur redonnait forme. Un élément précieux était en train de se dissoudre et me filait entre les doigts. Pourtant, avec quelle facilité ne me résignai-je pas finalement ! Le passé, le vrai passé, a moins d'importance qu'on ne le prétend. Lorsque Mlle Vavasour me laissa dans ce qui désormais allait être *ma chambre*, je jetai ma veste sur une chaise, m'assis sur le bord du lit, inhalai profondément l'air renfermé et eus le sentiment qu'après avoir voyagé depuis longtemps, depuis des années, j'étais enfin arrivé là où, depuis toujours et sans le savoir, je devais arriver et où je devais rester, ce lieu étant maintenant pour moi le seul endroit possible, le seul refuge possible.

Mon ami le rouge-gorge est apparu dans le jardin, il y a quelques minutes, et j'ai soudain compris à quoi les taches de rousseur d'Avril m'avaient fait penser, le jour où nous nous étions rencontrés dans la cour de Duignan. Fidèle à ses habitudes, l'oiseau s'arrête sur la troisième branche du houx, la plus élevée, qui lui sert de perchoir, et surveille les alentours d'un œil mauvais et brillant comme une perle. Les rouge-gorge sont une espèce rudement intrépide, et celui-ci affiche une indifférence totale quand Tiddles surgit de la maison voisine et s'approche sournoisement à travers les herbes hautes, il émet même un cri proche du piaillement sardonique, ébouriffe ses plumes et bombe sa gorge rouge sang, pour le narguer en lui montrant quel morceau dodu et succulent il ferait, si les chats avaient des ailes. Devant l'oiseau, j'ai revu aussitôt, avec un coup au plexus, aussi gros et aussi unique que l'oiseau lui-même, le nid pillé dans les massifs d'ajoncs. Petit, j'étais passionné par les oiseaux. Je n'étais pas du genre à les observer, ne l'ai jamais été, n'éprouvais aucun intérêt à les repérer, à les suivre, à les classifier, tout cela aurait été au-delà de mes capacités et, en plus, ça m'aurait barbé ; non, je parvenais à peine à distinguer une famille d'une autre, connaissais peu de chose sur leur histoire ou leurs habitudes et m'en souciais encore moins. Pourtant, je savais trouver leurs nids, c'était ma spécialité. C'était une affaire de patience, de vigilance, il fallait avoir l'œil vif et aussi pouvoir se mettre au diapason des minuscules créatures que je traquais jusqu'à leurs repaires. Un savant, dont le nom m'échappe pour le moment, a affirmé, pour réfuter je ne sais quoi, qu'il est impossible à un être humain d'imaginer pleinement ce qu'il ressentirait s'il se retrouvait dans la peau d'une chauve-souris. Globalement, j'accepte cette assertion, mais, du temps où j'étais jeune et encore en partie sauvage, je crois que j'aurais pu lui expliquer par le menu le mode d'existence de ce type de bestiole.

Je n'étais pas cruel, je n'aurais pas tué un oiseau ni dérobé ses œufs, certainement pas. Ce qui m'aiguillonnait, c'était la curiosité, la simple passion de percer les secrets de certaines vies étrangères, différentes.

Une chose qui m'a toujours frappé, c'est le contraste entre un nid et un œuf, je veux dire le caractère éphémère de celui-là, indépendamment de la qualité, voire de la beauté de sa construction, et l'achèvement du dernier, sa plénitude exemplaire. Avant d'être un commencement, l'œuf est une fin absolue. C'est la définition même de l'autarcie. J'avais horreur de tomber sur un œuf cassé, cette infime tragédie. Pour la circonstance à laquelle je pense, j'avais dû étourdiment conduire quelqu'un jusqu'au nid. Il était caché dans un massif d'ajoncs sur la pente d'un promontoire, au milieu des champs, il avait dû être facile de me repérer pendant que je l'approchais, comme je le faisais depuis des semaines, ce qui avait permis à la femelle de s'habituer à ma présence. Qu'est-ce que c'était, une grive, une merlette ? Une grande espèce, en tout cas. Puis, un jour, j'arrivai et les œufs avaient disparu. On en avait emporté deux et le troisième gisait par terre, écrabouillé, sous les ajoncs. Tout ce qu'il en restait, c'était une traînée de jaune mêlée de blanc et quelques fragments de coquille, constellés de minuscules points brun foncé. Je ne devrais pas trop insister sur cet événement, je suis sûr que je devais être aussi cruel, sentimentalement parlant, que n'importe quel autre jeune garçon, mais je revois encore les ajoncs, je sens le parfum attirant de leurs fleurs, je me rappelle la teinte précise de ces taches brunes, tellement semblables à celles qui ornent les joues pâles d'Avril et la racine de son nez. J'ai promené le souvenir de cet événement pendant un demi-siècle, comme s'il était emblématique de quelque chose de décisif, de précieux et d'irrémédiable.

Anna sur son lit d'hôpital, penchée et vomissant sur le sol, son front brûlant pressé contre ma paume, plein et fragile tel un œuf d'autruche.

Je suis au Strand Café, avec Chloé, après le film et ce baiser mémorable. Assis à une table en plastique, on buvait notre boisson préférée, un grand verre de soda à l'orange agrémenté d'une cuillerée de glace à la vanille. Remarquable la clarté avec laquelle je nous revois là, quand je me concentre. Franchement, si on parvenait à fournir un effort de mémoire suffisant, peut-être qu'on arriverait presque à revivre toute sa vie. Notre table était située près de la porte ouverte et un épais carré de lumière s'étalait à nos pieds. De temps à autre, une brise s'aventurait distraitement à l'intérieur, semait en bruissant un voile de sable par terre ou poussait un papier de bonbon qui avançait, s'arrêtait puis avançait de plus belle en raclant le carrelage. Il n'y avait pratiquement pas d'autres clients dans les lieux, de jeunes garçons ou plutôt de jeunes hommes dans un coin, au fond, jouaient aux cartes et, derrière le comptoir, la femme du patron, une grosse femme aux cheveux blond roux, pas vilaine, regardait distraitement dehors, absorbée par un rêve. Elle portait une blouse ou un tablier bleu pâle, bordé de festons blancs. Quel était son nom ? C'était quoi déjà ? Non, ça ne me reviendra pas – autant pour la prodigieuse mémoire de Mémoire. Mme Strand, je vais l'appeler Mme Strand, s'il faut la baptiser. Elle se tenait d'une drôle de façon, ça, je m'en souviens, solide et raide, un vrai piquet, un bras – piqueté de taches de rousseur – tendu et un poing plaqué contre le dos conséquent de la caisse enregistreuse. Une mince épaisseur de mousse ornait le mélange d'orange et de glace dans nos verres. En proie à un nouvel accès de timidité, on buvait à la paille, en évitant de se regarder. J'avais la sensation que les choses se mettaient largement et doucement en place, dans leur ensemble, comme quand on déplie un drap et qu'il retombe sur le lit ou quand une tente s'effondre sur le coussin d'air qu'elle enfermait. La réalité de ce baiser dans l'obscurité du cinéma – j'en viens à penser que ce devait être notre premier baiser, tout compte fait – s'installait entre nous, ébahissement tel que nous ne pouvions l'ignorer. Chloé avait un soupçon de moustache blonde dont j'avais senti la caresse sablée contre ma lèvre. À présent, mon verre était presque vide et je craignais que le reste du liquide dans la paille ne produise, comme souvent, un gargouillis embarrassant. Les paupières baissées, j'observai mine de rien les mains de Chloé, l'une sur la table et l'autre refermée sur le haut de son verre. Ses doigts étaient dodus jusqu'à la première jointure, puis effilés : les mains de sa mère, réalisai-je. La TSF de Mme Strand diffusait une chanson à l'eau de rose que Chloé fredonnait distraitement. Les chansons, gémissements d'amour et de chagrin, écho même de ce que nous croyions être l'amour, comptaient énormément à l'époque. La nuit, quand j'étais dans mon lit au bungalow, j'entendais des mélodies, de vagues accords de cuivres tonitruants que la brise marine apportait des salles de bal du Beach Hotel ou du Golf, et je songeais aux couples, les filles avec leurs permanentes bleu métallique discret ou vert acide, les jeunes hommes avec banane, grosses vestes sport et chaussures à semelles crissantes, épaisses de deux bons centimètres, qui tournoyaient dans la pénombre brûlante et empoussiérée. *Ô chéri amant seul clair de lune baisers cœur et âme !* Et, plus loin, dehors, la plage dans l'obscurité, le sable frais en surface mais encore imprégné de la chaleur de la journée dans ses profondeurs, les longues lignes de vagues blanches, mystérieusement éclairées de l'intérieur, se brisant à l'oblique et, dominant le tout, la nuit, silencieuse et secrète, prête à passer à l'action.

« Ce film était stupide », déclara Chloé.

Elle approcha son visage du bord du verre, ce qui fit danser sa frange. Ses cheveux avaient l'éclat de la tache de lumière à ses pieds... Mais attendez, ça ne va pas. Cette scène ne peut pas avoir eu lieu le jour du baiser. Quand on était sortis du cinéma, c'était le soir, il y avait eu de l'orage et, là, c'est le milieu de l'après-midi, d'où cette douce luminosité, cette brise ondoyante. Et où est Myles ? Il était avec nous au cinéma, où aurait-il donc pu disparaître, lui qui ne quittait jamais sa sœur à moins d'y avoir été obligé ? Franchement, madame Mémoire, je retire mes compliments, si tant est que ce soit Mémoire elle-même qui soit à l'œuvre ici et non quelque autre muse, plus fantaisiste. Chloé émit un ricanement méprisant.

« Comme s'ils ne savaient pas que ce voleur de grand chemin était une femme. »

Je regardai de nouveau ses mains. Celle qui avait tenu le haut du verre avait glissé et enserrait à présent le pied où une pointe de pure lumière blanche brûlait sans discontinuer, tandis que l'autre, tenant entre le pouce et l'index la paille qu'elle inclinait délicatement vers ses lèvres, projetait sur la table une ombre pâle en forme de tête d'oiseau doté d'un bec et d'un grand plumet. Je repensai à sa mère et, cette fois, j'eus brièvement la sensation que quelque chose me brûlait et me piquait à l'intérieur, comme si une aiguille chauffée m'avait touché au cœur. Était-ce la pique de la culpabilité ? Car, qu'aurait ressenti Mme Grace, qu'aurait-elle dit si elle m'avait surpris à cette table en train de reluquer l'ombre mauve au creux de la joue de sa fille qui tirait sur sa paille pour finir son restant de soda à la vanille ? Pourtant, ça ne me préoccupait pas vraiment, pas profondément, j'étais bien au-delà de la culpabilité et des affects de ce type. Par un mouvement cruel et latéral, l'amour, pour reprendre un terme communément accepté, a tendance à passer avec inconstance d'un objet brillant à un autre, encore plus brillant, dans les situations les plus inconvenantes qui soient. Combien de journées de noces n'ont-elles pas vu un marié éméché et dyspeptique rêver de la meilleure amie de sa toute nouvelle épouse, de sa sœur autrement plus jolie, voire – Dieu nous en préserve – de sa sportive maman, et fixer d'un œil chagriné madame alors même qu'elle rebondit sous ses coups de reins au milieu du grand lit de leur suite nuptiale ?

Oui, j'étais en train de tomber amoureux de Chloé – j'étais déjà tombé amoureux, la chose était faite. J'éprouvais cette sensation d'euphorie inquiète, de dégringolade impuissante et bienheureuse que ressent toujours, devant l'à-pic du début, celui qui sait qu'il va prendre l'initiative de l'amour. Car, même à cet âge si tendre, je savais qu'il y en a toujours un qui aime et un qui est aimé, et je savais, dans le cas qui nous intéresse, quel rôle allait m'échoir. Ces semaines avec Chloé furent pour moi une série d'humiliations plus ou moins enchanteresses. C'est avec une froideur déconcertante qu'elle admettait le suppliant que j'étais devant son autel. Dans ses phases d'inattention les plus notables, c'est à peine si elle daignait s'apercevoir de ma présence et, même lorsqu'elle m'accordait son attention pleine et entière, il y avait toujours un petit quelque chose qui manquait, un soupçon de préoccupation, d'absence. Cette distraction délibérée me torturait et m'enrageait, mais la possibilité qu'elle ne fût pas voulue était pire encore. Qu'elle choisisse de me dédaigner, je pouvais l'accepter, de bon cœur même, avec un obscur plaisir ; en revanche, l'idée de devenir à certains moments transparent à ses yeux, non, ça, je ne le tolérais pas. Souvent, lorsque je rompais un de ses silences rêveurs, elle sursautait légèrement et jetait un rapide coup d'œil autour d'elle, vers le salon ou dans un coin de la pièce, n'importe où sauf dans ma direction, et cherchait d'où venait la voix qui lui avait adressé la parole. S'agissait-il de provocations cruelles ou était-ce vraiment des passages à vide ? Exaspéré au-delà du supportable, je l'attrapais par les épaules et la secouais en exigeant qu'elle me voie, moi et moi seul, mais elle se laissait aller, se mettait à loucher et à dodeliner de la tête, telle une poupée de chiffon entre mes mains, avec un rire de gorge qui rappelait Myles de façon troublante, puis, quand je la repoussais brutalement, s'affaissait sur le sable, sur un sofa où, désarticulée et un sourire aux lèvres, elle feignait grotesquement la mort.

Pourquoi ai-je toléré ses caprices, son autoritarisme ? Je n'avais jamais été du genre à encaisser facilement les vexations et j'avais toujours veillé à rendre coup pour coup, même à ceux que j'aimais ou surtout à ceux que j'aimais. Pour ce qui était de Chloé, ma patience était due, je crois, à un vif désir de la protéger. Laissez-moi expliquer, c'est intéressant, je crois que ça l'est. Il s'agissait d'une agréable, d'une exquise question de tact. Étant donné qu'elle était la personne sur laquelle j'avais choisi – à moins que je n'aie été choisi, moi – de déverser mon amour, elle devait demeurer aussi parfaite que possible au plan spirituel et dans ses actes. Il fallait absolument que je la sauve d'elle-même et de ses travers. Cette tâche m'incombait naturellement, puisque ses travers étaient ses travers et qu'on ne pouvait escompter qu'elle échappe, de par sa propre volonté, à leurs funestes effets. Non seulement devait-elle être sauvée de ces travers et de leurs conséquences sur son comportement, mais il fallait, dans la mesure où je pouvais intervenir, lui éviter de les découvrir. Et pas seulement les travers qu'elle exposait dans ses faits et gestes. Il fallait aussi masquer son ignorance, son manque de clairvoyance, sa froideur maussade et nier la manière dont ces faiblesses se manifestaient. Le fait, par exemple, qu'elle ne sache pas que sa mère – pourquoi elle ? – l'avait précédée dans mon cœur lui donnait à mes yeux une vulnérabilité presque pitoyable. Remarquez, le problème n'était pas qu'elle m'ait conquis tardivement, mais qu'elle l'ignore. S'il arrivait, pour une raison ou une autre, qu'elle découvre mon secret, il était vraisemblable que sa propre estime en souffrirait, qu'elle se jugerait sotte de n'avoir pas compris ce que j'avais ressenti pour sa mère et qu'elle serait peut-être même tentée de se sentir inférieure à cette dernière puisque je l'avais choisie en second. Or, il n'en était pas question.

Au cas où vous auriez l'impression que je me présente sous un jour par trop indulgent, je m'empresse de dire que, si je me souciais autant de Chloé et de ses défauts, ce n'était pas pour son seul bénéfice. L'opinion qu'elle avait d'elle-même comptait pour moi beaucoup moins que celle que je pouvais avoir de ma propre personne, même si celle-ci dépendait de celle-là. Si sa perception d'elle-même était ébranlée par le doute, par le sentiment d'avoir été sotte ou d'avoir manqué de perspicacité, mon respect pour elle en serait alors ébranlé. Il ne fallait donc aucune confrontation, aucun éclaircissement brutal, aucune énonciation de vérités abominables. Je pouvais, sous le coup de l'écœurement, la secouer comme un prunier, la jeter à terre, mais il ne fallait pas que je lui avoue que j'avais aimé sa mère avant elle, qu'elle sentait le biscuit rassis ni même que Joe du Terrain avait remarqué la teinte verdâtre de ses dents. Tout en marchant docilement à la remorque de sa silhouette fanfaronne, mon regard tendre et tendrement angoissé rivé sur la virgule blonde que ses cheveux dessinaient sur sa nuque ou sur les fines fêlures rayant la porcelaine de ses creux poplités, il me semblait porter en moi une fiole remplie d'une matière combustible extrêmement précieuse et volatile. Non, pas de mouvements brusques, il n'en était pas question.

— Une autre raison justifiait encore la nécessité de la préserver, de lui épargner la souillure d'en savoir trop sur elle-même ou, bien sûr, sur moi. C'était qu'elle était *différente*. À travers elle, j'avais fait ma première expérience de l'altérité totale des autres. Ce n'est pas trop dire que d'affirmer – enfin, ça l'est, mais je le dirai quand même – qu'à travers Chloé le monde m'était clairement apparu, pour la première fois, comme une entité objective. Ni mon père, ni ma mère, ni mes professeurs ni aucun autre enfant, ni Connie Grace elle-même n'avaient encore été aussi réels que Chloé. Et si elle était réelle, alors, soudainement, je l'étais. Elle a vraiment été, je crois, à l'origine, chez moi, d'une prise de conscience de ce que j'étais. Avant, il y avait eu quelque chose dont je faisais partie, désormais, il y avait moi et tout ce qui n'était pas moi. Mais, ici aussi, il y a une distorsion, un nœud complexe. En me dissociant du monde et en m'aidant à me voir ainsi dissocié, elle me fit sortir du sentiment de l'immanence de tout, ce tout qui m'avait englobé, au sein duquel j'avais jusqu'alors circulé dans une ignorance plus ou moins béate. Jusqu'alors, j'avais vécu à l'abri, à présent j'évoluais au grand jour, à découvert, sans refuge en vue. Je n'avais pas idée que je ne réintégrerais plus ce cocon, que je ne franchirais plus jamais cette porte toujours plus étroite.

Je ne savais jamais où j'en étais avec elle ni à quel traitement m'attendre entre ses mains, ce qui constituait, je le soupçonne, une grande part de l'attraction qu'elle exerçait sur moi, car telle est la nature donquichottesque de l'amour. Un jour que nous nous promenions sur la plage, à la limite des vagues, en quête d'un coquillage rose dont elle avait besoin pour se faire un collier, elle s'arrêta subitement, se tourna et, ignorant les baigneurs dans l'eau et les pique-niqueurs sur le sable, elle m'attrapa par le devant de la chemise, m'attira et m'embrassa avec tant de force qu'elle écrasa ma lèvre supérieure contre mes dents de devant et me fit saigner tandis que Myles, derrière nous, émettait son fameux rire de gorge. La minute d'après, elle m'avait repoussé, très méprisante en apparence, et poursuivait ses recherches d'un air grognon, en scrutant comme avant la laisse de haute mer où le sable tassé et lisse absorbait avec un soupir mouillé l'excédent d'eau que les vagues laissaient à chacun de leurs assauts. Je jetai un coup d'œil inquiet autour de moi. Et si ma mère s'était trouvée là et qu'elle nous ait vus, ou Mme Grace ou Rose, même ? Mais Chloé paraissait ne pas s'en soucier. Je me rappelle encore la texture granuleuse de la chair tendre de nos lèvres prises en étau entre nos dents.

Elle aimait lancer des défis, mais prenait la mouche quand on les relevait. Tôt un matin étrangement paisible, avec des nuages d'orage loin sur l'horizon et une mer plate et d'un gris lumineux, je me tenais devant elle, de l'eau tiédasse jusqu'à la taille, prêt à plonger pour passer entre ses jambes, si elle m'y autorisait, ce qui lui arrivait parfois.

« Vite, vas-y, me dit-elle en plissant les yeux, je viens de pisser. »

Petit gentilhomme en herbe, je ne pus qu'obéir. Mais, quand je refis surface, elle déclara que j'étais répugnant, s'enfonça dans l'eau jusqu'au menton et s'éloigna lentement à la nage.

Elle était sujette à de brusques mouvements de violence, déconcertants. Je songe à un après-midi pluvieux où nous étions seuls ensemble dans le salon des Cèdres. L'atmosphère de la pièce était froide et humide et il flottait dans l'air une odeur de suie et de rideaux en cretonne, triste et typique des jours de pluie. Venue de la cuisine, Chloé traversa la pièce et se dirigea vers la fenêtre ; je me relevai du canapé et m'approchai d'elle, pour la prendre dans mes bras, j'imagine. Elle se figea à mon approche, fit décrire à sa main un arc bref et court et me colla une claque en pleine figure. Le coup fut tellement soudain, tellement ponctuel qu'il me parut marquer un petit quelque chose d'unique, de vital. J'entendis son écho revenir d'un angle du plafond. On demeura un instant immobiles, moi, le visage tourné, ensuite de quoi elle recula d'un pas, éclata de rire, puis afficha une moue boudeuse, fonça vers la fenêtre et récupéra sur la table un truc qu'elle se mit à examiner en fronçant furieusement les sourcils.

Un jour à la plage, elle décida d'embêter un mec, un type de la ville voisine. C'était un après-midi gris et venteux vers la fin des vacances, il y avait déjà de vagues relents d'automne dans l'air, elle s'ennuyait et était d'humeur malveillante. Le pauvre mec, un gars à la peau blanche vêtu d'un maillot de bain noir détendu, avait le torse creux, les mamelons gonflés et décolorés par le froid, et il frissonnait. À nous trois, on le coinça derrière un brise-lames en béton. Il était plus grand que les jumeaux, mais je le dépassais et, désireux d'impressionner ma petite amie, je le poussai avec rudesse de sorte qu'il valdingua contre la paroi couverte de vase visqueuse ; Chloé se planta devant lui et, très autoritaire, exigea de savoir comment il s'appelait et ce qu'il faisait là. Apparemment incapable de comprendre pourquoi on l'avait assailli et ce qu'on lui voulait, ce dont bien entendu nous n'avions pas idée non plus, il la dévisagea avec une surprise croissante.

« Alors ? » cria Chloé, les mains sur les hanches, en donnant un coup de pied dans le sable.

Plus gêné qu'effrayé, il afficha un sourire hésitant. Il était descendu en train pour passer la journée ici, nous confia-t-il en marmonnant, avec sa maman.

« Oh, ta maman, c'est ça ? » répéta Chloé avec un grognement méprisant.

Comme à un signal, Myles avança et, du plat de la main, le frappa méchamment sur le côté de la tête, ce qui fit un toc brutal et incroyablement sonore.

« Tu vois ? poursuivit Chloé d'une voix perçante. Voilà ce que tu gagnes à faire le malin avec nous ! »

Le mec, ce pauvre mouton, afficha simplement une mine étonnée et porta la main à sa figure : on aurait dit qu'il vérifiait cette réalité ahurissante, qu'il s'assurait qu'il avait bel et bien été frappé. Il s'ensuivit un moment de silence électrisant où tout aurait pu arriver. Rien ne se passa. Le mec se borna à hausser légèrement les épaules en un mouvement triste et résigné et s'éloigna en traînant les pieds, la main toujours plaquée contre la joue ; Chloé se tourna vers moi, la mine provocante, mais ne pipa mot, tandis que Myles se contentait de ricaner.

Ce qui me resta de l'incident, ce ne fut ni l'œil noir de Chloé ni le ricanement de Myles, mais le regard empli de pitié docile que le pauvre mec me jeta à la fin, avant de s'en aller. Il me connaissait, il savait que, contrairement à l'image que j'essayais de donner, je venais du même patelin que lui. S'il y avait eu, dans ce regard, une accusation de trahison, une expression de colère parce que je m'étais associé à des inconnus contre lui, n'importe quoi de cet ordre-là, ça m'aurait été égal, en fait, j'en aurais été gratifié, ne fût-ce que de manière honteuse. Non, ce qui me dérangea, ce fut son acceptation, sa placidité moutonnière devant ma perfidie. Je ressentis une furieuse envie de courir après lui, de poser la main sur son épaule, non tant pour lui présenter des excuses ou tenter de me faire pardonner l'humiliation que j'avais contribué à lui infliger, mais pour l'obliger à me regarder de nouveau ou plutôt pour l'obliger à retirer son autre regard, pour le nier, pour en effacer le reflet inscrit dans son œil. Car il m'était intolérable de penser qu'il me connaissait aussi bien qu'il semblait me connaître. Mieux que je ne me connaissais moi-même. Pire.

Je n'ai jamais aimé être photographié, mais je détestais furieusement qu'Anna me photographie. C'est bizarre de dire ça, je le sais, il n'empêche que, quand elle était derrière l'appareil, on aurait dit une aveugle, ses yeux perdaient leur éclat, une lumière essentielle s'éteignait. Elle paraissait regarder son sujet non pas à travers l'objectif mais plutôt de l'intérieur d'elle-même, en cherchant une perspective déterminante, un point de vue fondamental. Elle tenait fermement son appareil à hauteur des yeux et inclinait sa tête de rapace, l'espace d'une seconde, sans rien voir éventuellement, comme si vos traits étaient écrits en une sorte de braille qu'elle pouvait déchiffrer à distance ; quand elle appuyait sur le déclencheur, son geste paraissait anodin, tout juste destiné à apaiser la mécanique. Au tout début de notre vie commune, j'eus l'imprudence de la laisser me convaincre de poser pour elle en plusieurs occasions ; les résultats s'avérèrent scandaleusement crus, scandaleusement révélateurs. Sur la demi-douzaine de photos en noir et blanc, tête et épaules, qu'elle prit de moi – et pris est bien le mot –, j'eus la sensation d'être encore plus nu que je ne l'aurais été dans une étude en pied sans un fil sur le dos. J'étais jeune, lisse et pas vilain – voyez comme je me montre modeste –, mais, sur ces clichés, je ressemblais à un homoncule poussé en herbe. Ce n'est pas qu'elle me faisait paraître laid ou déformé. Les gens qui les virent déclarèrent que ces photos me flattaient. Moi, je n'étais pas flatté, tant s'en faut. Dessus, on aurait cru que je venais de me faire attraper alors que je m'apprêtais à fuir entouré de stridents *Au voleur* ! J'avais une expression aussi charmeuse que doucereuse, l'expression du mécréant qui a peur d'être accusé d'un crime qu'il sait avoir commis mais ne se rappelle plus trop bien et peaufine malgré tout ses circonstances atténuantes et ses justifications. Quel sourire désespéré, implorant, j'affichais, quel rictus sournois, vraiment sournois. Anna braquait son appareil sur un jeune ambitieux au visage lisse, mais ses clichés avaient tout des photos anthropométriques du vieil escroc aux traits marqués. À nu, oui, c'est bien le mot, là aussi.

C'était son talent particulier, cet œil désenchanté, désenchantant. Je repense aux photographies qu'elle fit à l'hôpital, à la fin, au début de la fin, quand elle avait encore un traitement et suffisamment de forces pour se lever seule. Elle avait chargé Claire de lui apporter son appareil, cela faisait des années qu'elle ne s'en était pas servi. La perspective de la voir renouer avec une vieille obsession suscita chez moi une vive et néanmoins inexplicable appréhension. Je fus également dérangé, même si une fois encore je n'aurais pas pu dire précisément pourquoi, que ce soit à Claire, et non à moi, qu'elle ait fait appel en se débrouillant de surcroît pour – tacitement – me tenir en dehors de ces micmacs. Qu'est-ce que ça signifiait, ces secrets et ces mystères ? Revenue de l'étranger où elle était étudiante – la France, les Pays-Bas, Vaublin, tout le tralala – pour un bref séjour ici, Claire avait été bouleversée de trouver sa mère si malade et m'en voulait énormément, bien entendu, de ne pas l'avoir avertie. Je ne lui avais pas dit que c'était Anna qui n'avait pas souhaité qu'elle rentre. Ça aussi, c'était bizarre, car, par le passé, elles avaient toujours été proches, ces deux-là. Étais-je jaloux ? Oui, un peu, en fait plus qu'un peu, si je dois être honnête. J'ai bien conscience de ce que j'attendais, de ce que j'attends de ma fille, et de l'égoïsme et du pathétique de cette attente. On exige beaucoup de la progéniture d'un dilettante. Elle accomplira ce que je n'ai pas pu accomplir et deviendra une grande spécialiste, si j'ai – et j'ai – quelque chose à dire en la matière. Sa mère lui a laissé un peu d'argent, mais pas assez. C'est moi la poule aux œufs d'or et je les garde jalousement.

C'est par hasard que je surpris Claire en train de

sortir en douce l'appareil de la maison. Elle essaya de jouer les désinvoltes, mais elle n'est pas douée pour la désinvolture. Non qu'elle sût, plus que moi, pourquoi il fallait que ça reste secret. Anna a toujours réglé les choses les plus simples en sous-main, l'influence persistante de son père et de leur vie de rackets, je suppose. Elle avait un côté gamin. Je veux dire qu'elle était têtue, cachottière et la moindre interférence ou objection avait tôt fait de l'irriter au plus haut point. Je sais de quoi je parle. Je pense que c'était dû au fait qu'on était l'un et l'autre des enfants uniques. Voilà qui sonne bizarrement. Je veux dire qu'on était l'un et l'autre le seul enfant de nos parents. Voilà qui sonne bizarrement aussi. Est-ce que j'ai paru m'opposer aux efforts qu'elle a déployés pour devenir une artiste, si prendre des photos peut être considéré comme une forme d'art ? En fait, je ne prêtais pas grande attention à ses photographies et elle n'avait aucune raison de penser que je l'aurais privée de son appareil. Tout cela est très déconcertant.

Toujours est-il qu'un jour ou deux après avoir surpris Claire avec l'appareil, je fus convoqué par l'hôpital où l'on m'informa sévèrement que ma femme avait photographié d'autres patients et qu'il y avait eu des plaintes. Planté devant la surveillante et me sentant l'âme d'un écolier qu'on a traîné chez le directeur pour lui exposer les méfaits d'un tiers, je rougis pour Anna. Poussant son porte-perfusion, qu'elle avait baptisé son monte-plat, elle avait apparemment circulé de salle en salle, pieds nus, vêtue de la tenue blanc fané fournie par l'établissement, afin de dénicher ses compagnons d'infortune les plus grièvement estropiés et marqués au chevet desquels elle avait garé son porte-perfusion, sorti son Leica et pris cliché sur cliché jusqu'au moment où l'une des infirmières l'avait vue et lui avait ordonné de regagner sa chambre.

« Ils t'ont dit qui s'était plaint ? me demanda-t-elle d'un ton maussade. Pas les patients, juste les proches, alors qu'est-ce qu'ils peuvent comprendre ! »

Elle m'obligea à porter la pellicule à son ami Serge pour qu'il la développe. Son ami Serge qui, à un moment x d'un passé lointain, a peut-être été plus qu'un simple ami est un grand costaud, boiteux, doté d'une belle chevelure noire qui lui tombe sur le front et qu'il rejette gracieusement en arrière de ses deux grandes mains aux doigts épais. Il a un studio au dernier étage d'une des vieilles maisons étroites et tout en hauteur de Shade Street, au bord de la rivière. Il fait des photos de mode et couche avec ses mannequins. Il prétend être un réfugié de tel ou tel pays et parle avec un accent zézayant que les filles jugent, paraît-il, irrésistible. Il n'utilise pas de patronyme et même Serge, pour ce que j'en sais, est peut-être un nom d'emprunt ? C'est le genre de personne qu'on connaissait, Anna et moi, par le passé qui à l'époque était encore un présent. Je ne comprends plus comment j'ai pu le supporter ; rien de tel que le malheur pour exposer au grand jour l'aspect pacotille et faux du monde dans lequel on vit, dans lequel on vivait.

On dirait que Serge trouve que j'ai quelque chose d'irrésistiblement comique. Il a en réserve un flot de petites blagues pas drôles qui, j'en ai la conviction, lui fournissent un bon prétexte pour se moquer de moi sans en avoir l'air. Quand je vins récupérer les tirages, il se mit à les chercher au milieu du pittoresque désordre du studio – ça ne m'étonnerait pas qu'il soigne ce désordre, comme une devanture – circulant avec agilité, malgré une boiterie très marquée qui le fait basculer à gauche un pas sur deux, sur des pieds d'une petitesse disproportionnée. Il avala à grand bruit une gorgée de café d'une tasse apparemment sans fond tout en me parlant par-dessus son épaule. Avec ses cheveux, sa boiterie et les amples chemises blanches à la Tolstoï qu'il affectionne, le café est un de ses signes distinctifs.

« Comment va la belle Annie ? » me demanda-t-il.

Il me lança un coup d'œil en coulisse et pouffa de rire. Il l'avait toujours appelé Annie, contrairement à tout le monde ; je refuse de penser que c'était peut-être le prénom tendre qu'il lui donnait autrefois. Je ne lui avais pas parlé de la maladie d'Anna – pourquoi aurais-je dû le faire ? Il farfouilla dans le bazar de la grande table qui lui sert de bureau tandis que la puanteur vinaigrée du bain chimique me picotait les narines et les yeux.

« Des nouvelles d'Annie », chantonna-t-il pour lui-même, en une sorte de jingle.

Et de lâcher un nouveau rire nasillard.

Je me vis m'élancer avec un cri, le pousser jusqu'à la fenêtre et le précipiter, tête la première, vers la rue pavée. Il émit un grognement de triomphe et brandit une épaisse enveloppe marron, mais quand je tendis la main, il me la déroba et me considéra d'un œil joyeusement spéculatif, la tête penchée.

« Ces trucs qu'elle prend, ça, c'est de la photo », déclara-t-il en soupesant l'enveloppe d'une main et en agitant mollement l'autre de haut en bas à sa manière affectée d'Europe centrale. Le soleil de l'été, tombant par une lucarne au-dessus de nous, projetait un intense éclat blanc sur les feuilles de papier photo éparpillées sur la table de travail. Serge hocha la tête et sifflota silencieusement entre ses lèvres pincées.

« Ça, c'est de la photo ! »

De son lit d'hôpital, Anna, les doigts écartés en un geste d'impatience enfantin, m'arracha l'enveloppe sans un mot. L'atmosphère de la pièce était étouffante et humide et un voile de sueur grise recouvrait son front et sa lèvre supérieure. Ses cheveux avaient commencé à repousser, sans trop de conviction, comme s'ils savaient qu'ils ne serviraient pas longtemps ; ils croissaient par plaques, noirs, raides et avaient un aspect graisseux, telle la fourrure d'un chat qui viendait de se lécher. Assis sur le bord du lit, je la regardai déchirer le rabat fébrilement avec ses ongles. Qu'est-ce qui rend les chambres d'hôpital si attrayantes en dépit de tout ce qui s'y passe ? Elles n'ont rien de comparable avec les chambres d'hôtel. Les chambres d'hôtel, même les plus luxueuses, sont anonymes ; rien chez elles ne se préoccupe de l'hôte, ni le lit, ni le mini-bar, ni même la presse à pantalons, respectueusement au garde-à-vous, dos au mur. Malgré tous les efforts des architectes, designers, directions, les chambres d'hôtel ont toujours hâte de nous voir lever le camp ; les chambres d'hôpital, en revanche, et sans que quiconque fasse le moindre effort, visent à ce qu'on reste, à ce qu'on ait envie de rester et à ce qu'on soit bien. Cette épaisse peinture crème sur les murs, ces sols caoutchoutés, ce lave-mains dans le coin, la petite serviette sage pendue en dessous et le lit, bien entendu, avec ses roues et ses leviers, qui ressemble à un berceau compliqué où l'on pourrait éventuellement dormir, rêver, être veillé et soigné et ne jamais, au grand jamais, mourir, évoquent douillettement la pouponnière. Je me demande si je pourrais en louer une, une chambre d'hôpital, je veux dire, et y travailler, y vivre même. Les services seraient merveilleux. Il y aurait le joyeux réveil matinal, les repas servis avec une régularité en béton, le lit impeccablement fait et bordé comme une longue enveloppe blanche et toute une équipe médicale à proximité pour intervenir si nécessaire. Oui, je pourrais être bien là-dedans, dans une de ces cellules blanches, ma fenêtre à barreaux, non, pas à barreaux, je m'emballe, ma fenêtre donnant sur la ville, les cheminées, les rues animées, les maisons tassées sur elles-mêmes et toutes les minuscules silhouettes qui vont et viennent, perpétuellement pressées.

Anna étala les photos autour d'elle sur le lit et les étudia avidement, les yeux brillants, ces yeux qui désormais paraissaient énormes et faisaient saillie sur la structure du crâne. Ma première surprise vint du fait qu'elle avait utilisé une pellicule couleur, alors qu'elle avait toujours préféré le noir et blanc. Ensuite, il y eut les clichés eux-mêmes. Ils auraient pu provenir d'un hôpital de campagne en temps de guerre ou d'un service des urgences dans une ville vaincue et dévastée. Il y avait un vieillard, la jambe amputée au-dessous du genou, qui arborait sur la largeur de son moignon étincelant une épaisse ligne de sutures rappelant un prototype de fermeture Éclair. Une obèse, d'une cinquantaine d'années, avait un sein en moins et, à la place où on venait de le lui enlever, la chair était toute plissée et boursouflée à la façon d'une gigantesque orbite évidée. Vêtue d'une chemise de nuit en dentelles, une maman souriante, la poitrine généreuse, exhibait un bébé hydrocéphale dont l'œil de loutre protubérant reflétait la confusion. Les doigts arthritiques et noueux d'une vieille femme, saisis en gros plan, avaient l'apparence d'un rhizome de gingembre. Un garçon, la joue affligée d'un chancre complexe comme un mandala, souriait à l'objectif, les deux poings brandis, pouces levés, en tirant effrontément une grosse langue rose. Il y avait un cliché, pris en plongée, d'une poubelle métallique garnie de crachats et de chapelets de chair noire et humide, impossible à identifier – ces déchets venaient-ils de la cuisine ou de la salle d'opération ?

Ce qui me frappa le plus dans ces portraits, ce fut le calme souriant avec lequel ces gens exhibaient leurs plaies, leurs points de suture, leurs suppurations. Je me rappelle en particulier une grande étude, à première vue convenable, dans des teintes bien définies de rose criard, de puce et de gris brillant, réalisée en contre-plongée du pied de son lit, d'une grosse dame âgée aux cheveux en broussailles, les jambes – molles et veinées de bleu – pliées et les genoux écartés, qui montrait un prolapsus génital, je présume. La composition était aussi frappante et aussi soignée que le frontispice d'un des livres prophétiques de Blake. L'espace central, un triangle inversé borné sur deux côtés par les jambes relevées de la femme et, sur le dessus, par l'ourlet de sa chemise de nuit blanche tendue entre les genoux, aurait pu être un carré de parchemin vierge attendant une inscription rougeoyante annonçant éventuellement le simulacre de naissance de la chose rose et violacée qui pointait déjà d'entre ses cuisses. Au-dessus de ce triangle la tête de Méduse de la femme donnait, par un effet de perspective, l'impression d'avoir été tranchée, puis carrément installée sur le même plan que ses genoux, la base du cou impeccablement coupé paraissant en équilibre sur la ligne droite de l'ourlet de la chemise formant la base du triangle inversé. En dépit de sa position, le visage était tout à fait à l'aise, peut-être même qu'il souriait avec une désapprobation amusée, avec une certaine satisfaction et, si si, une certaine fierté, affichée. Je repensai à une balade dans la rue avec Anna après qu'elle avait perdu tous ses cheveux, au cours de laquelle elle avait remarqué, sur le trottoir opposé, une femme chauve, elle aussi. Je ne sais pas si Anna m'a surpris surprenant le regard qu'elles avaient échangé toutes les deux, un regard vide d'expression et en même temps perçant, sournois, complice. Durant ces douze mois interminables, je ne pense pas m'être jamais senti plus loin d'elle qu'à cet instant-là, où je me suis vu écarté par la sororité des affligés.

« Alors, me dit-elle, les yeux rivés sur les photos, sans prendre la peine de me regarder. Qu'en penses-tu ? »

Elle se moquait bien de ce que je pensais. Désormais, elle ne se souciait plus ni de moi ni de mes avis.

« Tu vas les montrer à Claire ? » demandai-je.

Pourquoi cette question fut-elle la première chose qui me vint à l'esprit ?

Elle fit mine de ne pas avoir entendu mais peut-être n'avait-elle pas écouté. Une sonnerie tintait quelque part dans le bâtiment, pareille à une petite douleur insistante et soudain audible.

« Elles constituent mon dossier, enchaîna-t-elle. Mon réquisitoire.

— Ton réquisitoire ? répétai-je, déconcerté et en proie à une obscure panique. Contre quoi ? »

Elle haussa les épaules.

« Oh, contre tout, répondit-elle à mi-voix. Contre tout. »

Chloé, sa cruauté. La plage. Le bain de minuit. Sa sandale perdue, cette fameuse nuit au seuil de la salle de bal, pantoufle de Cendrillon. Disparu, tout. Perdu, tout. Ce n'est pas grave. Fatigué, fatigué et soûl. Pas grave.

On a eu un orage. Il a duré toute la nuit et jusqu'en milieu de matinée, une affaire extraordinaire, je n'en avais jamais vécu de pareil, dans ces zones tempérées, d'aussi violent et d'aussi long. Assis sur mon lit richement orné comme sur un catafalque, si tant est que ce soit le mot que je souhaite, la chambre éclairée par intermittence autour de moi tandis que le ciel tapait furieusement du pied, à tout casser, j'y ai pris un plaisir scandaleux. Enfin, me suis-je dit, enfin les éléments ont réussi à atteindre un summum de magnificence au diapason de mon bouleversement intérieur ! Je me sentais transfiguré, tel un des demi-dieux de Wagner trônant sur un nuage noir et dirigeant les accords retentissants, le fracas des cymbales célestes. En proie à cette euphorie cabotine due aux vapeurs de cognac autant qu'à l'électricité statique, j'ai considéré ma situation sous un jour nouveau et crépitant. Je veux dire ma situation en général. J'ai toujours eu la conviction, laquelle a résisté à toute considération rationnelle, que, à un moment non spécifié du futur, cette répétition perpétuelle que constitue ma vie, avec ses innombrables erreurs d'interprétation, faux pas et ratages, arriverait à son terme et que la véritable pièce pour laquelle je me prépare depuis toujours avec tant de ferveur commencerait enfin. C'est une illusion courante, je le sais, dont tout un chacun se berce. Pourtant, la nuit dernière, au beau milieu de cette spectaculaire manifestation de fureur de Walhalla, je me suis demandé si l'heure de mon entrée n'était pas imminente, l'heure de mon *entrée en scène*, si je puis dire. Je n'ai pas idée de la manière dont se passerait ce saut dramatique au cœur de l'action ni de ce qui pourrait se produire au juste, sur les planches. Néanmoins, j'anticipe une sorte d'apothéose, un climatère grandiose. Je ne parle pas ici de transfiguration posthume. Je n'imagine pas la possibilité d'une vie après la vie ni un dieu capable de me l'offrir. Vu le monde que Dieu a créé, ce serait un sacrilège que de croire en lui. Non, ce que j'attends avec impatience, c'est un moment d'expression terrestre. C'est ça, c'est exactement ça : je serai exprimé, totalement. Je serai délivré, tel un noble discours de clôture. Je serai, en un mot, *dit*. Cela n'a-t-il pas été mon but depuis toujours, n'est-ce pas assurément le but secret de chacun d'entre nous, de ne plus être chair mais entièrement transformé en un esprit diaphane libéré de la souffrance ? Bang, crac, brrr, même les murs tremblent.

À propos : le lit, mon lit. Mlle Vavasour soutient qu'il a toujours été là. Les Grace, mère et père, était-ce le leur, est-ce là qu'ils dormaient, dans ce lit précisément ? Quelle idée, je ne sais pas quoi en faire. Arrête d'y penser, ce serait préférable, moins dérangeant, en fait.

Une autre semaine de terminée. Que le temps passe vite à mesure que la saison avance, que la terre tourne furieusement sur son sillon alors que l'année descend brutalement vers le dernier arc de cercle qu'il lui reste à parcourir. Malgré la clémence persistante du climat, le Colonel sent l'hiver qui arrive. Il n'est pas bien depuis un moment, a attrapé un coup de froid sur les reins, comme il dit. Je lui confie que c'était une des choses dont ma mère se plaignait – *une de ses préférées, d'ailleurs*, n'ajouté-je point –, mais il me décoche un drôle de regard, il pense que je me moque de lui peut-être, comme c'est peut-être le cas. C'est quoi, au fait, un coup de froid sur les reins ? Là-dessus, Mam n'était pas plus précise que le Colonel, et même le *Black's Medical* n'offre aucun éclaircissement. Si ça se trouve, il veut me faire croire que c'est la raison de ses fréquents déplacements aux cabinets, jour et nuit, et non le truc plus sérieux que je soupçonne.

« Je ne suis pas au mieux de ma forme, reconnaît-il, c'est certain. »

Il s'est mis à porter un cache-col pour venir à table. Il tourne et retourne sa nourriture d'un geste indifférent et, si l'on essaie de manifester un tant soit peu de légèreté – ne serait-ce que de manière anodine –, il accueille ces remarques d'un air malheureux et baisse les yeux avec lassitude, en poussant un soupir discret proche du gémissement. Ai-je décrit le chromatisme fascinant de son nez ? Il change de couleur selon l'heure et les moindres variations du temps, part du bleu pâle en passant par le bordeaux pour arriver à la pourpre impériale la plus intense. Est-ce un rhinophyma, me demandé-je soudain, s'agit-il du fameux nez bulbeux du Dr Thomson ? Mlle Vavasour ne prend pas les plaintes du Colonel au sérieux et m'adresse une grimace désabusée quand il a le dos tourné. Je pense qu'il n'a plus le cœur de la courtiser. Dans son gilet jaune vif, dont le dernier bouton est toujours scrupuleusement défait et dont les pointes ouvrent sur son petit bedon rond, il est aussi déterminé et circonspect qu'un oiseau mâle au plumage exotique, un paon ou un faisan, qui, cherchant désespérément à attirer le regard mais feignant l'indifférence, va et vient majestueusement tandis que la femelle, indifférente, picore le gravillon afin d'y dénicher quelques larves. Mlle Vavasour écarte ses attentions empreintes d'une coquetterie pénible avec un mélange de contrariété et d'énervement gêné. J'en déduis, au vu des coups d'œil blessés qu'il lui lance, qu'elle lui a donné des raisons d'espérer et s'est rapidement ressaisie à mon arrivée, quand j'ai été témoin de sa folie et que, là, elle s'en veut et aimerait ardemment me convaincre que ce qu'il a peut-être pris pour des encouragements n'était rien de plus en réalité qu'une simple expression de politesse de propriétaire.

Étant souvent moi-même bien en peine de savoir que faire de mon temps, j'ai dressé le programme d'une journée typique du Colonel. Il se lève tôt, car il dort mal – ses silences expressifs, ses haussements d'épaules et son air pincé nous suggèrent quantité de cauchemars belliqueux qui rendraient insomniaque un narcolepte, encore que j'aie idée que ce n'est pas dans de lointaines colonies qu'il a glané les mauvais souvenirs qui l'assaillent mais plus près de chez nous, sur les routes étroites et les chemins défoncés du sud de l'Armagh. Il petit-déjeune seul à une table de la cuisine au coin du feu – non, je ne me rappelle pas le moindre feu, et encore moins un coin –, la solitude étant la façon dont il préfère prendre ce qu'il qualifie fréquemment et pompeusement de *repas le plus important de la journée*. Mlle Vavasour ne demande pas mieux que de ne pas le déranger et lui sert ses œufs au bacon et son boudin noir dans un silence sardonique. Il a sa propre réserve de condiments, des bouteilles, sans étiquette, remplies de trucs marron, rouge et vert foncé qui coulent mal, qu'il verse sur sa nourriture avec une parcimonie d'alchimiste. Il y a aussi une pâte à tartiner qu'il prépare lui-même, son touillage, comme il l'appelle, un truc gluant de couleur kaki, avec des anchois, du curry, beaucoup de poivre et d'autres ingrédients anonymes ; bizarrement, ça sent le chien.

« Il n'y a rien de mieux pour vidanger le buffet », affirme-t-il.

Il m'a fallu un moment pour comprendre que le buffet dont il parle souvent, néanmoins jamais en présence de Mlle V., n'est autre que son ventre et ses alentours. Il fait toujours très attention à l'état de son buffet. Après le petit déjeuner vient la promenade matinale, quel que soit le temps, il descend Station Road et s'engage sur le Cliff Walk au-delà du Pier Head Bar et revient par le chemin le plus long en passant derrière les maisonnettes du phare et le Gem où il s'arrête pour acheter le journal et des pastilles à la menthe extra-forte qu'il suce toute la sainte journée et dont l'odeur légèrement écœurante flotte dans toute la maison. Il marche à vive allure, d'une démarche qu'il veut martiale, j'en suis sûr, même si, le premier matin où je l'ai vu partir, j'ai noté avec un pincement au cœur qu'à chaque pas il fauchait du pied gauche, exactement comme mon père, depuis longtemps disparu. Durant la première ou les deux premières semaines de mon séjour ici, il rapportait encore de ces marches d'entraînement un gage d'affection pour Mlle Vavasour, rien de coûteux, rien de chichiteux, une branche de feuilles mordorées ou un brin de verdure, rien qui ne puisse passer pour autre chose qu'un témoignage d'intérêt horticole, qu'il déposait sans un mot à côté de ses gants de jardinage et de son gros trousseau de clés sur la table d'entrée. À présent, à part son journal et ses pastilles de menthe, il rentre les mains vides. C'est mon œuvre ; mon arrivée a mis un terme à la cérémonie des petits bouquets.

Le journal consume le reste de sa matinée, il le lit de la première à la dernière page, collecte des informations, sans que rien lui échappe. Il s'assied près de la cheminée du salon, où la pendule, posée sur le manteau, fait un tic-tac gériatrique et hésitant, et émet un carillon unique et infirme à la demi-heure et aux quarts d'heure, mais observe, l'heure venue, un silence vindicatif ou tout comme. Il a son fauteuil, son cendrier en verre pour sa pipe, sa boîte de Swan Vestas, son tabouret pour les pieds, son porte-revues. Remarque-t-il les colonnes de lumière cuivrée qui fusent à travers le verre au plomb de la fenêtre en saillie, le bouquet d'hortensias séchés, marine et sang séché pâle, qui meuble le foyer où, jusqu'à présent, on n'a même pas eu besoin de faire du feu ? Remarque-t-il que le monde dont les journaux lui parlent n'a plus aucun rapport avec le monde qu'il a connu ? Peut-être que, comme moi, il consacre désormais toute son énergie à ne rien remarquer. Je le surprends qui se signe furtivement lorsque, de l'église en pierre de Strand Road, nous parvient la sonnerie de l'angélus.

Pour le déjeuner, le Colonel et moi devons nous débrouiller seuls, car, tous les jours entre midi et trois heures, Mlle Vavasour se retire dans sa chambre pour dormir, lire ou travailler à ses mémoires, rien ne m'étonnerait. Le Colonel est un ruminant. Installé à la table de la cuisine, il mâchonne un sandwich préparé à la six-quatre-deux – un gros morceau de fromage taillé à la diable ou un bout de viande froide entre deux cale-portes qu'il enduit de son touillage ou d'une couche de la plus forte des moutardes Colman's, ou des deux s'il éprouve le besoin d'un coup de fouet – et, vêtu d'une chemise dont il a retroussé les manches et d'un gilet de laine d'avant Mathusalem, il essaie diverses feintes pour engager la conversation avec moi, à l'image d'un commandant rusé cherchant à percer les défenses ennemies. Il se cantonne à des sujets neutres, le temps, le calendrier des événements sportifs, les courses de chevaux, alors qu'il m'assure ne pas être joueur. En dépit de sa réserve, sa demande est évidente : il redoute les après-midi, ces heures désœuvrées, comme, moi, je redoute les nuits blanches. Il n'arrive pas à me cerner, aimerait savoir ce que je fabrique au juste ici, moi qui, à ce qu'il croit, pourrais être n'importe où ailleurs, si je le voulais. Moi qui pourrais me permettre la chaleur du Sud – « Pour les douleurs de tout poil, le soleil est le seul remède », estime le Colonel – pourquoi faudrait-il que je vive mon deuil aux Cèdres ? Je ne lui ai pas parlé des jours d'antan ici, des Grace, de tout ça. Encore que ça ne constitue pas une explication. Je me lève – « Le travail », dis-je d'un ton solennel – et il me lance un regard désespéré. Même mon mutisme est préférable à sa chambre et à la radio.

La mention fortuite de ma fille a déclenché une réaction agitée. Il a une fille, lui aussi, mariée, avec deux petites, me confie-t-il. Ils vont venir le voir très prochainement, la fille, son mari l'ingénieur et les gamines qui ont sept et trois ans. Je pressens les photographies et, bien entendu, voilà que le porte-monnaie sort d'une poche arrière et que les clichés me sont présentés, une jeune femme, à la peau parcheminée et à la mine grognon, qui ne ressemble absolument pas au Colonel, et une petite fille en robe de fête qui, elle, la pauvre, lui ressemble. Le gendre, un grand baraqué de type méditerranéen avec une banane brillantinée et des yeux cernés qui sourit sur une plage avec un bébé dans les bras, se révèle étonnamment beau garçon – comment quelqu'un d'aussi effacé que Mlle Blunden a-t-elle réussi à se dégoter un macho pareil ? Autres vies, autres vies. Brusquement, sans raison, ils me deviennent insupportables, la fille du Colonel, son mec, leurs gamines, et je retourne les photos à la hâte, en faisant non de la tête.

« Oh, désolé, désolé ! », s'écrie le Colonel en se raclant la gorge, tant il est gêné.

Il pense que cette discussion sur sa famille suscite chez moi des associations douloureuses, mais ce n'est pas ça ou pas seulement. Ces temps-ci, il faut que je prenne le monde à petites doses soigneusement comptées, c'est une sorte de cure homéopathique, encore que je ne sache pas trop ce que cette cure est censée guérir. Peut-être suis-je en train de réapprendre à vivre parmi les vivants. À les pratiquer, je veux dire. Mais non, ce n'est pas ça. Être ici n'est qu'un moyen de ne pas être n'importe où.

Mlle Vavasour, qui s'occupe de nous avec tellement de dévouement dans d'autres domaines, se révèle capricieuse, pour ne pas dire négligente, en ce qui concerne non seulement les déjeuners, mais les repas en général et, aux Cèdres, il arrive que les dîners, en particulier, se résument à d'imprévisibles collations. Il peut surgir, et il surgit, n'importe quoi sur la table. Ce soir, par exemple, elle nous a servi des harengs fumés, qu'on mange normalement au petit déjeuner, avec des œufs pochés et du chou bouilli. Le Colonel s'est mis à renifler et a sorti ostensiblement ses bouteilles les unes après les autres, on aurait dit un magicien de haute volée. Mlle Vavasour répond invariablement à ses protestations muettes par une distraction aristocratique qui frise le mépris. Après les harengs, il y a eu des poires au sirop enchâssées dans une substance tiédasse, grise et grumeleuse : de la semoule, si j'ai bonne mémoire. De la semoule, bonté divine ! Pendant qu'on ingurgitait laborieusement cet étouffe-chrétien, sans rien d'autre que le tintement des couverts pour troubler le silence, j'ai eu une soudaine vision de moi dans la peau d'une sorte de grande chose noire, simiesque, vautrée à la table, ou sinon d'un rien du tout, plutôt, d'un trou dans la pièce, d'une absence palpable, d'une obscurité visible. C'était très bizarre. J'ai vu la scène, comme si j'étais extérieur à moi-même, la salle à manger à moitié éclairée par deux lampadaires, la vilaine table aux pieds torsadés, Mlle Vavasour, le regard perdu dans le vide, le Colonel, en train de mâcher, penché sur son assiette, et découvrant une partie de son dentier du haut, et moi, grande forme noire indistincte, semblable à la fameuse forme qu'aucun des participants à la séance de spiritisme ne voit tant que le daguerréotype n'a pas été développé. Je crois que je suis en train de devenir mon propre fantôme.

Le dîner terminé, Mlle Vavasour débarrasse la table en quelques tours de passe-passe amples et fantaisistes – elle est vraiment trop bien pour ce genre de corvée domestique – tandis que le Colonel et moi restons assis à écouter nos organismes se débrouiller vaille que vaille des affronts qu'ils viennent de subir. Puis Mlle Vavasour ouvre majestueusement la marche vers la pièce abritant la télévision. C'est un lieu lugubre, mal éclairé, perpétuellement humide et froid où règne une atmosphère vaguement souterraine. Les meubles dégagent une impression analogue, on dirait qu'ils ont quitté des appartements en étage, plus lumineux, pour atterrir là au fil des ans. Un canapé tapissé de chintz s'étale, l'air atterré, les bras grands ouverts et les coussins raplapla. Il y a un fauteuil habillé de tissu écossais et une petite table à trois pieds où trône une plante en pot qui, je crois, est un authentique aspidistra, comme je n'en ai pas vu depuis je ne sais combien de temps, si tant est que j'en aie jamais vu. Le piano droit de Mlle Vavasour, couvercle fermé, se dresse contre le mur du fond, lèvres pincées, semble-t-il, plein de rancœur à l'égard du bruyant rival qui lui fait face, un formidable Pixilate Panoramic vert-de-gris que sa propriétaire considère avec une fierté teintée de méfiance un rien honteuse. Sur l'appareil, nous regardons des émissions comiques, de préférence les plus gentilles, des retransmissions de shows vieux de vingt ou trente ans. On reste silencieux, le public préenregistré rit à notre place. La lumière de l'écran, colorée et d'intensité variable, joue sur nos visages. On est absorbés, aussi fascinés que des mioches. Ce soir, il y avait un programme sur un endroit en Afrique, la plaine du Serengeti, je crois, et ses grands troupeaux d'éléphants. Quels animaux étonnants, ils ont sûrement un lien direct avec une ère bien antérieure à la nôtre, quand des mastodontes encore plus gros qu'eux sillonnaient et dévastaient forêts et marais. Ils montrent un comportement mélancolique et donnent pourtant l'impression d'être secrètement amusés par nous, en apparence. Ils avancent placidement en file indienne, le bout de la trompe du dernier délicatement enroulée autour de la queue en tire-bouchon, rigolote, du cousin qui le précède. Les petits, plus velus que leurs aînés, trottent bravement entre les pattes de leurs mères. Si l'on essayait de trouver parmi nos semblables, du moins parmi les créatures vivant sur terre, celles qui se situent à notre extrême opposé, on n'aurait sûrement pas besoin de chercher plus loin que l'éléphant. Comment se fait-il qu'on leur ait permis de survivre aussi longtemps ? Ces petits yeux tristes et malins ont l'air de vous inviter à vous saisir d'un tromblon. Oui, une balle de gros calibre là-dedans ou dans l'une de ces gigantesques et absurdes oreilles battantes. Oui, oui, exterminez toutes ces brutes, coupez-nous l'arbre de vie jusqu'à ce qu'il n'en reste plus que la souche, puis abattez tendrement le fendoir dessus, aussi. Achevez-moi tout ça.

Connasse, putain de connasse, comment as-tu pu te barrer et me laisser ainsi, à me débattre dans mon ignominie, sans personne pour me sauver de moi-même. *Comment as-tu pu.*

Puisque je parle du coin télévision, je me rends compte subitement, je ne comprends pas pourquoi ça ne m'a pas frappé plus tôt, c'est tellement évident, que ce qu'elle me rappelle, ce que la maison me rappelle, en fait, et ce doit être la véritable raison qui m'a poussé à me terrer ici, ce sont les meublés que ma mère et moi avons occupés, que nous avons été obligés d'occuper pendant toute mon adolescence. Après le départ de mon père, elle a été forcée de travailler pour assurer notre subsistance et payer mes études, si tant est qu'on puisse appeler ça des études. On s'est installés à la capitale, elle et moi, parce qu'elle pensait qu'elle aurait sûrement plus de possibilités. Ayant quitté l'école de bonne heure et n'ayant aucune qualification, elle avait bossé un petit moment comme vendeuse avant de rencontrer mon père qu'elle avait épousé pour fuir sa famille, mais elle était quand même persuadée qu'un poste idéal l'attendait quelque part, un superemploi, spécialement taillé pour elle et elle seule ; malheureusement, elle n'arrivait pas à le trouver, et ça la mettait en rage. Du coup, on allait d'un quartier à l'autre, d'une pension de famille à l'autre, débarquant toujours dans notre nouveau logement sous le crachin, par un dimanche soir d'hiver – à ce qu'il semblait. Ils étaient tous pareils, ces meublés, du moins dans le souvenir que j'en garde. Il y avait le fauteuil à l'accoudoir cassé, le lino criblé de petits trous, l'imposante gazinière noire, renfrognée dans son coin et encore imprégnée des relents de fritures des pensionnaires précédents. Les cabinets étaient au bout du couloir, siège en bois esquinté, longue tache de rouille au fond de la cuvette et plus d'anneau à la chaîne. L'odeur du couloir rappelait ma propre haleine quand je la respirais inlassablement dans la coupe de mes mains pour avoir une idée de ce qu'on ressentait quand on suffoquait. Ma mère pouvait frotter tant et plus la surface de la table à manger, elle continuait quand même à poisser sous les doigts. Notre dîner terminé, elle débarrassait, déployait l'*Evening Mail* sur le plateau, parcourait les colonnes d'offres d'emploi à la lumière chiche d'une ampoule de soixante watts et, armée d'une épingle à cheveux, biffait chacune d'entre elles en marmonnant furieusement. *Expérience indispensable... références exigées... diplôme universitaire requis...* Beurk ! » Puis c'était le jeu de cartes collant, les paires divisées en deux piles égales, le cendrier en métal débordant de mégots, le cacao pour moi et, pour elle, un verre du sherry réservé à la cuisine. On jouait au gin-rummy, au barbu. Après, il fallait déplier le canapé-lit, tirer soigneusement le drap du dessus à l'odeur aigrelette et accrocher tant bien que mal la couverture au plafond, afin qu'elle fasse office de paravent le long du lit de ma mère et ménage son intimité. Une fois couché, j'écoutais, en proie à une colère impuissante, ses soupirs, ses ronflements, les sifflements aigus des vents qu'elle lâchait. Une nuit sur deux, à ce qu'il me semblait, je me réveillais et l'entendais pleurer, le doigt replié contre la bouche et le visage enfoui dans l'oreiller. Mon père était rarement mentionné entre nous, sauf s'il était en retard pour le mandat postal du mois. Elle ne pouvait se résoudre à dire son nom ; il était Gentleman Jim ou Sa Seigneurie ou, quand elle avait une crise de fureur ou qu'elle avait bu trop de sherry, Phil le tailleur de plume ou même Trouduc l'entubeur. Son idée fixe, c'était qu'il réussissait très bien, *là-bas*, réussite que, cruellement, il refusait de partager avec nous, comme il l'aurait dû et comme on y avait droit. Les enveloppes renfermant les mandats – jamais une lettre, juste une carte à Noël ou pour mon anniversaire, écrite d'une écriture laborieuse, la belle ronde, dont il avait toujours été très fier – portaient les cachets de lieux qui, aujourd'hui encore, quand je suis *là-bas* et que je vois leurs noms sur les panneaux routiers des autoroutes à la construction desquelles il a participé, provoquent en moi des sentiments confus où se mêlent une sorte de tristesse pénible, de la colère ou ses répliques et un drôle de désir qui s'apparente à de la nostalgie, la nostalgie d'un endroit où je n'ai jamais mis les pieds. Watford. Coventry. Stoke. Lui aussi doit avoir connu les chambres minables, le lino, la gazinière, les mauvaises odeurs dans le couloir. Puis arriva la dernière lettre, d'une certaine inconnue – Maureen Inconnue, c'était son nom ! – annonçant *la très triste nouvelle que je dois vous transmettre*. Ma mère versa des larmes amères où le chagrin le disputait à la colère.

« C'est qui, cria-t-elle, cette *Maureen* ? »

La feuille de papier ligné de bleu tremblait dans sa main.

« Qu'il est embêtant, lâcha-t-elle entre ses dents, qu'il est embêtant vraiment, le salaud ! »

Dans mon esprit, je l'entrevis une minute, dans le bungalow en fait, de nuit : il se détournait de la porte ouverte, presque souriant, me lançait un coup d'œil curieusement ironique dans l'épaisse lumière dorée de la lampe à pétrole qui lui dessinait un point lumineux sur le front avec, derrière lui, l'obscurité de velours, sans fond, de cette nuit d'été.

Enfin, quand les stations de télévision entament leurs programmes tardifs, horriblement répugnants, on arrête le poste d'un geste ferme et le Colonel avale une infusion que Mlle Vavasour lui a préparée. Il m'avoue qu'il déteste ce machin – « Attention, n'en dites rien ! », mais n'ose refuser. Mlle Vavasour ne le lâche pas d'une semelle pendant qu'il boit. Elle soutient que ça l'aidera à dormir ; bien que tristement convaincu du contraire, il ne proteste pas et vide sa tasse en faisant une tête de condamné à mort. Une nuit, je l'ai persuadé de m'accompagner au Pier Head Bar pour un dernier verre, mais ce fut une erreur. Saisi d'angoisse en ma compagnie – ce n'est pas moi qui vais le lui reprocher, je m'angoisse moi-même –, il a passé son temps à tripoter sa pipe et son verre de bière brune et à remonter sa manche subrepticement pour consulter sa montre. Les quelques gens du coin qui se trouvaient là nous ont regardés de travers, alors on s'est barrés rapidement pour retourner à pied aux Cèdres, en silence et sous un ciel d'octobre magnifique avec étoiles, lune fugace et nuages effilochés. Pour m'endormir, ou pour essayer de m'endormir, je bois généralement une demi-douzaine de verres de cognac, pleins à ras bord, d'un jéroboam d'un excellent Napoléon que je garde dans ma chambre. Je suppose que je pourrais lui en offrir une goutte, mais non. La perspective de causettes nocturnes avec le Colonel sur la vie et les sujets afférents ne me tente pas. La nuit est longue, mon tempérament sanguin.

Ai-je déjà parlé de mes problèmes de boisson ? Je boirais la mer et les poissons. Non, personne n'irait jusque-là. Je bois comme un veuf – veuvé ? – de fraîche date, quelqu'un qui a peu de dons et encore moins d'ambitions, aux cheveux blanchis par les années, indécis et paumé, quelqu'un qui a besoin de consolation et du bref répit de l'oubli éthylique. Je prendrais des drogues si j'en avais, mais je n'en ai pas et ne sais pas comment m'en procurer. Je doute que Ballymoins s'enorgueillisse d'un dealer. Peut-être que le Kiki Devereux pourrait m'aider. Le Kiki est un type redoutable, tout en épaules et torse puissant, avec une grosse tête, des traits grossiers et des bras arqués à la gorille. Son visage massif, tanné, est totalement grêlé, vestige d'acné ou de varicelle, chaque cavité incrustée d'un point noir brillant. Il a été pêcheur hauturier et on raconte qu'il aurait tué un homme. Il possède un verger et vit, avec sa femme qui est grasse comme un whippet, dans une caravane posée à même le sol, sous les arbres. Il vend des pommes et, sous le manteau, un alcool de contrebande trouble et couleur de soufre qu'il distille à partir de fruits tombés et qui monte à la tête de tous les jeunes gars du village, le samedi soir. Pourquoi est-ce que je le décris en ces termes ? Qu'est-ce que Kiki Devereux peut bien me faire ? Par ici, on prononce le x, on dit *Devrecks*, je suis infichu de m'arrêter. Jusqu'où peut aller une imagination débridée, c'est fou.

Nous avons eu aujourd'hui, grâce à la visite d'une amie de Mlle Vavasour, Bun, qui s'est jointe à nous pour le repas dominical, une journée d'une agréable légèreté, si je puis dire. Je suis tombé sur elle à midi, devant la fenêtre en saillie du salon, qui débordait d'un fauteuil en osier où elle se prélassait, impotente en apparence, légèrement haletante. Une lumière fumée opacifiait l'espace où elle était assise et, au début, c'est à peine si je l'ai remarquée, alors qu'en réalité il est aussi difficile de la manquer que feu la reine de Tonga. Elle est énorme et sans âge. Elle portait une robe en tweed couleur sac de jute, très serrée à la taille, ce qui donnait l'impression qu'elle avait été gonflée avec une pompe à air au point que sa poitrine et ses hanches étaient prêtes à exploser tandis que ses courtes jambes épaisses et couleur de liège pointaient devant elle, comme deux gigantesques protubérances émergeant de son tabernacle. Un petit visage ravissant, aux traits délicats et au teint rose radieux, est serti dans le gros et pâle pudding qui lui sert de tête, fossile étonnamment préservé de la jeune fille qu'elle a été jadis, il y a longtemps. Coiffés à l'ancienne, ses cheveux cendre et argent étaient séparés au milieu et ramassés sur la nuque en une sorte de bun éponyme. Elle me sourit et me salua d'un mouvement qui envoya brimbaler ses bajoues poudrées. Ne la connaissant pas, je la pris pour une nouvelle pensionnaire – en cette basse saison, Mlle Vavasour a une demi-douzaine de chambres à louer. Lorsqu'elle se remit sur pied en vacillant, le fauteuil en osier poussa un cri de soulagement atroce. Sincèrement, elle est d'une corpulence prodigieuse. Je me fis la réflexion que, si sa boucle lâchait et que sa ceinture se défaisait, son tronc reprendrait illico la forme d'une sphère parfaite avec sa tête sur le dessus, telle une grosse cerise sur un, euh, sur un... bun. À en juger par le regard qu'elle me lança – de compassion teintée d'un vif intérêt –, il était évident qu'elle savait qui j'étais et qu'elle avait eu vent de mon état d'affliction. Elle me dit son nom, un nom ronflant, avec trait d'union, mais je l'oubliai instantanément. Elle avait la main menue, molle et moite, une main de bébé. Là-dessus, le Colonel Blunden entra dans la pièce, les journaux du dimanche sous le bras. Il la dévisagea et fronça les sourcils. Quand il fronce les sourcils comme ça, le blanc jaunâtre de ses yeux paraît plus sombre et il projette le bas du visage en avant de telle sorte que sa bouche se transforme en un rectangle arrondi du bout rapppelant un museau.

Parmi les effets plus ou moins pénibles du deuil, il y a le sentiment trouble que j'éprouve d'être un imposteur. Après la mort d'Anna, partout, on se mit en quatre pour moi, on me montra de la déférence, on me manifesta une considération particulière. Un silence m'entourait lorsque je me retrouvais parmi des gens qui avaient entendu parler de mon malheur, si bien que, coincé, je ne pouvais qu'observer en retour un mutisme solennel et pensif qui me rendait très vite nerveux. Cette différence de traitement commença dès le cimetière, voire avant. Avec quelle tendresse ne portèrent-ils pas leurs regards de l'autre côté de la fosse et avec quelle gentillesse néanmoins mêlée de fermeté ne me prirent-ils pas le bras une fois la cérémonie terminée, comme si je risquais de m'évanouir et de basculer dans le trou, moi aussi, la tête la première. Il me sembla même déceler une pointe de spéculation dans la manière chaleureuse dont certaines femmes m'embrassèrent et me cramponnèrent la main en me fixant dans les yeux et en hochant la tête en signe de commisération muette avec cette bouleversante expression d'abattement stoïque que les tragédiennes d'antan affichaient lorsque, pour la scène finale, le héros dévasté entrait sur scène en chancelant, le cadavre de l'héroïne dans les bras. J'avais la sensation qu'il fallait que j'arrête ces gens et que je lève la main pour leur dire que, franchement, je ne méritais pas leur respect, car cela me paraissait s'apparenter à du respect, que je n'avais été qu'un spectateur, qu'un second rôle, alors que c'était Anna qui s'était chargée de mourir. Tout au long du déjeuner, Bun tint à s'adresser à moi d'une voix pleine de sollicitude chaleureuse, d'admiration muette et, j'eus beau faire des efforts désespérés, je ne parvins pas à trouver en retour un ton qui ne parût ni brave ni pudique. Mlle Vavasour, je le voyais, jugeait tout ce sentimentalisme de plus en plus rasoir et tenta à diverses reprises de créer une ambiance moins chargée d'émotions, plus animée ; sans succès. Le Colonel ne se révéla d'aucun secours, même s'il s'y employa en détournant le flot d'amabilités de Bun pour évoquer les prévisions météo et des sujets extraits du journal du jour, mais, chaque fois, il se vit rembarré. Il ne faisait tout simplement pas le poids contre Bun. Exhibant ses dentiers jaunis en un épouvantable déploiement de sourires et de grimaces, il ressemblait à la hyène qui gigote et se tortille devant l'avancée implacable de l'hippopotame.

Bun habite un appartement au-dessus d'un magasin de la capitale, dans des conditions, elle voulait absolument me le faire savoir, bien en dessous d'elle, qui est une fille de la gentry avec ses traits d'union à tout-va. Elle me fait penser à une de ces robustes vierges d'antan, à la sœur, par exemple, d'un homme d'Église pas marié ou d'un châtelain veuf dont elle tiendrait le ménage. Pendant qu'elle jacassait, je l'imaginais vêtue de bombasin – qu'est-ce que ça peut bien être ? – et de bottines à boutons, assise en grand apparat sur une volée de marches en granit devant une gigantesque porte d'entrée au milieu d'une assemblée de domestiques louchons ; je la voyais, vengeresse à la poursuite du renard, en redingote écarlate et bombe à voilette, à califourchon sur le dos creux d'un grand cheval noir lancé au galop ; ou bien dans une gigantesque cuisine avec fourneaux, table en planches bien briquée et jambons accrochés aux poutres, apprenant à la fidèle Mme Boustifaille quels morceaux de bœuf servir lors du dîner annuel donné par le Maître à l'occasion de l'ouverture de la chasse à la grouse. Pendant que je me divertissais de cette façon inoffensive, il s'écoula un bon moment avant que je ne remarque qu'une dispute avait éclaté entre elle et Mlle Vavasour, or je n'avais aucune idée de la manière dont elle avait commencé ni de ce sur quoi elle portait. Les deux taches de couleur, d'ordinaire discrètes, sur les pommettes de Mlle Vavasour avaient viré au rouge ardent, tandis que Bun, qui respirait vite et par brefs à-coups, paraissait plus bouffie encore sous l'effet pneumatique de son indignation croissante et regardait son amie, de l'autre côté de la table, en affichant un sourire figé de grenouille. Elles se parlaient avec une politesse vengeresse, se penchant tour à tour l'une vers l'autre, telle une paire de chevaux de bois mal assortis. *Franchement, je ne vois pas comment tu peux dire... Dois-je en déduire que tu... ? Ce n'est pas que je... En tout cas, tu l'as fait... Eh bien, c'est seulement... Il est tout à fait certain que ce n'est pas... Excuse-moi, il est tout à fait certain que ça l'est !* Le Colonel, de plus en plus inquiet, jetait des regards éperdus de l'une à l'autre, ses yeux cliquetant dans ses orbites, comme s'il suivait un match de tennis qui, après avoir démarré de façon relativement amicale, aurait tourné à l'affrontement meurtrier.

J'aurais cru que Mlle Vavasour sortirait aisément victorieuse de cet affrontement, mais il n'en était rien. Elle ne se battait pas avec toute la puissance de feu dont elle dispose indubitablement. Quelque chose, je le voyais bien, la freinait, quelque chose dont Bun avait parfaitement conscience et sur lequel elle s'appuyait de tout son poids considérable, ce qui lui fournissait un avantage décisif. Même si, dans le feu de la discussion, elles semblaient nous avoir oubliés, le Colonel et moi, je finis par me rendre compte qu'elles orchestraient cette dispute en partie à mon profit, pour m'impressionner et essayer de me rallier à la cause de l'une ou de l'autre. Je m'en aperçus à la manière dont Bun ne cessait de darder sur moi ses petits yeux noirs et avides avec une timidité feinte tandis que Mlle Vavasour refusait obstinément de regarder dans ma direction. Bun, je commençais à m'en apercevoir, était bien plus rusée et maligne que je ne l'aurais supposé au départ. On a tendance à penser que les gros sont forcément stupides. Or, cette grosse dame m'avait jaugé et me voyait clairement, pour l'essentiel, tel que j'étais, j'en avais la conviction. Et que voyait-elle ? Dans ma vie, ça ne m'a jamais dérangé d'être entretenu par une femme riche ou suffisamment riche. Je suis un dilettante né, la seule chose qui m'a manqué jusqu'à ce que je rencontre Anna, ce sont les moyens. De même que ça ne m'a jamais vraiment intéressé de savoir d'où provenait la fortune d'Anna, qui était d'abord celle de Charlie Weiss et qui m'est à présent revenue, ni combien et quel type de matériel lourd Charlie avait dû acheter et vendre pour s'enrichir. Qu'est-ce que l'argent, après tout ? Rien ou presque, quand on en a assez. Alors pourquoi me tortillais-je comme ça devant le regard insidieux quoiqu'entendu de Bun auquel je ne pouvais me dérober.

Mais arrête maintenant, Max, arrête maintenant. Je ne vais pas le nier, j'ai toujours eu honte de mes origines et, aujourd'hui encore, il suffit que des gens tels que Bun me balancent un coup d'œil condescendant ou un mot hautain pour que je me mette à frémir intérieurement sous l'effet de l'indignation et d'un ressentiment brûlant. J'ai toujours eu envie de m'améliorer. Qu'est-ce que je voulais de Chloé Grace sinon me hisser au niveau social de sa famille, même brièvement et de loin ? J'eus bien du mal à gravir ces hauteurs olympiennes. Là, à côté de Bun, je me remémorai avec un irrépressible petit frisson un autre déjeuner dominical aux Cèdres, un demi-siècle plus tôt. Qui m'avait invité ? Sûrement pas Chloé. Peut-être sa mère, quand j'étais encore son admirateur et que ça l'amusait de m'avoir à sa table, muet devant elle. Que j'étais nerveux, réellement terrifié. Il y avait sur la table des objets que je n'avais encore jamais vus, des services à condiments de forme bizarre, des saucières en porcelaine, un support en argent pour le couteau à découper, une fourchette à viande dotée d'un manche en os et d'un levier de sécurité, amovible. À chaque nouveau plat, j'attendais de voir quel couvert les autres prenaient avant de me risquer à tendre la main vers le mien. Quelqu'un me passa un bol de sauce à la menthe et je ne sus qu'en faire : de la sauce à la menthe ! De temps à autre, Carlo Grace, mâchant vigoureusement à l'autre bout de la table, me lançait un coup d'œil plein d'allant. Comment vivait-on au bungalow, il voulait le savoir. Sur quoi faisions-nous la cuisine ? Sur un Primus, lui répondis-je.

« Ha ha, s'écria-t-il. Primus *inter pares* ! »

Qu'est-ce qu'il rigola, et Myles aussi, et même les lèvres de Rose se contractèrent, même si personne à part lui, j'en suis certain, n'avait compris le jeu de mots. Quant à Chloé, elle se renfrogna, pas à cause de leurs moqueries mais de mon infortune.

Étant le produit d'une classe qui n'en était pas une, Anna ne pouvait s'associer à mes susceptibilités dans ces domaines. Elle trouvait ma mère merveilleuse – c'est-à-dire effrayante, implacable et impitoyable, mais, en dépit de tout ça, vraiment merveilleuse, à sa façon. Ma mère, inutile de le dire, ne lui retournait pas cette estime chaleureuse. Elles ne se rencontrèrent que deux ou trois fois, pas plus, rencontres qui, à mon avis, se soldèrent par un désastre. Maman ne vint pas à notre mariage – je ne l'avais pas invitée, je l'avoue – et mourut peu après, presque au même moment que Charlie Weiss.

« Comme s'ils nous libéraient, l'un et l'autre », remarqua Anna.

Bien que ne souscrivant pas à cette interprétation bienveillante, je ne fis aucun commentaire. Un jour à la clinique, elle se mit soudain à parler de ma mère, sans que rien, à ma connaissance, l'y eût incitée ; les personnages du passé lointain reviennent à la fin réclamer justice. C'était un matin après un orage et, derrière la fenêtre de la chambre d'angle, tout paraissait échevelé et groggy, le gazon ébouriffé jonché d'une pluie de feuilles caduques, les arbres oscillant encore tels des ivrognes victimes d'une gueule de bois. Anna portait un bracelet nominatif en plastique et, à l'autre poignet, un gadget ressemblant à une montre qui, lorsqu'on appuyait sur un bouton, libérait une dose de morphine dans son circuit sanguin déjà bien pollué. La première fois qu'on alla à la maison – la maison : le mot me bouscule et je trébuche – lui rendre visite, ma mère ne lui adressa quasiment pas la parole. Maman occupait un appartement à côté du canal, un endroit sombre et bas de plafond qui sentait les chats de la propriétaire. On lui avait apporté des cigarettes et une bouteille de sherry achetées en duty-free qu'elle accepta avec une moue. Elle espérait qu'on ne comptait pas sur elle pour nous loger, nous prévint-elle. On descendit dans un hôtel bon marché tout près où la baignoire déversait une eau marronnasse et où Anna se fit voler son sac à main. On emmena maman au zoo. Elle rigola devant les babouins, méchamment, histoire de nous faire savoir qu'ils lui rappelaient quelqu'un, moi, bien entendu. L'un d'eux se masturbait avec une nonchalance curieuse en regardant distraitement par-dessus son épaule.

« Cochon », lança ma mère d'un ton dédaigneux avant de tourner les talons.

On prit un thé sur place, dans un endroit où les barrissements des éléphants se mêlaient aux clameurs de la foule en congé. Maman fumait les cigarettes du duty-free et les éteignait avec ostentation après trois à quatre bouffées, histoire de me montrer ce qu'elle pensait de mes offrandes propitiatoires.

« Pourquoi est-ce qu'elle t'appelle tout le temps Max ? me demanda-t-elle d'une voix chuintante lorsque Anna alla lui chercher un scone au comptoir. Tu ne t'appelles pas Max.

— Maintenant, si, répondis-je. Tu n'as pas lu les articles que je t'ai envoyés, les articles que j'ai écrits, avec mon nom imprimé dessus ? »

Elle eut un de ces haussements d'épaules himalayens dont elle était coutumière.

« Je croyais qu'ils étaient de quelqu'un d'autre. »

Elle savait manifester sa colère rien qu'à sa façon de s'asseoir, de biais, le dos bien droit, les mains serrées sur son sac en travers de ses genoux, le chapeau, un genre de brioche avec un bout de tulle noir autour de la calotte, posé à la diable par-dessus ses boucles grises en désordre. Elle avait aussi un léger duvet gris qui lui ombrait le menton. Elle jeta un regard hautain autour d'elle.

« Beurk, quel endroit ! s'écria-t-elle. J'imagine que tu aimerais bien me laisser ici, me coller avec les singes et que les gardiens me bourrent de bananes. »

Anna revint avec le scone. Maman lança un coup d'œil méprisant vers la pâtisserie.

« Je ne veux pas de ça, décréta-t-elle. Je n'ai pas demandé ça.

— Maman.

— Ne me donne pas du maman. »

Mais, à notre départ, elle fondit en larmes et battit en retraite derrière la porte d'entrée ouverte, le bras levé pour qu'on ne voie pas ses yeux, telle une gamine, furieuse contre elle-même. Elle mourut cet hiver-là, sur un banc proche du canal par un après-midi étonnamment doux, en milieu de semaine. Angine de poitrine, personne ne s'en était douté. Sur le sentier, les pigeons picoraient encore nerveusement les croûtes qu'elle leur avait jetées quand un clochard vint s'asseoir à côté d'elle et, n'ayant pas remarqué qu'elle était morte, lui offrit une goulée de sa bouteille.

« Bizarre, avait remarqué Anna. Être là, comme ça, puis soudain plus. »

Elle avait soupiré et porté son regard vers les arbres. Ils la fascinaient, ces arbres, elle avait envie de sortir, de se poster au milieu d'eux, d'entendre le vent souffler dans leurs branches. Mais il n'y aurait pas de sorties, pour elle, il n'y en aurait plus.

« Avoir été là », avait-elle précisé.

Quelqu'un me parlait. C'était Bun. Combien de temps m'étais-je éclipsé pour cette promenade dans la chambre des horreurs sous mon crâne ? Le déjeuner était terminé et Bun prenait congé. Quand elle sourit, son petit visage, ridé et pincé autour du minuscule bouton qui lui sert de nez, se rapetisse encore plus. À travers la fenêtre, je vis les nuages s'amonceler alors qu'à l'ouest, dans une pâle lamelle de ciel vert poireau, un soleil bas et un rien mouillé brillait encore d'un éclat aveuglant. L'espace d'une seconde me revint cette image de moi, massivement tassé sur ma chaise, la lèvre inférieure rose et pendante et les mains énormes posées, impuissantes, sur le plateau de la table, grand singe captif, sous sédatifs, larmoyant. Il y a des moments, de plus en plus fréquents, où il me semble ne rien savoir, où tout ce que je savais semble s'être déversé de mon crâne en une véritable giboulée, et où j'éprouve un instant de détresse paralysante, faute d'avoir la certitude de tout retrouver. Bun rassemblait ses affaires avant de faire l'effort phénoménal de dégager ses formidables poteaux et de se remettre sur pied. Mlle Vavasour s'était déjà levée et tournicotait autour de l'épaule de son amie – aussi grosse et ronde qu'une boule de bowling –, impatiente de la voir partie et s'efforçant de ne pas le montrer. Le Colonel, de l'autre côté de Bun, se penchait en avant selon un angle bizarre et esquissait de vagues feintes dans l'air, tel un déménageur confronté à un meuble pesant et particulièrement difficile à déplacer.

« Bon ! » s'écria Bun en flanquant un petit coup de poing contre la table.

Elle releva la tête et considéra d'un œil radieux d'abord Mlle Vavasour, puis le Colonel, et tous deux avancèrent d'un pas, comme prêts à glisser la main sous un de ses coudes pour la remettre debout.

On sortit dans la lumière cuivrée de cette soirée de fin d'automne. De puissantes rafales de vent balayaient

Station Road, fouettaient le sommet des arbres et projetaient les feuilles mortes vers le ciel. Des freux croassaient d'une voix rauque. L'année était presque terminée. Pourquoi est-ce que j'imagine que quelque chose de neuf la remplacera, sinon un nombre sur le calendrier ? Le véhicule de Bun, un petit modèle pêchu, rouge coccinelle, était garé sur les gravillons devant la maison. Il suffoqua sur ses amortisseurs quand Bun, commençant par asseoir son énorme postérieur, puis levant les jambes pour enfin se rejeter lourdement en grognant contre le dossier tapissé de fausse fourrure tigre, s'installa sur le siège du conducteur. Le Colonel lui ouvrit le portail et, planté au milieu de la rue, l'aida à sortir avec de grands gestes spectaculaires. Odeurs des gaz d'échappement, de la mer, de la pourriture automnale du jardin. Bref instant de désolation. Je ne sais rien, rien, vieux singe que je suis. Bun klaxonna joyeusement, nous salua de la main, son petit visage souriant derrière le pare-brise, Mlle Vavasour la salua en retour, pas joyeusement, et la voiture s'éloigna à toute vitesse, remonta la route en gîtant, traversa le pont du chemin de fer et disparut.

« Ça, c'est une enquiquineuse », affirma le Colonel, qui regagna la maison en se frottant les mains.

Mlle Vavasour soupira.

Le déjeuner s'étant prolongé si longtemps et s'étant révélé si pénible, il n'était pas question de dîner. Mlle V. était encore agitée, je le voyais, par son échange acerbe avec son amie. Quand le Colonel la suivit à la cuisine, dans l'espoir d'obtenir au moins une collation, elle se montra très sèche et il se dépêcha de s'éclipser vers sa chambre et le compte rendu d'un match de football à la TSF. Moi, je me réfugiai au salon, avec mon Bonnard de Bell – ennuyeux comme la pluie –, mais, incapable de lire, je posai le bouquin de côté. La visite de Bun avait bouleversé le délicat équilibre de la maison, l'atmosphère résonnait de trilles muets, comme si quelqu'un avait trébuché sur un mince câble d'alarme tendu et qu'il continuait à vibrer. Installé devant la fenêtre, je regardai le jour tomber. À contre-jour dans les derniers feux du soleil couchant, des arbres dépouillés de leurs feuilles paraissaient tout noirs sur le trottoir opposé et un bruyant nuage de freux, qui se disputaient une place pour la nuit, tournoyaient et faisaient des descentes en piqué. Je pensais à Anna. Je m'oblige à penser à elle, j'en fais un exercice. Elle a beau être fichée en moi tel un couteau, je commence pourtant à l'oublier. Déjà son image s'effiloche dans ma tête, des bribes de pigments, de petits bouts de feuilles d'or s'écaillent. La toile sera-t-elle complètement vide un jour ? Je me suis rendu compte que je la connaissais bien peu, je veux dire que je la connaissais bien superficiellement, bien bêtement. Ce n'est pas un reproche que je me fais. Peut-être que je devrais. Étais-je trop paresseux, trop négligent, trop égocentrique ? Oui, tout cela à la fois, et malgré tout je n'arrive pas à penser que cette dégringolade dans l'oubli, ce je-ne-savais-pas, puissent constituer matières à reproche. Je crois plutôt que, pour ce qui était de la connaître, j'attendais trop de choses. Je me connais si peu, comment pourrais-je avoir la prétention de connaître quelqu'un d'autre ?

Mais attendez, ce n'est pas la question. Je manque de sincérité – pour une fois, dites-vous, si si. La vérité est que nous n'avions pas envie de nous connaître. Ce dont nous avions envie, en réalité, c'était ça précisément, de ne pas nous connaître. J'ai déjà dit quelque part – pas le temps maintenant de revenir en arrière pour chercher, empêtré comme je le suis soudain dans les rets de ce raisonnement – que ce que j'avais trouvé dès le début chez Anna, c'était un moyen de satisfaire l'idée fantasque que je me faisais de moi-même. Je ne comprenais pas vraiment ce que je voulais dire par là, mais en y réfléchissant un peu, je comprends. Vraiment ? Laissez-moi essayer de démêler ça, j'ai tout le temps, ces dimanches soir n'en finissent pas.

Tout jeune déjà, je rêvais d'être quelqu'un d'autre. Dès l'instant qu'un enseignant m'avait ordonné de la répéter après lui, l'injonction *nosce te ipsum* m'avait laissé un goût de cendres dans la bouche. Je me connaissais, trop bien, et ce que je connaissais ne me plaisait pas. Encore une fois, il faut que je nuance. Ce n'était pas ce que j'étais que je détestais, je veux dire mon moi fondamental, unique – encore que j'admets que la notion d'un moi fondamental, unique, soit sujette à caution –, mais les masses d'affects, de propensions, d'idées reçues, de tics de classe, que ma naissance et mon éducation m'avaient transmis en lieu et place de personnalité. En lieu et place, oui. Je n'ai jamais eu de personnalité, contrairement aux autres, ou contrairement aux autres qui croient en avoir une. J'ai toujours été une non-personne à part, dont le souhait le plus vif était d'être quelqu'un de pas à part. Je vois ce que je veux dire. Anna, je l'ai tout de suite compris, allait être le moyen de ma transmutation. Elle représentait le miroir de champ de foire où toutes mes distorsions seraient corrigées.

« Pourquoi ne pas être toi-même ? » m'avait-elle suggéré au début de notre liaison.

Pleine de compassion devant les tentatives maladroites que je déployais pour empoigner le vaste monde, elle avait utilisé le verbe être, notez bien, et non connaître. *Sois toi-même !* Elle voulait dire, bien entendu, *Sois ce qui te plaît*. C'était le pacte qu'on avait passé, qu'on se libérerait mutuellement du fardeau d'être celui ou celle que les autres nous disaient qu'on était. Elle au moins m'a libéré de ce fardeau, mais, moi, qu'est-ce que j'ai fait pour elle ? Peut-être ne devrais-je pas l'inclure dans ce cheminement vers la dé-connaissance, peut-être, de nous deux, étais-je le seul à désirer ne pas savoir.

Quoi qu'il en soit, la question à laquelle je suis encore confronté aujourd'hui, c'est précisément cette question de la connaissance. Qui étions-nous, sinon nous-mêmes ? D'accord, laissons Anna en dehors de ça. Qui étais-je, sinon moi-même ? D'après les philosophes, ce sont les autres qui nous définissent, qui modèlent notre être. Une rose est-elle rouge dans le noir ? Dans une forêt, sur une lointaine planète où il n'y pas d'oreilles pour entendre, est-ce qu'un arbre fait du bruit en tombant ? Je vous le demande : qui devait me connaître, sinon Anna ? Qui devait connaître Anna, sinon moi ? Questions absurdes. Nous étions heureux ensemble, ou pas malheureux ensemble, ce qui est déjà plus que ce qui est donné à la plupart des gens ; n'est-ce pas suffisant ? Il y avait des frictions, des tensions, comment n'y en aurait-il pas eu dans une union telle que la nôtre, si tant est qu'il en existe d'autres de ce style. Les cris, les hurlements, les assiettes qu'on se jetait à la tête, la claque à l'occasion, le coup de poing plus rarement, on a connu tout ça. Et puis il y a eu Serge et ses pairs, sans parler de mes Sergesse, non, n'en parlons pas. Mais même nos affrontements les plus violents n'étaient que de brutaux amusements, comme Chloé et Myles dans leurs matchs de catch. Nos querelles se terminaient sur des rires, amers, mais des rires néanmoins, confus et même un peu honteux, non pas de notre férocité, mais de notre manque de férocité. On se disputait pour éprouver des sensations, pour éprouver la sensation d'être réels, puisque nous étions les créatures que nous avions personnellement créées. Que je l'étais.

Aurions-nous pu, aurais-je pu faire autrement ? Aurais-je pu vivre différemment ? Stériles questions. Bien sûr que oui, mais je ne l'ai pas fait, d'où l'absurdité de s'interroger. En tout cas, où sont les parangons d'authenticité à l'aune desquels mesurer mon moi fabriqué ? Dans les dernières peintures que Bonnard réalisa de Marthe septuagénaire au bain, il dépeignait encore l'adolescente à laquelle il avait cru avoir affaire lors de leurs premières rencontres. Pourquoi devrais-je exiger une vision de moi-même plus authentique que celle d'un grand et tragique artiste ? On faisait de notre mieux, Anna et moi. On se pardonnait tout ce qu'on n'était pas. Qu'espérer de plus dans cette vallée de larmes et de tourments ? *Ne fais pas cette tête*, m'avait dit Anna, *moi aussi, je te détestais un peu. On était humains après tout.* Malgré tout ça, je ne peux me défaire de la conviction que nous avons raté quelque chose, que j'ai raté quelque chose, le seul truc, c'est que je ne sais pas ce que ça aurait pu être.

Perdu le fil. Tout s'embrouille. Pourquoi est-ce que je me torture avec ces doutes insolubles, n'ai-je pas eu ma dose de casuistique ? Fiche-toi la paix, Max, fiche-toi la paix.

Mlle Vavasour entra, apparition parmi les ombres de la pièce au crépuscule. Elle me demanda si j'avais assez chaud, s'il fallait qu'elle fasse du feu. Je la questionnai sur Bun, qui elle était, comment elles s'étaient rencontrées, rien que pour demander quelque chose. Il s'écoula un bon moment avant qu'elle n'ouvre la bouche et, lorsqu'elle se résolut à parler, elle répondit à une question que je n'avais pas posée.

« Eh bien, voyez-vous, m'expliqua-t-elle, la famille de Vivienne est propriétaire de cette maison.

— Vivienne ?

— Bun.

— Ah ! »

Elle se pencha vers la grille de la cheminée et se saisit du bouquet d'hortensias séchés, tout craquant, posé dessus.

« À moins que ce ne soit elle la propriétaire à présent, ajouta-t-elle, puisque la plupart de ses proches sont décédés. »

Je m'écriai que j'étais surpris, que j'avais cru que Les Cèdres lui appartenait.

« Non, répondit-elle en fronçant les sourcils devant

les fleurs qui se cassaient en menus morceaux entre ses mains, puis elle leva la tête, d'un air presque espiègle, en pointant un petit bout de langue. Mais je fais partie des meubles, si je puis dire. »

De la chambre du Colonel nous parvint l'écho assourdi des cris de la foule et des braillements du commentateur surexcité ; quelqu'un venait de marquer un but. Ils devaient jouer dans une quasi-obscurité maintenant. Arrêts de jeu.

« Et vous ne vous êtes jamais mariée ? » enchaînai-je.

À cette question, elle m'adressa un maigre sourire et baissa de nouveau les yeux.

« Oh non, je ne me suis jamais mariée. »

Elle me décocha un bref coup d'œil, puis tourna la tête. Sur ses pommettes, les deux taches rouges étincelaient.

« Vivienne était mon amie, me confia-t-elle. Bun, je veux dire.

— Ah », fis-je.

Qu'est-ce que j'aurais pu dire d'autre ?

Elle joue du piano à présent. Schumann, *Kinderszenen*. Comme pour me rappeler le passé.

Curieux, n'est-ce pas, la manière dont elles s'incrustent dans notre esprit, ces choses auxquelles on n'a apparemment pas réfléchi. Derrière Les Cèdres, à l'endroit où l'un des angles de la maison mordait sur les touffes de gazon, sous un tuyau d'écoulement noirâtre et tordu, il y avait une barrique d'eau, qui a bien entendu disparu depuis longtemps. C'était un tonneau en bois, un vrai, un grand, aux douves noircies par les années, aux cerceaux dentelés par la rouille et au bord joliment biseauté. Il était si lisse que c'est à peine si on sentait les joints entre les douves ; c'est dire si ses pièces avaient été bien travaillées et bien conçues, mais la fibre du bois mouillé avait une texture légèrement pelucheuse, veloutée plutôt, pareille à un épi de massette, en un peu plus rugueux au toucher, et plus frais et plus mouillé. Il devait contenir je ne sais combien de dizaines de gallons, et pourtant il était presque toujours rempli à ras bord, grâce à la fréquence des pluies dans cette région, même, ou surtout, en été. Quand je baissais les yeux vers l'eau, elle me paraissait noire et épaisse comme du pétrole. Le tonneau penchait un peu et, de ce fait, la surface de l'eau formait une grosse ellipse qui tremblotait au moindre souffle et se brisait en ondes terrifiées à chaque passage de train. À cause de la présence de ce réservoir particulier, ce coin mal entretenu du jardin avait son microclimat à lui, doux et humide. Il poussait là une profusion de mauvaises herbes, des orties, des patiences, des liserons, d'autres choses dont je ne connais pas le nom, et la lumière du jour avait une teinte verdâtre, le matin en particulier. L'eau du tonneau – de l'eau de pluie – était douce ou dure, soit l'un soit l'autre, et par conséquent bénéfique pour les cheveux, le cuir chevelu ou autre chose, je ne sais pas. Et c'est là, par une splendide matinée ensoleillée, que je tombais sur Mme Grace en train d'aider Rose à se laver les cheveux.

La mémoire déteste le mouvement, elle préfère figer les éléments et, comme nombre de scènes qui me reviennent, je revois celle-ci sous la forme d'un tableau. Rose a les mains en appui sur les genoux, le buste penché, et ses cheveux dégringolent devant son visage en un long triangle noir brillant ruisselant de mousse savonneuse. Elle est pieds nus, je vois ses orteils dans l'herbe haute, et elle porte un chemisier en lin blanc d'inspiration tyrolienne, qui faisait fureur à l'époque, à manches courtes, bouffant à la taille, ajusté aux épaules et brodé sur la poitrine de motifs géométriques au point de croix, rouges et bleu de Prusse. L'encolure est largement festonnée et, dessous, je distingue nettement ses seins pendants, menus et pointus comme deux bouts de toupie. Mme Grace porte un peignoir en satin bleu et de délicats chaussons de la même couleur, ce qui apporte une touche de boudoir incongrue au jardin. Ses cheveux sont retenus en arrière par deux pinces en écaille de tortue, je crois qu'on disait des barrettes, à hauteur des oreilles. Il est manifeste qu'elle est levée depuis peu et, dans la lumière du matin, son visage a un aspect brut, grossièrement sculpté. Elle a la pose de la servante de Vermeer avec le pot à lait, la tête et l'épaule gauche penchées, une main en coupe sous la lourde masse des cheveux de Rose tandis que l'autre, serrée sur une cruche en émail écaillé, verse une grosse éclusée argent. L'eau, en tombant sur le sommet de la tête de Rose, dégage un rond de peau nue qui tremble et frémit, comme la tache de clair de lune sur la manche de Pierrot. Rose pousse de petits cris de protestation – *Hou ! Hou ! Hou !* – au contact de l'eau glacée sur son cuir chevelu.

Pauvre Rosie. Je ne parviens jamais à évoquer son nom sans l'accompagner de cette épithète. Elle avait, quoi, dix-neuf ans, vingt tout au plus. Plutôt grande, d'une minceur remarquable, la taille fine, les jambes longues, elle possédait une grâce boudeuse, soyeuse, depuis le haut de son front pâle et plat jusqu'à la pointe de ses pieds élégants et légèrement tournés en dehors. Je suppose que quelqu'un qui aurait voulu se montrer désagréable – Chloé, par exemple – aurait peut-être qualifié ses traits d'anguleux. Son nez, avec ses narines pharaoniques, en poire, était fort à la base, la peau très tendue et translucide sur l'os. Il est légèrement dévié sur la gauche, ce nez, de sorte qu'en la regardant droit dans les yeux, on a l'illusion de la voir et de face et de profil, comme un des portraits tarabiscotés de Picasso. Ce défaut, loin de la faire paraître mal proportionnée, renforçait encore le caractère profondément expressif de son visage et sa beauté intérieure. Au repos, quand elle n'avait pas conscience d'être espionnée – quel petit espion je faisais ! –, elle penchait beaucoup la tête, les paupières masquant en partie les yeux et le menton – avec sa discrète fossette – plaqué contre l'épaule. Dans ces moments-là, elle ressemblait à une madone de Duccio, mélancolique, lointaine, oublieuse d'elle-même, rêvant sombrement à tout ce qui allait arriver, à tout ce qui, pour elle, n'allait pas arriver.

Des trois personnages centraux du triptyque blanchi par le sel de cet été-là, c'est elle bizarrement qui apparaît avec le plus de netteté sur la paroi de ma mémoire. Je crois que c'est parce que les deux premiers personnages du tableau, je fais allusion à Chloé et à sa mère, sont de mon fait alors que Rose a été réalisée par une autre main, inconnue. Je ne cesse de m'approcher d'elles, des deux Grace, tantôt la mère, tantôt la fille, d'appliquer une touche de couleur ici, d'estomper un détail là, et le résultat de ce travail sans recul, c'est que je ne les vois pas avec netteté, mais de manière floue, même quand je m'éloigne de quelques pas pour juger de mon œuvre. Mais Rose, Rose est un portrait achevé, Rose est finie. Cela ne signifie pas qu'elle était plus réelle ni qu'elle comptait plus pour moi que Chloé ou sa mère, pas du tout, seulement c'est elle que je peux visualiser avec le plus de clarté. Ça n'est pas lié au fait qu'elle soit encore là, parce que cette version d'elle a tellement changé qu'elle en est presque méconnaissable. Je la revois avec ses escarpins, son pantalon noir ultraléger et sa chemise dans un ton de cramoisi – elle devait avoir d'autres tenues, mais c'est celle-ci qu'elle porte dans presque tous mes souvenirs –, posant au milieu de diverses babioles, les traditionnels accessoires de studio, un rideau terne, un chapeau de paille poussiéreux avec un ruban orné d'une fleur, un pan de mur moussu sans doute en carton-pâte et, dans un coin en haut, une porte terre de Sienne où, mystérieusement, des ombres accusées cèdent la place au flamboiement or blanc d'un vide lumineux. Pour moi, sa présence n'était pas aussi marquante que celles de Chloé ou de Mme Grace, comment aurait-ce été possible, pourtant, avec ses cheveux noirs comme la nuit et cette peau blanche dont la lumière la plus vive ou la brise marine la plus rude paraissaient incapables de souiller le poudroiement épanoui, quelque chose la singularisait.

Elle était, je suppose, ce que, à l'époque, je veux

dire, à une époque antérieure encore à celle que j'évoque, on aurait appelé une gouvernante. Une gouvernante aurait néanmoins disposé de quelques modestes sphères de pouvoir, alors que cette pauvre Rosie était impuissante devant les jumeaux et leurs parents insouciants. Pour Chloé et Myles, elle était l'ennemi désigné, la cible de leurs blagues les plus cruelles, un objet de ressentiment qu'ils ne cessaient de tourner en ridicule. Ils la traitaient de deux façons différentes. Soit ils jouaient l'indifférence, comme si elle leur était invisible, soit ils soumettaient tout ce qu'elle disait ou faisait, même les choses les plus insignifiantes, à d'infinies critiques et contestations. Ils la suivaient quand elle allait et venait dans la maison, la serraient de près, observaient ses moindres gestes – lorsqu'elle reposait une assiette, qu'elle choisissait un livre, qu'elle essayait de ne pas se regarder dans la glace –, comme s'ils reflétaient le comportement le plus bizarre et le plus incompréhensible qu'ils aient jamais vu. Elle les ignorait aussi longtemps qu'elle le pouvait, mais finissait par se fâcher, rouge et tremblante, et les implorait, je vous en prie, je vous en prie, de la laisser tranquille, en veillant à ce que sa voix ne dépasse pas le niveau sonore du murmure angoissé, de crainte que les Grace aînés n'entendent qu'elle avait perdu le contrôle d'elle-même. C'était exactement la réaction que les jumeaux avaient escomptée, bien sûr, et, du coup, ils la pressaient encore un peu plus, scrutaient avidement son visage en feignant l'étonnement, puis Chloé la bombardait de questions – Qu'est-ce qu'il y avait eu dans son assiette ? Et ce livre, il était bien ?

Pourquoi ne voulait-elle pas se regarder dans la glace – jusqu'à ce que les larmes lui montent aux yeux, que sa bouche se torde de chagrin et de rage impuissante et, là, tous deux s'enfuyaient en riant diaboliquement, ravis.

Je découvris le secret de Rose un samedi après-midi où j'allais chercher Chloé. Juste comme j'arrivais aux Cèdres, celle-ci partait en ville en voiture avec son père. Je m'arrêtai au portail. On avait décidé d'aller jouer au tennis – se pouvait-il qu'elle ait oublié ? Bien sûr. J'en fus consterné ; être abandonné ainsi un samedi après-midi où il n'y avait rien à faire n'était pas quelque chose que je pouvais prendre à la légère. Myles, qui ouvrait les grilles pour son père, nota ma consternation et sourit en digne farfadet qu'il était. Derrière le pare-brise, M. Grace m'observa attentivement, puis pencha la tête vers Chloé et lui dit quelque chose ; lui aussi souriait. À présent, même la journée, fraîche et radieuse, semblait exsuder la dérision et une hilarité généralisée. M. Grace appuya vivement sur l'accélérateur et la voiture, pétaradant bruyamment de l'arrière-train, bondit en avant sur les gravillons, de sorte que je dus m'écarter prestement du passage – s'ils ne partageaient rien d'autre, mon père et Carlo Grace avaient en commun un sens de l'humour méchamment taquin – et, par la fenêtre côté passager, Chloé, le visage flou derrière la vitre, me regarda en fronçant les sourcils avec étonnement, comme si elle venait de s'apercevoir de ma présence, ce qui, à ma connaissance, n'était pas le cas. J'agitai la main, avec toute l'indifférence que je pus afficher, tandis qu'elle souriait, la bouche tombante, avec une expression de tristesse feinte et qu'elle haussait les épaules jusqu'aux oreilles en un signe d'affliction exagéré. Le véhicule ayant ralenti pour permettre à Myles de monter, elle approcha son visage de la glace pour me dire quelque chose que je n'entendis pas en levant la main avec une solennité curieuse, comme en une sorte de bénédiction, et que pus-je faire, sinon sourire et hausser les épaules à mon tour, puis la saluer de nouveau tandis qu'elle s'éloignait dans un nuage de gaz d'échappement, avec, dans la vitre arrière, la tête de Myles, apparemment tranchée, qui m'adressait un sourire malveillant.

La maison semblait déserte. Je passai devant la porte d'entrée et descendis jusqu'à la rangée d'arbres en diagonale marquant la limite du jardin. Au-delà, il y avait la voie de chemin de fer, garnie de plaques biscornues de schiste argileux bleu et distillant sa puanteur méphitique de cendres et de méthane. Les arbres, trop rapprochés les uns des autres, étaient étiolés, déformés, et leurs branches les plus hautes décrivaient des mouvements furieusement désordonnés et confus, comme s'ils levaient les bras au ciel. C'était quoi ? Pas des chênes – des sycomores peut-être. Je n'eus pas le temps de faire ouf que je m'élançais à l'assaut de celui du milieu. Ça ne me ressemblait pas, je n'étais ni audacieux ni aventureux et j'avais, j'ai toujours, le vertige. Néanmoins, je grimpai de plus en plus, une main, un pied, un pied, une main, de branche en branche. Cette escalade se révéla d'une facilité grisante, en dépit du feuillage autour de moi qui protestait avec des sifflements scandalisés et des petites branches qui me giflaient, et je ne tardai pas à me retrouver aussi près de la cime que possible. Là, je m'accrochai avec une intrépidité de matelot à califourchon sur les gréements, le pont de la terre roulant gentiment en dessous de moi tandis qu'au-dessus le ciel bas, d'un gris perle terni, me paraissait à portée de main. À cette hauteur, le vent formait un flux d'air compact, constant, et fleurait les choses du terroir, la terre, la fumée et les animaux. Je voyais les toits de la ville à l'horizon et, plus loin et plus haut, tel un mirage, un minuscule navire argent, immobile, sur une mer pâle. Un oiseau se posa sur une petite branche, me considéra avec stupeur et repartit avec un pépiement offensé. Triomphant et débordant d'une joie insensée à l'idée d'être si haut et si loin de tout, j'avais oublié l'oubli de Chloé et ne remarquais pas Rose, jusqu'au moment où je l'entendis sangloter, à mes pieds.

Les épaules voûtées et les coudes pressés contre les flancs, comme pour rester droite, elle se tenait sous l'arbre voisin de celui qui me servait de perchoir. Ses doigts nerveux serraient un mouchoir roulé en boule mais sa façon de pleurer au milieu des brises murmurantes de l'après-midi relevait tellement du roman sentimental que je commençai par croire qu'il devait s'agir d'une lettre d'amour froissée et non d'un mouchoir. Qu'elle paraissait bizarre, réduite à un disque irrégulier d'épaules et de tête – la raie dans ses cheveux avait la même nuance blanc cassé que son mouchoir trempé – et lorsqu'elle se tourna précipitamment en entendant un bruit de pas, elle oscilla un bref instant, telle une quille que la boule n'a fait qu'effleurer. Tête basse, bras croisés et plaqués contre les seins, mains aux épaules, Mme Grace approchait sur le sentier tracé dans l'herbe sous la corde à linge. Elle était pieds nus et portait un short et une des chemises blanches de son mari, beaucoup trop grande pour elle, qui la flattait. Elle s'arrêta à quelques pas de Rose et demeura un moment silencieuse, pivotant d'un quart de cercle d'un côté puis de l'autre, sans changer de place et en gardant les mains sur les épaules, à croire que, à l'égal de Rose, elle s'efforçait de rester droite, comme si elle-même était une enfant qu'elle aurait bercée dans ses bras.

« Rose, dit-elle d'un ton enjoué et enjôleur, oh, Rose, qu'est-ce qu'il y a ? »

La tête braquée vers les champs, Rose émit un grognement liquide qu'on aurait pu prendre pour un rire mais qui n'en était pas un.

« Qu'est-ce qu'il y a ? répéta-t-elle, la voix s'emballant dans les aigus du dernier mot avant de retomber. Qu'est-ce qu'il y a ? »

Indignée, elle se moucha sur le bord de son mouchoir chiffonné et termina par un reniflement qui fit valdinguer la masse de ses cheveux en arrière. Même de mon angle de vue, je m'aperçus que Mme Grace souriait et se mordait la lèvre. Loin derrière moi retentit un sifflement strident. Venu de la ville, le train de l'après-midi, avec sa locomotive d'un noir mat et sa demi-douzaine de wagons en bois verts, arrivait lourdement sur nous, pareil à un gros jouet déchaîné, et soufflait d'épais ronds de fumée blanche à travers champs. Mme Grace approcha sans bruit et posa le bout du doigt sur le coude de Rose, mais celle-ci se déroba avec brusquerie comme si ce contact l'avait brûlée. Une rafale de vent plaqua la chemise de Mme Grace contre son corps et révéla clairement les courbes de ses seins plantureux.

« Oh, arrête maintenant, Rosie », lui dit-elle d'un ton toujours aussi enjôleur.

Elle réussit cette fois à glisser la main au creux du bras de la jeune fille, la tira avec douceur à plusieurs reprises et l'obligea à se retourner, malgré sa raideur et sa mauvaise volonté, ensuite de quoi elles s'éloignèrent sous les arbres. Rose, intarissable, avançait et trébuchait tandis que Mme Grace, toujours tête basse, donnait l'impression de ne rien dire ou presque ; à en juger par ses épaules voûtées et la manière dont elle traînait des pieds, j'avais dans l'idée qu'elle réprimait une forte envie de rire. Parmi les paroles hoquetantes et chevrotantes de Rose, les seules que je surpris furent *amour*, *idiot* et *M. Grace*, et des réponses de Mme Grace, je n'entendis qu'une exclamation : *Carlo*, suivie d'un cri incrédule. Soudain le train arriva et fit vibrer le tronc de l'arbre entre mes cuisses ; au passage de la locomotive, je jetai un regard vers la cabine et vis distinctement et brièvement le blanc d'un œil levé vers moi sous un front noir de suie et brillant. Quand je reportai mon attention vers elles, les deux femmes s'étaient immobilisées et se faisaient face dans l'herbe haute, Mme Grace, souriante et une main sur l'épaule de Rose, qui, les narines cramoisies, frottait ses yeux larmoyants à deux mains. Là-dessus, un panache de fumée m'arriva brutalement en pleine figure et m'aveugla ; lorsqu'il se fut dissipé, elles remontaient le sentier menant à la maison.

Voici donc ce qu'il en était. Rose était éperdue d'amour pour le père des enfants dont elle était responsable. C'était la vieille rengaine, encore que je ne voie pas en quoi elle ait pu être vieille pour moi qui étais si jeune. Qu'est-ce que j'ai pensé, qu'est-ce que j'ai ressenti ? Ce que je me rappelle le plus nettement, c'est le mouchoir roulé en boule dans les mains de Rose et le filigrane bleu des varices naissantes sur les gros mollets de Mme Grace. Et la locomotive à vapeur, bien sûr, qui, ayant fini par s'arrêter en cliquetant à la gare, bouillait, suffoquait, tandis que ses dessous d'une complexité fascinante lâchaient des jets d'eau brûlante pendant qu'elle attendait impatiemment de repartir. Que sont les êtres vivants comparés à la force increvable des simples choses ?

Lorsque Rose et Mme Grace eurent disparu, je descendis de l'arbre, affaire autrement plus compliquée que l'escalade ne l'avait été, passai sans bruit devant la bâtisse silencieuse et aveugle et attrapai Station Road dans la lumière d'étain brillant de cet après-midi désœuvré. Le train avait quitté la gare et était déjà ailleurs, ailleurs pour de bon.

Bien entendu, je ne perdis pas de temps pour faire part de ma découverte à Chloé. Elle ne réagit pas du tout comme je l'avais escompté. En réalité, elle commença par se montrer choquée, mais adopta vite un air sceptique et même fâché, je veux dire fâché contre moi, à cause de ma déclaration. Cela me déconcerta. J'avais cru qu'elle accueillerait mon compte rendu de la scène sous les arbres avec un gloussement ravi, ce qui m'aurait alors permis de traiter cette histoire comme une blague, alors que, là, j'étais contraint de l'examiner sous un jour plus grave, une lumière plus sombre. Une lumière sombre, vous imaginez ça ? Mais pourquoi une blague ? Parce que le rire, pour les jeunes, est une force neutralisante et qu'il muselle les peurs extrêmes ? Face au gouffre qui nous séparait du monde des adultes, Rose, qui avait pourtant près du double de notre âge, se trouvait encore de notre côté. C'était assez déplaisant d'avoir à les imaginer, eux, les vrais adultes, dans leurs furtifs ébats, mais l'idée que Rose cabriole avec un homme de l'âge de Carlo Grace – cette bedaine, cette bosse dans la culotte, ce torse hérissé de poils grisonnants – s'avérait pratiquement insupportable pour une sensibilité aussi délicate, aussi verte que la mienne l'était encore. Avait-elle déclaré sa flamme à M. Grace ? En avait-il fait autant ? Les images, qui défilaient devant moi, de la pâle Rose prisonnière de l'étreinte brutale de son satyre, m'excitaient autant qu'elles m'inquiétaient. Et Mme Grace ? Avec quel calme, quelle légèreté, quel amusement même, n'avait-elle pas entendu la confession que Rose avait étourdiment lâchée. Pourquoi n'avait-elle pas arraché les yeux de la jeune fille de ses griffes vermillon, étincelantes ?

Et puis il y avait les amants eux-mêmes. Je m'émerveillais de l'aisance, de l'effronterie paisible avec lesquelles ils cachaient tout ce qui se passait entre eux. L'insouciance même de Carlo Grace m'apparaissait à présent comme la marque d'un dessein criminel. Qui, sinon un cruel séducteur, pouvait rire et blaguer ainsi, le menton pointé en avant pour mieux gratter d'un geste vif sa barbe grisonnante avec de forts crissements d'ongles ? Le fait qu'en public il ne prête pas plus attention à Rose qu'à n'importe qui d'autre sur son chemin n'était qu'un signe supplémentaire de sa duplicité et de son habileté à dissimuler. Rose n'avait qu'à lui remettre son journal, il n'avait qu'à l'accepter pour que mon œil furieusement vigilant y voie un échange clandestin, indécent. Maintenant que je connaissais sa turpitude secrète, l'amabilité et la timidité de Rose en présence de M. Grace me paraissaient s'apparenter au comportement d'une nonne débauchée et, dans mes imaginations les plus folles, des images me présentaient ses pâles formes miroitantes unies à lui en un obscur et grossier accouplement et j'entendais les beuglements sourds de M. Grace et les muets gémissements de plaisir interdit de Rose.

Qu'est-ce qui l'avait poussée à se confesser, et à l'épouse de son bien-aimé en plus ? Et qu'avait-elle pensé, cette pauvre Rosie, la première fois où son regard était tombé sur la formule que Myles avait gribouillée à la craie sur les piliers du portail et sur le sentier de l'autre côté dudit portail – *RV aime CG* – et sur le dessin rudimentaire l'accompagnant : un torse de femme, deux cercles avec un point au centre, deux courbes pour les flancs et, en dessous, une parenthèse enfermant un petit trait vertical en forme d'estafilade ? Elle avait dû rougir, oh, elle avait dû sentir ses joues la cuire. Elle avait cru que c'était Chloé, et non moi, qui l'avait découverte d'une façon ou d'une autre. Aussi curieux que cela puisse paraître, ce ne fut pourtant pas le pouvoir de Chloé sur Rose qui se trouva renforcé, mais le contraire, du moins en apparence. L'œil de la gouvernante avait à présent une lueur nouvelle, plus dure, quand il se posait sur la fillette, et la fillette, à ma grande surprise, à ma grande perplexité, semblait intimidée devant ce regard, comme jamais auparavant. Quand je repense à elles ainsi, l'une à l'affût, l'autre apeurée, je ne peux que me demander si ce qui s'est passé le jour de la drôle de marée ne découlait pas en un sens de la révélation de la secrète passion de Rose. Après tout, je suis un spécialiste du mélodrame, pourquoi serais-je moins sensible qu'un autre au joli coup de théâtre qu'exige la conclusion d'un récit ?

La mer remonta la plage jusqu'aux pieds des dunes, comme si elle débordait. Assis tous les trois côte à côte, Chloé, Myles et moi, le dos contre les planches grises écaillées de la cabane abandonnée du gardien, tout près du premier tee du golf, on contemplait en silence la progression régulière des eaux. On avait nagé, mais on était sortis, mal à l'aise devant cette marée étale, incontrôlable, et le calme sinistre avec lequel elle revenait inlassablement à la charge. Le ciel disparaissait derrière un brouillard blanc au milieu duquel était fiché un disque de soleil, immobile et or pâle. Les mouettes décrivaient des descentes en piqué, en criaillant. Il n'y avait pas un souffle d'air. Pourtant, je revois distinctement les brins d'oyat dans le sable tous ceints, sur le devant, d'un demi-cercle net, ce qui suggère qu'il y avait du vent ou, du moins, une brise. Peut-être était-ce un autre jour, le jour où j'ai remarqué que les herbes affichaient cette demi-bordure sablonneuse. Chloé était en maillot, un cardigan blanc sur les épaules.

Ses cheveux mouillés, plaqués contre son crâne, paraissaient foncés. Dans cette lumière laiteuse dénuée d'ombres, les traits de son visage n'avaient quasiment rien de saillants, et elle et Myles, à côté, se ressemblaient autant que les profils de deux pièces de monnaie. En contrebas, dans un creux au milieu des dunes, Rose était allongée sur une serviette de plage, les mains derrière la nuque, et paraissait endormie. L'écume de la mer était à moins d'un mètre de ses talons. Chloé la regarda, en souriant intérieurement :

« Peut-être qu'une vague va l'emporter », marmonna-t-elle.

Ce fut Myles qui ouvrit la porte de la cabane en tournant le cadenas jusqu'à ce que les vis cèdent et que l'ensemble lui reste dans la main. L'intérieur abritait une pièce minuscule, vide, qui empestait la vieille pisse. Il y avait un banc en bois le long d'un des murs et, au-dessus, une petite fenêtre au cadre intact, mais dont les carreaux avaient depuis longtemps disparu. Chloé se mit à genoux sur le siège, le visage dans l'encadrement de la fenêtre, les coudes sur le rebord. Je m'assis d'un côté d'elle, Myles de l'autre. Pourquoi est-ce que je pense que notre pose avait quelque chose d'égyptien, Chloé à genoux, le regard tourné vers l'extérieur, Myles et moi sur le banc, face à la pièce ? Est-ce parce que je suis en train de compiler un Livre des morts ? Elle était le Sphinx et nous, ses prêtres. Le silence régnait, à part les criailleries des mouettes.

« J'espère qu'elle va se noyer, dit Chloé, toujours à sa place, et elle partit d'un de ses petits rires aigus et sardoniques. J'espère bien – hi hi hi –, je la déteste. »

Dernières paroles. C'était le petit matin, juste avant l'aube, quand Anna reprit connaissance. Je n'aurais pas pu dire si j'étais réveillé ou si je rêvais que je l'étais. Les nuits que j'avais passées, affalé dans le fauteuil à côté de son lit, avaient regorgé d'hallucinations d'une banalité curieuse, semi-rêves où je lui préparais un repas, parlais d'elle à des gens que je n'avais encore jamais vus, marchais simplement avec elle dans des rues sombres, quelconques, où, enfin moi, je marchais alors qu'elle était dans le coma à mes côtés mais réussissait malgré tout à avancer et à se caler sur mon allure, allez savoir comment, qu'elle glissait sur de l'air solide dans son cheminement vers le Champ des Roseaux. En se réveillant, elle tourna la tête sur l'oreiller humide et, le visage empreint de stupeur et de méfiance, me regarda en ouvrant de grands yeux dans le miroitement sous-marin de la lumière de la nuit. Je crois qu'elle ne me reconnaissait pas. Moi, j'éprouvai cette sensation paralysante, mi-émerveillement mi-inquiétude, qui submerge celui qui se retrouve soudain seul face à une bête sauvage. Je sentis mon cœur battre à coups sourds, liquides, comme s'il sautait lourdement une interminable série d'obstacles identiques. Anna toussa, dans un bruit d'os qui s'entrechoquent. Je compris que c'était la fin. J'eus la sensation de ne pas être à la hauteur du moment et eus envie d'appeler à l'aide. Infirmière, infirmière, venez vite, ma femme me quitte ! Je n'arrivais pas à réfléchir, on aurait juré que j'avais le cervelet aplati sous les ruines de ma boîte crânienne. Anna continuait à me regarder fixement, toujours surprise, toujours soupçonneuse. Au loin, dans le couloir, quelqu'un d'invisible lâcha quelque chose qui s'écrasa par terre avec fracas, et le bruit parut la rassurer. Peut-être crut-elle que j'avais dit quelque chose, et peut-être crut-elle l'avoir compris, car elle hocha la tête, mais avec impatience, comme pour me dire : *Non, tu te trompes, ce n'est pas du tout ça !* Elle tendit la main et la referma tel un étau sur mon poignet. Cette prise simiesque, elle me tient encore. Saisi d'une sorte de panique, je me levai de ma chaise, avançai gauchement et m'agenouillai tant bien que mal à côté du lit, pareil à un fidèle tombé en adoration devant une apparition. Anna n'avait pas lâché mon poignet. Je plaquai mon autre main sur son front et eus l'impression de sentir son esprit, fébrilement à l'œuvre derrière, qui déployait un ultime et prodigieux effort pour penser sa dernière pensée. Dans la vie, l'avais-je jamais regardée avec une attention aussi pressante que celle avec laquelle je la regardais à présent ? Comme si ce regard à lui seul allait la retenir, comme si elle n'allait pas pouvoir s'en aller tant que mon œil ne se déroberait pas. Elle haletait, doucement, lentement, tel un coureur à pied qui s'arrête alors qu'il lui reste des kilomètres à parcourir. Elle avait une haleine sèche un peu désagréable qui rappelait les fleurs fanées. Je bredouillai son nom, mais elle se contenta de fermer les yeux brièvement, dédaigneusement, comme si je savais bien qu'elle n'était plus Anna, qu'elle n'était plus personne, puis elle les rouvrit et me fixa de nouveau, plus durement que jamais, sans surprise cette fois mais avec une sévérité impérieuse, m'adjurant d'entendre, d'entendre et de comprendre ce qu'elle avait à dire. Elle lâcha mon poignet et ses doigts tâtonnèrent un bref instant sur le lit, à la recherche de quelque chose. Je lui pris la main. Je perçus le frémissement du pouls à la base de son pouce. Je lui dis deux ou trois mots, des imbécillités du style *Ne t'en va pas* ou *Reste avec moi*, mais elle refit un non impatient et m'obligea à m'approcher.

« Ils arrêtent les horloges, me confia-t-elle, dans un filet de voix de conspirateur. J'ai arrêté le temps. »

Elle hocha la tête en un geste solennel, entendu, et sourit aussi, je jurerais que c'était un sourire.

Ce fut le mouvement preste et brusque dont Chloé, toujours à genoux, se débarrassa de son cardigan qui m'incita, qui m'autorisa à poser la main sur sa cuisse. Sa peau était fraîche et elle avait la chair de poule, mais je devinais le sang chaud massé juste sous la surface. Elle ne réagit pas à ma caresse, continua à regarder ce qu'elle regardait – toute cette eau peut-être, ce flux lent et inexorable – et prudemment je risquai la main plus haut jusqu'à ce que je touche l'élastique tendu de son maillot de bain. Puis le cardigan, qui m'avait atterri dessus, glissa et tomba par terre, m'évoquant je ne sais quoi, une gerbe de fleurs qu'on aurait lâchée peut-être ou la chute d'un oiseau. Je serais resté assis ainsi, la main sous ses fesses, le cœur battant une mesure syncopée et les yeux rivés sur le trou dans le bois du mur en face, si elle n'avait pas, dans un bref mouvement convulsif, déplacé un tout petit peu son genou sur le banc et ouvert ses cuisses à mes doigts stupéfaits. L'entrejambe doublé de son maillot ruisselait d'eau de mer, laquelle me parut bouillante. Mes doigts n'avaient pas plus tôt trouvé Chloé qu'elle serra de nouveau les cuisses en me piégeant la main. Pareils à d'infimes courants électriques, des frissons la parcoururent de la tête aux pieds et convergèrent vers son ventre ; d'une torsion, elle se libéra alors de moi et je crus que c'était terminé, mais je me trompais. Elle se retourna rapidement et, toute dégingandée, s'assit à côté de moi en se tortillant, puis me présenta son visage en m'offrant ses lèvres froides et sa bouche brûlante à embrasser. Les bretelles de son maillot étaient nouées sur sa nuque et, sans détacher sa bouche de la mienne, elle leva la main, défit le nœud et tira sur le tissu mouillé qu'elle abaissa jusqu'à sa taille. Sans cesser de l'embrasser, j'inclinai la tête et, de l'œil qui pouvait voir, lorgnai derrière son oreille la ligne de son dos jusqu'à la naissance de son derrière étroit avec la fente là, couleur d'un couteau en acier brillant. D'un geste impatient, elle se saisit de ma main et la plaqua contre le renflement tout juste perceptible d'un de ses seins, au bout glacé et dur. De l'autre côté, Myles, paupières closes et jambes mollement écartées devant lui, appuyait la tête contre le mur. Chloé chercha sa main en tâtonnant, la trouva, paume ouverte sur le banc, et s'en saisit. En même temps, sa bouche se crispa contre la mienne et je perçus vaguement le gémissement à peine audible qui montait de sa gorge.

Je n'entendis pas le bruit de la porte qui s'ouvrait, remarquai seulement que la lumière de la pièce avait changé. Chloé se raidit contre moi, puis tourna la tête avec vivacité et dit quelque chose, un mot que je ne compris pas. Rose était apparue sur le seuil. Elle était en maillot mais portait ses chaussures noires, ce qui faisait paraître ses longues jambes blanches et maigres encore plus longues, encore plus blanches et encore plus maigres. Une main sur la porte et l'autre sur le chambranle, et comme malmenée par deux puissantes rafales, dont l'une la refoulait de l'intérieur de la cabane tandis que l'autre la poussait dans le dos, elle me rappelait quelque chose, mais quoi ? je n'en avais pas idée. Chloé remonta à la hâte le devant de son maillot et rattacha les bretelles sur sa nuque en répétant furieusement entre ses dents ce fichu mot que je n'arrivais pas à comprendre – était-ce le prénom de Rose ou juste une imprécation ? –, puis, vive comme un renard, elle se coula sous le bras de Rose, franchit la porte et détala.

« Revenez ici, mademoiselle ! cria Rose, la voix cassée. Revenez immédiatement ici ! »

Là-dessus, elle lança un regard dans ma direction, un regard plus désolé que fâché, remua la tête, tourna les talons et s'éloigna avec une raideur de cigogne sur ces jambes blanches pareilles à des échasses. Myles, toujours affalé à côté de moi, émit un ricanement sardonique. Je le dévisageai avec des yeux ronds. Il m'avait semblé qu'il avait parlé.

Tout ce qui s'ensuivit, je le revois en miniature, sur une sorte de camée ou un de ces panoramas qu'on contemplait d'une position un peu surélevée, et sur lesquels les peintres dépeignaient au second plan le déroulement d'un événement avec tant d'infimes détails que le spectateur les remarquait à peine parmi les ors et les bleus de la mer et du ciel. Je m'attardai un moment sur le banc, afin de reprendre mes esprits. Myles, qui attendait de voir ce que j'allais faire, m'observait. Quand je sortis de la cabane, Chloé et Rose, face à face sur le petit demi-cercle sablonneux plus bas, entre les dunes et l'eau, s'invectivaient. Je n'entendis pas ce qu'elles se disaient. Puis Chloé s'écarta et se mit à taper du pied furieusement en tournant sur elle-même comme si elle barattait le sable. Elle piétina la serviette de Rose. Ce n'est qu'un effet de mon imagination, je sais, mais je vois les vaguelettes lécher avidement ses talons avec des clapotis. Enfin, après avoir poussé un dernier cri et fait un drôle de geste tranchant de la main et de l'avant-bras, elle avança jusqu'à la limite des vagues où, les jambes en ciseaux, elle se laissa choir lourdement et resta là, les cuisses ramenées contre la poitrine, les bras autour des genoux et le visage levé vers l'horizon. Les mains sur les hanches, Rose fixa son dos d'un œil noir, mais, voyant qu'elle n'obtiendrait pas la moindre réaction, elle ramassa furieusement ses affaires en coinçant serviette, livre et bonnet de bain dans la pliure de son bras, dans le style de la poissonnière qui balance ses poissons dans un panier. Ensuite, Myles arriva derrière moi et, une seconde plus tard, il me dépassa en un sprint effréné : on aurait cru qu'il faisait la roue et non qu'il courait. Quand il rejoignit Chloé, il s'assit à côté d'elle, passa le bras autour de ses épaules et appuya la tête contre la sienne. Rose s'interrompit et les regarda, blottis l'un contre l'autre, dos au monde, sans trop savoir que faire. Là-dessus, ils se relevèrent calmement et entrèrent dans l'eau, véritable nappe d'huile où ils ne firent presque pas de ride, puis se penchèrent à l'unisson et partirent lentement à la nage, leurs deux têtes dansant sur la houle blanchâtre, loin, de plus en plus loin.

On les suivit du regard, Rose et moi, elle serrant ses affaires contre elle, moi, juste debout. Je ne sais pas ce que je pensais, je ne me souviens pas d'avoir pensé à quoi que ce soit. Il y a des moments comme ça, trop rares, où l'esprit se vide, et c'est tout. Ils étaient très loin, maintenant, tous les deux, si loin qu'ils formaient deux points clairs entre le ciel clair et la mer encore plus claire, puis l'un des points disparut. Après, tout alla très vite, je veux dire, de ce qu'on en vit. Une éclaboussure, un peu d'eau blanche, plus blanche que le reste alentour, puis rien, le monde indifférent se referma sur eux.

Un cri retentit : on se retourna, Rose et moi, et on vit un bonhomme au visage large et rougeaud, aux cheveux gris très court, qui descendait les dunes en levant haut les pieds dans le sable glissant et se précipitait vers nous avec une hâte cocasse. Il portait une chemise jaune, un pantalon kaki, des chaussures bicolores et brandissait une canne de golf. Il se peut que j'aie inventé les chaussures. Cela dit, je suis certain qu'il avait un gant – une mitaine marron clair et avec une multitude de petits trous sur le dos – à la main droite, celle qui tenait la canne de golf ; pourquoi est-ce ce gant en particulier qui a retenu mon attention ? Je n'en ai pas idée. Le bonhomme beuglait qu'il fallait que quelqu'un aille chercher les maîtres nageurs. Il avait l'air extrêmement fâché et agitait sa canne à la façon d'un guerrier Zoulou armé d'une massue. Les Zoulous, des massues ? Je veux peut-être parler de sagaies ? Pendant ce temps, son caddy – un nabot émacié, sans âge, veste en tweed boutonnée et casquette également en tweed –, resté sur le haut du talus, chevilles croisées, s'appuyait négligemment sur le sac de golf et contemplait la scène à ses pieds avec une expression sardonique. Ensuite, un jeune homme aux muscles hypertrophiés et moulé dans un maillot de bains bleu apparut, je ne sais d'où, il semblait surgi de l'air, plongea sans préambule dans les flots et s'éloigna rapidement avec des mouvements fermes, efficaces. Quant à Rose, serrant toujours contre son sein la serviette, le livre et le bonnet de bain, elle allait et venait au bord de l'eau, trois pas dans un sens, stop, demi-tour, trois pas dans l'autre sens, stop, demi-tour, telle la pauvre Ariane saisie de folie sur le rivage de Naxos. Au bout d'un moment, le prétendu sauveteur revint, sortit de la mer étale et se dirigea vers nous de la démarche assurée et lasse des nageurs, en faisant non du chef et en reniflant. Rien à faire, déclara-t-il, rien à faire. Rose laissa échapper un cri, une sorte de sanglot, et remua la tête très très vite, et le golfeur la foudroya du regard. Puis ils se rapetissèrent tous derrière moi, car je m'étais mis à courir, j'essayais de courir, sur la plage en direction de Station Road et des Cèdres. Pourquoi n'ai-je pas coupé par les jardins du Golf Hotel et la route où le parcours aurait été beaucoup plus facile ? Mais je n'avais pas envie que le parcours soit plus facile. Je n'avais pas envie d'arriver là où j'allais. Souvent, dans mes rêves, je reviens sur ces lieux, je bataille dans ce sable qui me résiste toujours plus, si bien que j'ai l'impression d'avoir les pieds taillés dans un matériau massif et friable. Qu'est-ce que je ressentais ? Essentiellement, je pense, un respect écrasant, un respect de moi, je veux dire, qui avais connu deux créatures vivantes, lesquelles étaient à présent, constat aussi soudain qu'ahurissant, mortes. Mais est-ce que je les croyais vraiment morts, Myles et Chloé ? Dans mon esprit, ils évoluaient bras dessus bras dessous, très droits et en suspens dans un vaste espace lumineux où, les yeux béants, ils contemplaient gravement d'infinies profondeurs de lumière.

Apparut enfin le portail en métal vert, la voiture sur les gravillons et la porte d'entrée grande ouverte, comme souvent. Dans la maison, tout était paisible et silencieux. Je traversai les pièces comme si j'étais moi-même un personnage en air, un esprit à la dérive, un Ariel libéré et désemparé. Je trouvai Mme Grace au salon. À contre-jour dans la lumière laiteuse de l'après-midi, elle se tourna vers moi en portant la main à sa bouche. À part le bourdonnement soporifique de l'été dehors, tout se déroule dans le silence le plus total. Puis Carlo Grace entra en disant :

« Saleté de truc, on jurerait que... »

Il s'arrêta lui aussi et on se retrouva donc tous les trois, silencieux et immobiles, à la fin.

Est-ce que c'était bien fait ?

C'est la nuit, et tout est très calme, on croirait qu'il n'y a personne, même pas moi. Je n'entends pas la mer qui, en d'autres nuits, gronde et rugit, tantôt proche et rauque, tantôt lointaine et à peine audible. Je n'ai pas envie d'être seul comme ça. Pourquoi n'es-tu pas revenue me hanter ? C'est le moins que j'aurais attendu de ta part. Pourquoi ce silence, jour après jour, nuit après nuit, interminable ? On dirait un brouillard, ton silence. Il a commencé par une tache indistincte à l'horizon et, tout de suite après, on s'est retrouvés en pleine purée de pois, aveuglés, trébuchants, cramponnés l'un à l'autre. Il s'est levé après la consultation chez M. Todd, en sortant du cabinet, quand on a déboulé dans le parking désert, où il y avait toutes ces machines bien alignées, lisses comme des marsouins, qui ne faisaient pas le moindre bruit, et plus trace de la jeune femme dont les talons hauts claquaient sur l'asphalte un peu plus tôt. Puis notre maison bouleversée s'était enfermée dans son silence à elle, et ensuite il y avait eu les couloirs silencieux des hôpitaux, les chambres aux conversations étouffées, les salles d'attente et enfin l'ultime chambre. Renvoie-moi ton fantôme. Tourmente-moi, si ça te plaît. Agite tes chaînes, balaie le sol de ton linceul avec un zèle de *banshee*, de fée annonciatrice de la mort, n'importe quoi. Ça me ferait un fantôme.

Où est mon biberon ? J'ai besoin de mon biberon de grand bébé. Mon calmant.

Mlle Vavasour me jette un regard compatissant. Je blêmis. Elle connaît les questions que je veux lui poser, les questions que je brûle de lui soumettre depuis mon arrivée ici, mais que je n'ai jamais eu le courage de formuler. Ce matin, quand elle m'a vu les répéter en silence une fois encore, elle a fait non de la tête, pas méchamment.

« Je ne peux pas vous aider, m'a-t-elle lancé en souriant. Vous devez le savoir. »

Pourquoi devrais-je le savoir ? J'en sais si peu dans tant de domaines. On est assis au salon, devant la fenêtre en saillie, comme souvent. Dehors, il fait un temps radieux et froid, c'est notre premier jour d'hiver. Le tout au présent historique. Mlle Vavasour raccommode quelque chose qui ressemble étonnamment à une des chaussettes du Colonel. Elle est armée d'un gadget en bois en forme de gros champignon, sur lequel elle tend le talon troué qu'elle ravaude. Je trouve ça reposant de la regarder accomplir cette tâche immémoriale. J'ai besoin de repos. On dirait que j'ai la tête bourrée de coton mouillé et j'ai dans la bouche un goût acide de vomi dont tous les thés au lait et les mini-toasts de Mlle Vavasour, que j'engloutis en une bouchée, ne peuvent me débarrasser. En plus, j'ai un bleu à la tempe qui m'élance. Assis devant elle, je me montre penaud et contrit. Je me sens plus que jamais dans la peau du jeune délinquant.

Mais quelle journée, hier, quelle nuit, et, Seigneur !, quelle gueule de bois. Tout a commencé de manière assez prometteuse. Ironiquement, comme la suite allait le prouver, c'était la fille du Colonel qui était censée descendre, de concert avec son légitime et les moutards. Le Colonel jouait les indifférents, affichait ses manières les plus bourrues – « On va vraiment être envahis ! » –, mais, au petit déjeuner, il était tellement nerveux que ses mains tressautaient et faisaient trembler la table et que les tasses de thé tintaient contre leurs soucoupes. Mlle Vavasour a décrété qu'il fallait que sa fille et sa famille restent à déjeuner, qu'elle allait préparer un poulet et elle a demandé quel genre de glace plairait aux enfants.

« Oh, voyons, a déclaré le Colonel en fanfaronnant, franchement, ce n'est pas la peine ! »

Il était pourtant facile de voir qu'il était profondément touché et il a eu les yeux humides un bon moment. Moi-même, j'attendais avec impatience l'occasion de faire enfin la connaissance de la fameuse fille du Colonel et de son macho de mari. En revanche, la perspective de me taper les gamines me sapait un peu le moral ; je suis au regret de l'avouer, mais, en général, les mioches font ressortir le Gilles de Rais pas si latent que ça en moi.

Leur arrivée était prévue pour la mi-journée, mais la cloche a sonné midi et l'heure du déjeuner est passée sans qu'une seule voiture s'arrête devant le portail et sans que résonnent les cris joyeux de ces Chères Têtes Blondes. Le Colonel arpentait la pièce, les mains dans le dos, ou bien, planté devant la fenêtre, le museau pointé en avant, il dégageait une manche de chemise, levait le bras à hauteur des yeux et consultait sa montre d'un air réprobateur. Mlle Vavasour et moi, sur des charbons ardents, n'osions parler. Le fumet du poulet rôti dans la maison ressemblait à une blague cruelle. L'après-midi était bien entamé quand le téléphone du couloir a retenti et nous a tous fait sursauter. Le Colonel a appliqué son oreille contre le récepteur à la manière d'un prêtre désespéré dans son confessionnal. L'échange a été bref. Nous, on s'efforçait de ne pas entendre ce qu'il disait. Il est revenu dans la cuisine en se raclant la gorge.

« Voiture, a-t-il déclaré sans nous regarder. En panne. »

À l'évidence, on lui avait servi un mensonge, ou bien il nous en servait un maintenant. Il s'est tourné vers Mlle Vavasour avec un sourire navré.

« Désolé pour le poulet », a-t-il dit.

Je l'ai poussé à sortir prendre un verre avec moi, mais il a refusé. Il se sentait un peu fatigué, m'a-t-il expliqué, avait brusquement un peu mal à la tête. Il est allé s'enfermer dans sa chambre. Que son pas était lourd dans l'escalier et avec quelle douceur il a refermé sa porte.

« Oh là là », a murmuré Mlle Vavasour.

Je suis allé au Pier Head Bar tout seul et je me suis pris une cuite. Je ne l'avais pas cherchée, mais je me la suis prise. C'était une de ces mélancoliques soirées d'automne veinées de feux tardifs, évocateurs, semblait-il, de ce qu'avait été, dans un passé lointain, la splendeur du midi. La pluie avait laissé sur la route des flaques d'eau plus claires que le ciel, comme si la lumière finissante du jour s'y éteignait. Il y avait du vent et les pans de mon pardessus me battaient les jambes comme des petits chéris suppliant leur papa de ne pas aller au pub. Mais, pour y aller, j'y suis allé. Le Pier Head est un établissement déprimant où trône un gigantesque poste de télévision, tout à fait digne du Panoramic de Mlle V., perpétuellement allumé, mais muet. Le patron, un gros bonhomme flegmatique et avachi, est assez avare de ses paroles. Il a un nom bizarre qui ne me revient pas pour le moment. J'ai bu des doubles cognacs. Certains moments de la soirée se détachent dans ma mémoire, avec une luminosité confuse de lampadaires dans le brouillard. Je me souviens d'avoir provoqué un vieux bonhomme au bar – à moins que ce ne soit lui qui m'ait provoqué –, puis d'avoir été critiqué par un type bien plus jeune, son fils, peut-être, ou son petit-fils que j'ai bousculé et qui a menacé d'appeler la police. Quand, de l'autre côté du comptoir, le patron est intervenu – Barragry, voilà comment il s'appelle –, j'ai tenté de le bousculer aussi en lui plongeant dessus avec un cri rauque. Franchement, ça ne me ressemble pas du tout, je ne vois pas quel était le problème, je veux dire autre que mon problème habituel. Ils ont fini par me calmer et j'ai reculé en bougonnant vers une table dans un coin, en dessous du poste de télévision muet, où je suis resté assis à marmonner et à soupirer. Ces soupirs avinés, baveux et gargouillants, c'est incroyable ce qu'ils font penser à des sanglots. La dernière lumière du soir, ce que j'en apercevais dans la partie supérieure, pas peinte, de la fenêtre du pub, avait cette teinte de brun tirant sur le pourpre, la couleur même de l'hiver, que je trouve à la fois touchante et dérangeante. Non que j'aie quoi que ce soit contre l'hiver, vraiment, c'est ma saison préférée, après l'automne, mais cette année les lueurs de ce mois de novembre semblaient présager quelque chose de plus que l'hiver et j'ai sombré dans une mélancolie amère. Désireux d'atténuer ma tristesse, j'ai redemandé un cognac, mais Barragry a refusé, sagement, je le reconnais à présent, et, en proie à une furieuse indignation, je suis sorti comme un ouragan ou j'ai essayé de sortir comme un ouragan – en réalité, je titubais –, pour revenir aux Cèdres et à ma bouteille que j'ai affectueusement promue au rang de Petit Caporal. Dans l'escalier, j'ai rencontré le Colonel Blunden et j'ai eu un échange avec lui. Je ne sais pas exactement sur quoi.

Il faisait nuit à présent, mais au lieu de rester dans ma chambre et de me coucher, j'ai embarqué la bouteille sous mon pardessus et suis ressorti. De ce qui s'est passé après, je n'ai que des bribes de souvenirs déchiquetés et obscurs. Je me rappelle m'être planté sous l'éclat tremblant d'un lampadaire, en plein vent, dans l'attente d'une révélation grandiose et universelle, dont je me suis désintéressé avant même de l'avoir eue. Puis je me suis retrouvé à la plage, dans le noir, assis sur le sable, les jambes tendues et la bouteille de cognac, vide désormais ou tout comme, gentiment calée entre mes cuisses. Il semblait y avoir des lumières loin en mer, qui dansaient et ondoyaient, tels les feux d'une flottille de pêche, mais je dois les avoir imaginées, car il n'y a pas de chalutiers dans cette zone. J'avais froid malgré mon pardessus, dont l'épaisseur ne protégeait pas assez mon arrière-train de l'humidité froide du sable. Pourtant, ce n'est ni l'humidité ni le froid qui m'ont poussé à me remettre sur pied vaille que vaille, mais la volonté d'approcher ces lumières pour voir de quoi il s'agissait ; il se peut même que j'aie envisagé d'entrer dans l'eau pour les rejoindre à la nage. Toujours est-il que c'est en bordure des flots que j'ai perdu l'équilibre et que je me suis cogné la tempe en tombant contre un galet. Je suis resté là je ne sais combien de temps, avec des éclairs de conscience, sans pouvoir ou vouloir bouger. Par chance, la marée descendait. Je n'avais pas mal, je n'étais même pas profondément accablé. En fait, il me semblait parfaitement naturel d'être affalé là, dans le noir, sous un ciel tumultueux, à observer la légère phosphorescence des vagues qui, pareilles à une bande de souris, curieuses mais craintives, avançaient hardiment sur la pointe des pieds avant de battre de nouveau en retraite, tandis que le Petit Caporal, apparemment aussi soûl que moi, roulait d'avant en arrière avec des crissements sur la grève ; et à écouter le vent au-dessus de ma tête qui soufflait dans les gigantesques cuvettes et entonnoirs invisibles de l'atmosphère.

J'ai dû m'endormir ou même m'évanouir, car je ne me rappelle pas que le Colonel m'ait trouvé alors qu'il affirme que je lui ai parlé de manière très cohérente et que je l'ai laissé me relever et me raccompagner aux Cèdres. Ça a dû se passer comme ça, je veux dire que je devais être relativement conscient, car c'est certain qu'il n'aurait pas eu la force de me remettre debout tout seul ni même de me remonter de la plage jusqu'à ma chambre, en me portant sur son dos peut-être ou en me tirant par les talons derrière lui. Mais comment a-t-il su où me trouver ? Il paraît que, durant notre conversation dans l'escalier, encore que conversation ne soit pas le terme qui convienne, puisque, selon lui, c'est surtout moi qui ai parlé, j'ai beaucoup insisté sur le fait bien connu, bien connu et véridique, selon moi, que la noyade était la mort la plus douce, de sorte que, ne m'ayant toujours pas entendu rentrer alors qu'il était tard et craignant que, dans mon état d'ébriété, je n'essaie de mettre fin à mes jours, il a décidé d'aller me chercher. Il lui a fallu sillonner la plage un long moment et il s'apprêtait à arrêter ses recherches quand la lueur de la lune ou d'une étoile très brillante a éclairé ma silhouette, étendue sur le dos, sur ce littoral rocheux. Lorsque, après beaucoup de divagations et beaucoup de pauses pour me permettre de discourir sur de multiples sujets, on est enfin arrivé aux Cèdres, il m'a aidé à gravir les marches et m'a conduit à ma chambre. À ce qui m'a été rapporté, car de cette flageolante retraite, je ne me rappelle, comme je l'ai dit, rien. Plus tard, il m'a entendu, toujours dans ma chambre, vomir bruyamment – pas sur le tapis, mais par la fenêtre donnant sur le jardin de derrière, je le signale avec soulagement – puis tomber lourdement par terre, lui a-t-il semblé, et il a pris sur lui de forcer ma porte et m'a trouvé pour la seconde fois de la nuit en vrac, pour reprendre une formule d'aujourd'hui, au pied du lit, sans connaissance et nécessitant de toute urgence, à ce qu'il a estimé, une assistance médicale.

Je me suis réveillé à une heure très matinale où il faisait encore sombre et j'ai découvert une scène bizarre et déconcertante qui m'est d'abord apparue comme une hallucination. Le Colonel était là, toujours impeccable en tweed et twill – il ne s'était pas couché –, qui allait et venait, la mine renfrognée, et il y avait aussi, bien plus étonnant, Mlle Vavasour qui, j'allais l'apprendre, avait également entendu ou perçu, plus vraisemblablement, dans la structure même de la vieille maison, le raffut que j'avais fait en m'effondrant après ma crise de vomissements à la fenêtre. Elle portait son peignoir japonais et ses cheveux étaient retenus par un filet comme je n'en avais plus vu depuis mon enfance. Elle était assise sur une chaise, à quelque distance de moi, tournée contre le mur, de profil, dans la pose même de la mère de Whistler, mains jointes sur les genoux et tête baissée, de sorte que les orbites de ses yeux ressemblaient à deux puits noirs et vides. Sur une table devant elle, une lampe allumée que j'ai prise pour une bougie dispensait un globe de lumière chiche sur cette scène nocturne – cercle d'une faible luminosité avec femme assise et homme en train de faire les cent pas – qui, de ce fait, aurait pu être signée Géricault ou La Tour. Déconcerté et renonçant à comprendre ce qui se passait ou pourquoi tous les deux me veillaient, j'ai de nouveau basculé dans le sommeil ou de nouveau perdu connaissance.

À mon réveil suivant, les rideaux étaient tirés et il faisait jour. La chambre paraissait calmée et plutôt confuse, me suis-je dit, et tout avait un air pâlot et anonyme, à l'image d'un visage de femme pas maquillée au matin. Dehors, un ciel uniformément blanc, boudeur et immobile, semblait se déployer à un mètre ou deux tout au plus au-dessus du toit de la maison. Traînant les pieds et la mine honteuse, les événements de la nuit ont commencé de remonter obscurément à ma conscience embrouillée. Les draps autour de moi étaient défaits, chiffonnés, comme après une partie de débauche, et il flottait une forte odeur de vomi alentour. J'ai levé la main et ressenti une violente douleur à la tête lorsque mes doigts ont tâté le renflement pulpeux sur ma tempe à l'endroit où j'avais heurté le galet. C'est seulement à ce moment-là que, dans un sursaut qui a fait grincer le lit, j'ai remarqué le jeune homme assis sur ma chaise, penché, bras croisés, au-dessus de mon bureau, qui lisait un livre ouvert sur mon bloc-notes en cuir devant lui. Il portait des lunettes à monture d'acier et avait le front haut et dégarni d'un intellectuel et des cheveux clairsemés d'une couleur indéfinissable. Sa tenue n'était pas plus remarquable, même si elle m'a donné une impression globale de velours défraîchi. En m'entendant m'agiter, il a levé les yeux de sa page, sans se presser, m'a regardé très posément, m'a souri même, quoique sans gaieté, et m'a demandé comment je me sentais. Désorienté – c'est le cas de le dire –, je me suis redressé tant bien que mal dans le lit, qui m'a paru trembloter sous moi, comme si le matelas était rempli d'un liquide épais et visqueux, et lui ai décoché un regard qui se voulait impérieusement interrogateur. Nullement démonté, il a continué à me dévisager calmement. Le docteur, m'a-t-il dit comme s'il n'y en avait qu'un sur terre, était venu me voir plus tôt, pendant que j'étais parti – *parti*, c'est ainsi qu'il a formulé la chose, et pendant une minute je me suis demandé frénétiquement si j'étais redescendu à la plage, sans m'en rendre compte –, et avait déclaré que je semblais souffrir d'une commotion aggravée par une intoxication alcoolique sévère mais passagère. Semblais ? Semblais ?

« C'est Claire qui a conduit pour descendre, a-t-il ajouté. Là, elle dort. »

Jérôme ! L'amoureux sans menton ! Maintenant, je le reconnaissais. Comment avait-il réussi à rentrer dans les bonnes grâces de ma fille ? Comment diable avait-elle pu penser à faire appel à lui quand le

Colonel ou Mlle Vavasour, je ne sais pas lequel des deux, lui avait téléphoné au beau milieu de la nuit pour lui raconter dans quel pétrin son père s'était encore fourré ? N'avait-elle donc trouvé personne d'autre vers qui se tourner ? Si c'est le cas, me suis-je dit, ce sera vraiment ma faute, mais je n'ai pas réussi à voir exactement pourquoi. Qu'est-ce que je me suis maudit, affalé là sur ce fichu lit de doge, nauséeux, dans les vapes et totalement incapable d'attraper cet effronté par la peau du cou et de le jeter dehors une seconde fois. Cela dit, je n'avais pas vécu le pire. Quand il est allé voir si Claire s'était réveillée et qu'elle est revenue avec lui, les traits tirés, les yeux rougis, et vêtue d'un imperméable par-dessus sa combinaison, elle m'a immédiatement prévenu, de l'air de quelqu'un qui va au-devant des critiques pour mieux les désamorcer, qu'ils étaient *engaged*. Éméché comme je l'étais, je n'ai pas compris, l'espace d'une minute, ce qu'elle voulait dire – engagés par qui, et en tant que quoi ? – minute qui, la suite l'a démontré, a suffi à ma défaite. Ils étaient fiancés ! Depuis, je n'ai pas réussi à ramener le sujet sur le tapis et chaque minute qui passe consolide encore plus sa victoire sur moi. Voici comment, en un clin d'œil, ces affaires se gagnent et se perdent. Lisez Maistre sur la guerre.

Et elle n'en est pas restée là : galvanisée par ce triomphe initial, et forte de l'avantage que lui garantissait mon invalidité passagère, elle a continué en déclarant, une main métaphorique sur la hanche, qu'il fallait que je fasse mes bagages, que je quitte Les Cèdres sur-le-champ et que je la laisse me ramener à la maison – la maison, a-t-elle dit ! – où elle prendra soin de moi, soin qui comprendra, à ce que j'entends, la proscription de tout stimulant alcoolisé ou de somnifères jusqu'à ce que le docteur, encore lui, me déclare apte à tel ou tel truc, à vivre, je suppose. Que puis-je faire ? Comment résister ? Elle affirme qu'il est temps que je me remette sérieusement au travail.

« Il termine, a-t-elle annoncé à son fiancé, non sans une lueur de fierté filiale, un gros livre sur Bonnard. »

Je n'ai pas eu le cœur de lui dire que mon Gros Livre sur Bonnard – on croirait qu'elle parle d'un empilement pour chamboule-tout – se résume à la moitié d'un premier chapitre putatif et à un carnet de notes rempli de prétendues observations à la noix empruntées çà et là. Enfin, ce n'est pas grave. Je peux faire d'autres choses. Je peux aller à Paris et peindre. À moins que je ne me retire dans un monastère pour y passer mes jours dans la contemplation muette de l'infini ou y écrire un grand traité, une vulgate des morts, je me vois en longue barbe dans ma cellule, avec plume d'oie, chapeau et lion docile ; derrière la fenêtre proche, de minuscules paysans font les foins au loin tandis que plane au-dessus de ma tête la resplendissante colombe. Oh oui, la vie est riche de possibilités.

J'imagine que je n'aurai pas non plus le droit de vendre la maison.

Mlle Vavasour me dit que je vais lui manquer, mais je pense que j'ai pris *la bonne décision*. Je ne suis pas pour grand-chose dans mon départ des Cèdres, lui réponds-je, j'y suis contraint et forcé. Ma remarque lui arrache un sourire.

« Oh, Max, s'exclame-t-elle, je ne crois pas que vous soyez homme à vous laisser contraindre à quoi que ce soit. »

Voilà qui me donne à réfléchir, non à cause de l'hommage rendu à ma force de volonté, mais parce que, fait que j'enregistre avec un léger choc, c'est la première fois qu'elle utilise mon prénom. Néanmoins, je ne pense pas pouvoir l'appeler Rose. Pour la forme, une certaine distance est nécessaire à la préservation harmonieuse de la relation fragile que nous avons forgée, re-forgée, entre nous au cours des semaines passées. Mais ce soupçon de familiarité fait revenir une foule de vieilles questions demeurées en suspens. J'aimerais lui demander si elle se reproche la mort de Chloé – je crois, je dois le dire, sans avoir de preuve, que c'est Chloé qui a coulé la première et que Myles l'a suivie, en essayant de la sauver – et si elle est convaincue que leur noyade ensemble était vraiment un accident ou s'il y avait autre chose. Sans doute me répondrait-elle, si je l'interrogeais. Elle n'est pas réservée. Elle m'a raconté des histoires à n'en plus finir sur les Grace, Carlo et Connie – « Ça a détruit leurs vies, naturellement » –, qui eux aussi sont morts peu après avoir perdu les jumeaux. Carlo est parti le premier, d'un anévrisme, et ensuite Connie, dans un accident de voiture. Je lui demande quelle sorte d'accident, et elle me lance un coup d'œil critique.

« Connie n'était pas du genre à se suicider », déclare-t-elle, les lèvres légèrement pincées.

Ils ont été gentils avec elle, après, ajoute-t-elle, jamais un reproche ni l'ombre d'une accusation d'avoir failli à son devoir. Ils l'ont placée aux Cèdres, ils connaissaient les proches de Bun, les ont poussés à l'engager pour s'occuper de la maison.

« Et j'y suis encore, remarque-t-elle avec un petit sourire sardonique, après tant d'années. »

Le Colonel va et vient à l'étage, il fait des bruits discrets mais précis ; il est heureux que je m'en aille, je le sais. Je l'ai remercié de son aide la nuit dernière.

« Vous m'avez probablement sauvé la vie », ai-je déclaré, soudain conscient que c'était probablement vrai.

Et vas-y qu'il est parti à souffler et à se racler la gorge – *Pouah ! Monsieur, je n'ai fait que mon devoir, bon sang de bonsoir !* –, puis une brève pression de main sur le haut du bras. Il m'a même offert un cadeau d'adieu, un stylo à plume, un Swan, aussi vieux que lui, je dirais, toujours dans son étui, sur un lit de papier de soie jauni. C'est avec lui que je grave ces mots, il écrit bien, glisse rapidement sur le papier avec juste une tache à l'occasion. Où l'a-t-il déniché, je me demande ? Je n'ai pas su quoi dire.

« Inutile, a-t-il rétorqué. Personnellement, je n'en ai jamais eu l'usage, autant qu'il vous revienne pour vos écrits, et le reste. »

Puis il s'est éloigné d'un air affairé, en se frottant les mains, ses vieilles mains blanches et sèches. Je signale qu'il porte son gilet jaune bien que ce ne soit pas le week-end. À présent, je ne saurai jamais si c'est vraiment un vieux militaire ou un imposteur. Encore une question que je ne peux me résoudre à poser à Mlle Vavasour.

« C'est elle qui me manque, poursuit-elle, Connie – Mme Grace –, je veux dire. »

Je suppose que j'écarquille les yeux et elle me décoche encore un de ses regards compatissants.

« Pour moi, ça n'a jamais été lui, m'explique-t-elle. Ce n'est pas ce que vous croyiez, n'est-ce pas ? »

J'ai repensé à elle, debout en dessous de moi, ce fameux jour sous les arbres, en train de sangloter, la tête posée sur le plateau de ses épaules rapetissées par la perspective, le mouchoir roulé en boule dans la main.

« Oh, non, insiste-t-elle, jamais lui. »

Et j'ai repensé aussi au jour du pique-nique quand, assise dans l'herbe derrière moi, elle regardait ce que je regardais avidement et qui ne m'était absolument pas destiné.

Anna est morte avant l'aube. À dire vrai, je n'étais pas là quand c'est arrivé. J'étais allé sur le perron de la clinique respirer à fond l'air noir et lustré du matin. Et pendant ce moment si calme, si lugubre, j'ai repensé à un autre moment, des années auparavant, dans l'eau, ce fameux été à Ballymoins. J'étais allé nager tout seul, je ne sais pas pourquoi, ni où Chloé et Myles étaient passés ; peut-être étaient-ils partis quelque part avec leurs parents, ce devait être une des dernières balades qu'ils ont faites ensemble, la toute dernière peut-être. Le ciel était couvert de brume et pas un souffle de vent ne ridait la surface de la mer qui ne cessait de se briser sur le rivage en une ligne de vaguelettes indolentes, tel un ourlet qu'une couturière endormie aurait tourné et retourné indéfiniment. Il y avait peu de monde sur la plage, les quelques personnes présentes se trouvaient assez loin de moi et un je-ne-sais-quoi dans l'air dense et figé donnait l'impression que leurs voix venaient de beaucoup plus loin encore. L'eau, qui me montait à la taille, était parfaitement transparente, de sorte que je voyais nettement les ondulations du sable au fond, de minuscules coquillages, des bouts de pinces de crabe cassées et mes pieds, pâles et bizarres comme s'ils ne m'appartenaient pas, pareils à des spécimens exposés dans une vitrine. Puis, soudainement, non, pas soudainement, mais dans une sorte de houle impérieuse, toute la mer s'est soulevée, ce n'était pas une vague, mais un rouleau paisible qui semblait surgi des grandes profondeurs, à croire qu'un énorme quelque chose avait bougé là en dessous, et j'ai été soulevé et emporté un peu plus loin vers le rivage, puis reposé sur mes pieds comme auparavant, comme s'il ne s'était rien passé. Et en effet il ne s'était rien passé, juste un formidable rien, juste un autre haussement d'épaules indifférent du vaste monde.

Puis une infirmière est venue me chercher, je me suis tourné et l'ai suivie à l'intérieur, et j'ai eu l'impression d'entrer dans la mer.

La photocomposition de cet ouvrage
a été réalisée par
GRAPHIC HAINAUT
59163 Condé-sur-l'Escaut

Achevé d'imprimer sur les presses de

BUSSIÈRE

GROUPE CPI

à Saint-Amand-Montrond (Cher)
pour le compte des Éditions Robert Laffont
en mars 2007

N° d'édition : 47467/01. — N° d'impression : 070900/4.
Dépôt légal : mars 2007.

Imprimé en France